U0026981

經史百家雜鈔

四部備要

集部

中華書局據原刻本校刊

桐鄉 陸費逵總勘
杭縣 高時顯 吳汝霖輯校
杭縣 丁輔之監造

經史百家雜鈔卷十四目錄

書牘之屬一

經史百家雜鈔卷十四

湘鄉曾國藩纂　　合肥李鴻章校刊

書牘之屬一

左傳鄭子家與趙宣子書

寡君卽位三年召蔡侯而與之事君九月蔡侯入於敝邑以行敝邑以侯宣多之難寡君是以不得與蔡侯偕十一月克減侯宣多而隨蔡侯以朝於執事十二年六月歸生佐寡君之嫡夷以請陳侯於楚而朝諸君十四年七月寡君又朝以蕆陳事十五年五月陳侯自敝邑往朝於君往年正月燭之武往朝夷也八月寡君又往朝以陳蔡之密邇於楚而不敢貳焉則敝邑之故也雖敝邑之事君何以不免在位之中一朝於襄而再見於君夷與孤之二三臣相及於絳雖我小國則蔑以過之矣今大國曰爾未逞吾志敝邑有亡無以加焉古人有言曰畏首畏尾身其餘幾又曰鹿死不擇音小國之事大國也德則其人也不德則其鹿也鋌而走險急何能擇命之罔極亦知亡矣將悉敝賦以待於鯈唯

執事命之文公二年六月壬申朝於齊四年二月壬戌為齊侵蔡亦獲成於楚居大國之間而從於彊令豈其罪也大國若弗圖無所逃命

左傳呂相絕秦之辭

昔逮我獻公及穆公相好戮力同心申之以盟誓重之以昏姻天禍晉國文公如齊惠公如秦無祿獻公卽世穆公不忘舊德俾我惠公用能奉祀於晉又不能成大勳而為韓之師亦悔於厥心用集我文公是穆之成也文公躬擐甲冑跋履山川踰越險阻征東之諸侯虞夏商周之胤而朝諸秦則亦旣報舊德矣鄭人怒君之疆埸我文公帥諸侯及秦圍鄭秦大夫不詢於我寡君擅及鄭盟諸侯疾之將致命於秦文公恐懼綏靜諸侯秦師克還無害則是我有大造於西也無祿文公卽世穆為不弔蔑死我君寡我襄公迭我殽地奸絕我好伐我保城殄滅我費滑散離我兄弟撓亂我同盟傾覆我國家我襄公未忘君之舊勳而懼社稷之隕是以有殽之師猶願赦罪於穆公穆公弗聽而卽楚謀我天誘其衷成王隕命穆公是以不克逞志於我穆襄卽世康靈卽位康公我之自

出又欲闕翦我公室傾覆我社稷帥我蝥賊以來蕩搖我邊疆我是以有令狐
之役康猶不悛入我河曲伐我涑川俘我王官翦我羈馬我是以有河曲之戰
東道之不通則是康公絕我好也及君之嗣也我君景公引領西望曰庶撫我
乎君亦不惠稱盟利吾有狄難入我河縣焚我箕郜芟夷我農功虔劉我邊垂
我是以有輔氏之聚君亦悔禍之延而欲徼福於先君獻穆使伯車來命我景
公曰吾與女同好弃惡復修舊德以追念前勳言誓未就景公即世我寡君是
以有令狐之會君又不祥背弃盟誓白狄及君同州君之仇讐而我之昏姻也
君來賜命曰吾與女伐狄寡君不敢顧昏姻畏君之威而受命於吏君有二心
於狄曰晉將伐女狄應且憎是用告我楚人惡君之二三其德也亦來告我曰
秦背令狐之盟而來求盟於我昭告昊天上帝秦三公楚三王曰余雖與晉出
入余唯利是視不穀惡其無成德是用宣之以懲不壹諸侯備聞此言斯是用
痛心疾首暱就寡人寡人帥以聽命唯好是求君若惠顧諸侯矜哀寡人而賜
之盟則寡人之願也其承甯諸侯以退豈敢徼亂君若不施大惠寡人不佞其

不能以諸侯退矣敢盡布之執事俾執事實圖利之

左傳叔向詒子產書

始吾有虞於子今則已矣昔先王議事以制不爲刑辟懼民之有爭心也猶不可禁禦是故閑之以義糾之以政行之以禮守之以信奉之以仁制爲祿位以勸其從嚴斷刑罰以威其淫懼其未也故誨之以忠聳之以行教之以務使之以和臨之以敬涖之以彊斷之以剛猶求聖哲之上明察之官忠信之長慈惠之師民於是乎可任使也而不生禍亂民知有辟則不忌於上並有爭心以徵於書而儌幸以成之弗可爲矣夏有亂政而作禹刑商有亂政而作湯刑周有亂政而作九刑三辟之興皆叔世也今吾子相鄭國作封洫立謗政制參辟鑄刑書將以靖民不亦難乎詩曰儀式刑文王之德日靖四方又曰儀刑文王萬邦作孚如是何辟之有民知爭端矣將棄禮而徵於書錐刀之末將盡爭之亂獄滋豐賄賂並行終子之世鄭其敗乎肸聞之國將亡必多制其此之謂乎

樂毅報燕惠王書

臣不佞不能奉承王命以順左右之心恐傷先王之明有害足下之義故遁逃走趙今足下使人數之以罪臣恐侍御者不察先王之所以畜幸臣之理又不白臣之所以事先王之心故敢以書對臣聞賢聖之君不以祿私親其功多者賞之其能當者處之故察能而授官者成功之君也論行而結交者立名之士也臣竊觀先王之舉也見有高世主之心故假節於魏以身得察於燕先王過舉廁之賓客之中立之羣臣之上不謀父兄以爲亞卿臣竊不自知自以爲奉令承教可幸無罪故受令而不辭先王命之曰我有積怨深怒於齊不量輕弱而欲以齊爲事臣曰夫齊霸國之餘業而最勝之遺事也練於兵甲習於戰攻王若欲伐之必與天下圖之與天下圖之莫若結於趙且又淮北宋地楚魏之所欲也趙若許而約四國攻之齊可大破也先王以爲然具符節南使臣於趙顧反命起兵擊齊以天之道先王之靈河北之地隨先王而舉之濟上濟上之軍受命擊齊大敗齊人輕卒銳兵長驅至國齊王遁而走莒僅以身免珠玉財寶車甲珍器盡收入于燕齊器設於寗臺大呂陳於元英故鼎反乎磨室薊邱

之植植於汶篁（國藩按說文篁竹田也張平子西京賦篠簜敷衍編町成篁以篁與町對舉亦訓田也此云汶篁亦指汶上之竹田也後人以篁訓竹則此與西京賦皆不可通）自五伯已來功未有及先王者也先王以爲慊於志故裂地而封之使得比小國諸侯臣竊不自知自以爲奉令承教可幸無罪是以受命不辭臣聞賢聖之君功立而不廢故著於春秋蚤知之士名成而不毀故稱於後世若先王之報怨雪恥夷萬乘之彊國收八百歲之蓄積及至棄羣臣之日餘教未衰執政任事之臣修法令愼庶孽施及乎萌隸皆可以教後世臣聞之善作者不必善成善始者不必善終昔伍子胥說聽於闔閭而吳王遠迹至郢夫差弗是也賜之鴟夷而浮之江吳王不寤先論之可以立功故沈子胥而不悔子胥不蚤見主之不同量是以至於入江而不化夫免身立功以明先王之迹臣之上計也離毀辱之誹謗墮先王之名臣之所大恐也臨不測之罪以幸爲利義之所不敢出也臣聞古之君子交絕不出惡聲忠臣去國不潔其名臣雖不佞數奉教於君子矣恐侍御者之親左右之說不察疏遠之行故敢獻書以聞惟君王之留意焉

魯仲連遺燕將書

吾聞之智者不倍時而棄利勇士不卻死而滅名忠臣不先身而後君今公行一朝之忿不顧燕王之無臣非忠也殺身亡聊城而威不信於齊非勇也功敗名滅後世無稱焉非智也三者世主不臣說士不載故智者不再計勇士不怯死今死生榮辱貴賤尊卑此時不再至願公詳計而無與俗同（以上動之以利害死生榮辱）且楚攻齊之南陽魏攻平陸而齊無南面之心以為亡南陽之害小不如得濟北之利大故定計審處之今秦人下兵魏不敢東面衡秦之勢成楚國之形危齊棄南陽斷右壤定濟北計猶且為之也且夫齊之必決於聊城公勿再計今楚魏交退於齊而燕救不至以全齊之兵無天下之規與聊城共據期年之敝則臣見公之不能得也（以上齊必加爭聊城）且燕國大亂君臣失計上下迷惑栗腹以十萬之衆五折於外以萬乘之國被圍於趙壤削主困為天下僇笑國敝而禍多民無所歸心今公又以敝聊之民距全齊之兵是墨翟之守也食人炊骨士無反外之心是孫臏之兵也能見於天下（以上燕國內亂燕將之能已衆著）雖然為公計者不如

全車甲以報於燕車甲全而歸燕燕王必喜身全而歸於國士民如見父母交遊攘臂而議於世功業可明上輔孤主以制羣臣下養百姓以資說士矯國更俗功名可立也亡意亦捐燕弃世東遊於齊乎裂地定封富比乎陶衛世世稱孤與齊久存又一計也此兩計者顯名厚實也願公詳計而審處一焉以上勸之歸燕或降齊

且吾聞之規小節者不能成榮名惡小恥者不能立大功昔者管夷吾射桓公中其鉤簒也遺公子糾不能死怯也束縛桎梏辱也若此三行者世主不臣而鄉里不通鄉使管仲幽囚而不出身死而不反於齊則亦名不免爲辱人賤行矣臧獲且羞與之同名矣況世俗乎故管子不恥身在縲紲之中而恥天下之不治不恥不死公子糾而恥威之不信於諸侯故兼三行之過而爲五霸首名高天下而光燭鄰國曹子爲魯將三戰三北而亡地五百里鄉使曹子計不反顧議不還踵刎頸而死則亦名不免爲敗軍禽將矣曹子弃三北之恥而退與魯君計桓公朝天下會諸侯曹子以一劍之任枝桓公之心於壇坫之上顏色不變辭氣不悖三戰之所亡一朝而復之天下震動諸侯驚駭威加吳越

若此二士者非不能成小廉而行小節也以爲殺身亡軀絕世滅後功名不立非智也故去感忿之怨立終身之名弃忿悁之節定累世之功是以業與三王爭流而名與天壤相獘也願公擇一而行之以上言士不尚小廉小節當以管仲曹沫爲法

司馬遷報任安書

太史公牛馬走司馬遷再拜言少卿足下曩者辱賜書教以慎於接物推賢進士爲務意氣懃懃懇懇若望僕不相師而用流俗人之言僕非敢如此也僕雖罷駑亦嘗側聞長者之遺風矣顧自以爲身殘處穢動而見尤欲益反損是以獨鬱悒而誰與語諺曰誰爲爲之孰令聽之蓋鍾子期死伯牙終身不復鼓琴何則士爲知己者用女爲說己者容若僕大質已虧缺矣雖材懷隋和行若由夷終不可以爲榮適足以見笑而自點耳書辭宜答會東從上來又迫賤事相見日淺卒卒無須臾之閒得竭志意今少卿抱不測之罪涉旬月迫季冬僕又薄從上雍恐卒然不可爲諱是僕終已不得舒憤懣以曉左右則長逝者魂魄私恨無窮請略陳固陋闕然久不報幸勿爲過以上渾敘報書之遲僕聞之修身者智之

符也愛施者仁之端也取與者義之表也恥辱者勇之決也立名者行之極也士有此五者然後可以託於世而列於君子之林矣故禍莫憯於欲利悲莫痛於傷心行莫醜於辱先詬莫大於宮刑刑餘之人無所比數非一世也所從來遠矣昔衛靈公與雍渠同載孔子適陳商鞅因景監見趙良寒心同子參乘袁絲變色自古而恥之夫以中材之人事有關於宦豎莫不傷氣而況於慷慨之士乎如今朝廷雖乏人奈何令刀鋸之餘薦天下之豪俊哉僕賴先人緒業得待罪輦轂下二十餘年矣所以自惟上之不能納忠效信有奇策材力之譽自結明主次之又不能拾遺補闕招賢進能顯巖穴之士外之不能備行伍攻城野戰有斬將搴旗之功下之不能積日累勞取尊官厚祿以為宗族交遊光寵四者無一遂苟合取容無所短長之效可見如此矣嚮者僕亦嘗廁下大夫之列陪奉外廷末議不以此時引綱維盡思慮今已虧形為埽除之隸在闒茸之中乃欲仰首伸眉論列是非不亦輕朝廷羞當世之士邪嗟乎嗟乎如僕尚何言哉尚何言哉（以上因言薦士而自述被刑之大辱）且事本末未易明也僕少負不羈之才長無

鄉曲之譽主上幸以先人之故使得奏薄伎出入周衞之中僕以爲戴盆何以望天故絶賓客之知忘室家之業日夜思竭其不肖之才力務壹心營職以求親媚於主上而事乃有大謬不然者夫僕與李陵俱居門下素非相善也趨舍異路未嘗銜盃酒接慇懃之餘懽然僕觀其爲人自守奇士事親孝與士信臨財廉取與義分別有讓恭儉下人常思奮不顧身以徇國家之急其素所蓄積也僕以爲有國士之風夫人臣出萬死不顧一生之計赴公家之難斯已奇矣今舉事一不當而全軀保妻子之臣隨而媒孽其短僕誠私心痛之且李陵提步卒不滿五千深踐戎馬之地足歷王庭垂餌虎口橫挑彊胡仰億萬之師與單于連戰十有餘日所殺過半當虜救死扶傷不給旃裘之君長咸震怖乃悉徵其左右賢王舉引弓之民一國共攻而圍之轉鬬千里矢盡道窮救兵不至士卒死傷如積然陵一呼勞軍士無不起躬自流涕沬血飲泣更張空弮冒白刃北嚮爭死敵者陵未沒時使有來報漢公卿王侯皆奉觴上壽後數日陵敗書聞主上爲之食不甘味聽朝不怡大臣憂懼不知所出僕竊不自料其卑賤

見主上慘愴怛悼誠欲效其款款之愚以爲李陵素與士大夫絶甘分少能得人之死力雖古之名將不能過也身雖陷敗彼觀其意且欲得其當而報於漢事已無可奈何其所摧敗功亦足以暴於天下矣僕懷欲陳之而未有路適會召問卽以此指推言陵之功欲以廣主上之意塞睚眦之辭未能盡明明主不曉以爲僕沮貳師而爲李陵游說遂下於理拳拳之忠終不能自列因爲誣上卒從吏議家貧貨賂不足以自贖交遊莫救視左右親近不爲一言身非木石獨與法吏爲伍深幽囹圄之中誰可告愬者此眞少卿所親見僕行事豈不然乎李陵旣生降隤其家聲而僕又佴之蠶室重爲天下觀笑悲夫悲夫事未易一二爲俗人言也（以上述推說李陵所以獲罪之本末）僕之先人非有剖符丹書之功文史星歷近乎卜祝之閒固主上所戲弄倡優所畜流俗之所輕也假令僕伏法受誅若九牛亡一毛與螻蟻何以異而世俗又不與能死節者次比特以爲智窮罪極不能自免卒就死耳何也素所自樹立使然也人固有一死死有重於泰山或輕於鴻毛用之所趨異也太上不辱先其次不辱身其次不辱理色其次不辱

辭令其次詘體受辱其次易服受辱其次關木索被箠楚受辱其次剔毛髮嬰
金鐵受辱其次毀肌膚斷肢體受辱最下腐刑極矣傳曰刑不上大夫此言士
節不可不勉勵也猛虎在深山百獸震恐及在檻穽之中搖尾而求食積威約
之漸也故士有畫地爲牢勢不可入削木爲吏議不可對定計於鮮也今交手
足受木索暴肌膚受榜箠幽於圜牆之中當此之時見獄吏則頭搶地視徒隸
則心惕息何者積威約之勢也及已至是言不辱者所謂強顏耳曷足貴乎且
西伯伯也拘於羑里李斯相也具於五刑淮陰王也受械於陳彭越張敖南面
稱孤繫獄抵罪絳侯誅諸呂權傾五伯囚於請室魏其大將也衣赭衣關三木
季布爲朱家鉗奴灌夫受辱於居室此人皆身至王侯將相聲聞鄰國及罪至
罔加不能引決自裁在塵埃之中古今一體安在其不辱也由此言之勇怯勢
也彊弱形也審矣何足怪乎夫人不能早自裁繩墨之外以稍陵遲至於鞭箠
之閒乃欲引節斯不亦遠乎古人所以重施刑於大夫者殆爲此也夫人情莫
不貪生惡死念父母顧妻子至激於義理者不然乃有所不得已也今僕不幸

早失父母無兄弟之親獨身孤立少卿視僕於妻子何如哉且勇者不必死節怯夫慕義何處不勉焉僕雖怯懦欲苟活亦頗識去就之分矣何至自沈溺縲紲之辱哉且夫臧獲婢妾猶能引決況僕之不得已乎所以隱忍苟活幽於糞土之中而不辭者恨私心有所不盡鄙陋沒世而文采不表於後世也（以上自述隱忍受辱思引決而不果自裁之故）古者富貴而名磨滅不可勝記惟倜儻非常之人稱焉蓋文王拘而演周易仲尼阨而作春秋屈原放逐乃賦離騷左邱失明厥有國語孫子臏腳兵法修列不韋遷蜀世傳呂覽韓非囚秦說難孤憤詩三百篇大抵賢聖發憤之所爲作也此人皆意有所鬱結不得通其道故述往事思來者乃如左邱明無目孫子斷足終不可用退而論書策以舒其憤思垂空文以自見僕竊不遜近自託於無能之辭網羅天下放失舊聞略考其行事綜其終始稽其成敗興壞之紀上計軒轅下至於茲爲十表本紀十二書八章世家三十列傳七十凡百三十篇亦欲以究天人之際通古今之變成一家之言草創未就會遭此禍惜其不成是以就極刑而無慍色僕誠以著此書藏之名山傳之其人通

邑大都則僕償前辱之責雖萬被戮豈有悔哉然此可爲智者道難爲俗人言也（以上言著書以償前辱之責）且負下未易居下流多謗議僕以口語遇遭此禍重爲鄉里所戮笑以污辱先人亦何面目復上父母之邱墓乎雖累百世垢彌甚耳是以腸一日而九迴居則忽忽若有所亡出則不知其所往每念斯恥汗未嘗不發背霑衣也身直爲閨閤之臣甯得自引深藏巖穴邪故且從俗浮沈與時俯仰以通其狂惑今少卿乃教以推賢進士無乃與僕私心剌謬乎今雖欲自雕琢曼辭以自飾無益於俗不信適足取辱耳要之死日然後是非乃定書不能悉意略陳固陋謹再拜

楊惲報孫會宗書

惲材朽行穢文質無所底幸賴先人餘業得備宿衞遭遇時變以獲爵位終非其任卒與禍會足下哀其愚蒙賜書教督以所不及殷勤甚厚然竊恨足下不深惟其終始而猥隨俗之毀譽也言鄙陋之愚心若逆指而文過默而息乎恐違孔氏各言爾志之義故敢略陳其愚惟君子察焉惲家方隆盛時乘朱輪者

十人位在列卿爵為通侯總領從官與聞政事曾不能以此時有所建明以宣德化又不能與羣僚同心幷力陪輔朝廷之遺忘已負竊位素餐之責久矣懷祿貪勢不能自退遭遇變故橫被口語身幽北闕妻子滿獄當此之時自以夷滅不足以塞責豈意得全首領復奉先人之邱墓乎伏惟聖主之恩不可勝量君子游道樂以忘憂小人全軀說以忘罪竊自思念過已大矣行已虧矣長為農夫以沒世矣是故身率妻子戮力耕桑灌園治產以給公上不意當復用此為譏議也夫人情所不能止者聖人弗禁故君父至尊親送其終也有時而既臣之得罪已三年矣田家作苦歲時伏臘烹羊炮羔斗酒自勞家本秦也能為秦聲婦趙女也雅善鼓瑟奴婢歌者數人酒後耳熱仰天拊缶而呼烏烏其詩曰田彼南山蕪穢不治種一頃豆落而為萁人生行樂耳須富貴何時是日也拂衣而喜奮袖低昂頓足起舞誠淫荒無度不知其不可也惲幸有餘祿方糴賤販貴逐什一之利此賈豎之事污辱之處惲親行之下流之人衆毀所歸不寒而栗雖雅知惲者猶隨風而靡尚何稱譽之有董生不云乎明明求仁義常

恐不能化民者卿大夫之意也明明求財利常恐困乏者庶人之事也故道不同不相爲謀今子尙安得以卿大夫之制而責僕哉夫西河魏土文侯所興有段干木田子方之遺風凜然皆有節概知去就之分頃者足下離舊土臨安定安定山谷之閒昆夷舊壤子弟貪鄙豈習俗之移人哉於今迺睹子之志矣方當盛漢之隆願勉旃毋多談

王生遺蓋寬饒書

明主知君絜白公正不畏彊禦故命君以司察之位擅君以奉使之權尊官厚祿已施於君矣君宜夙夜惟思當世之務奉法宣化憂勞天下雖日有益月有功猶未足以稱職而報恩也自古之治三王之術各有制度今君不務循職而已迺欲以太古久遠之事匡拂天子數進不用難聽之語以摩切左右非所以揚令名全壽命者也方今用事之人皆明習法令言足以飾君之辭文足以成君之過君不惟蘧氏之高蹤而慕子胥之末行用不訾之軀臨不測之險竊爲君痛之夫君子直而不挺曲而不詘大雅云既明且哲以保其身狂夫之言聖

人擇焉惟裁省覽

劉歆移讓太常博士書

昔唐虞既衰而三代迭興聖帝明王累起相襲其道甚著周室既微而禮樂不正道之難全也如此是故孔子憂道之不行歷國應聘自衛反魯然後樂正雅頌乃得其所修易序書制作春秋以紀帝王之道及夫子沒而微言絕七十子終而大義乖重遭戰國棄籩豆之禮理軍旅之陳孔子之道抑而孫吳之術興陵夷至於暴秦燔經書殺儒士設挾書之法行是古之罪道術由是遂滅漢興去聖帝明王遐遠仲尼之道又絕法度無所因襲時獨有一叔孫通略定禮儀天下唯有易卜未有宅書至孝惠之世乃除挾書之律然公卿大臣絳灌之屬咸介冑武夫莫以爲意至孝文皇帝始使掌故鼂錯從伏生受尚書尚書初出於屋壁朽折散絕今其書見在時師傳讀而已詩始萌芽天下衆書往往頗出皆諸子傳說猶廣立於學官爲置博士在漢朝之儒惟賈生而已至孝武皇帝然後鄒魯梁趙頗有詩禮春秋先師皆起於建元之間當此之時一人不能獨

盡其經。或爲雅。或爲頌。相合而成。泰誓後得。博士集而讀之。故詔書稱曰。禮壞樂崩。書缺簡脫。朕甚閔焉。時漢興已七八十年。離於全經。固已遠矣。以上歷數周末及漢初經之不絕如綫及魯恭王壞孔子宅、欲以爲宮而得古文於壞壁之中、逸禮有三十九書十六篇、天漢之後、孔安國獻之、遭巫蠱倉卒之難、未及施行及春秋左氏邱明所修、皆古文舊書、多者二十餘通、藏於祕府、伏而未發、孝成皇帝閔學殘文缺、稍離其真、乃陳發祕藏、校理舊文、得此三事。以考學官所傳經或脫簡傳或閒編。傳問民閒。則有魯國桓公趙國貫公膠東庸生之遺學與此同抑而未施。此乃有識者之所惜閔。士君子之所嗟痛也。以上言得禮書左傳三事之可貴往者綴學之士。不思廢絕之闕。苟因陋就寡。分文析字。煩言碎辭。學者罷老。且不能究其一藝。信口說而背傳記。是末師而非往古。至於國家將有大事。若立辟雍封禪巡狩之儀。則幽冥而莫知其原。猶欲保殘守缺。挾恐見破之私意。而無從善服義之公心。或懷妒嫉。不考情實。雷同相從。隨聲是非。抑此三學。以尚書爲備。謂左氏爲不傳春秋。豈不哀哉。以上言時人無識抑此三學今聖上德通聖明、繼統揚業、亦閔文學錯亂學士若茲雖昭其情猶依違謙讓樂與士君子同之故下明詔試左氏可立不遣近臣奉指銜命將以輔弱扶微與二三君子比意同力冀得廢遺今則不然深閉固拒而不肯試猥以不誦絕之欲以杜塞餘道絕滅微學夫可與樂成難與慮始此迺衆庶之所爲耳非所望士君子也（以上言博士意不欲立左氏）且此數家之事皆先帝所親論今上所考視其古文舊書皆有徵驗外內相應豈苟而已哉夫禮失求之於野古文不猶愈於野乎往者博士書有歐陽春秋公羊易則施孟然孝宣皇帝猶復廣立穀梁春秋梁邱易大小夏侯尚書義雖相反猶並置之何則與其過而廢之也甯過而立之傳曰文武之道未墜於地在人賢者志其大者不賢者志其小者今此數家之言所以兼包大小之義豈可偏絕哉若必專己守殘黨同門妒道真違明詔失聖意以陷於文吏之議甚爲二三君子不取也（以上言數家之言不可偏絕）

馬援與楊廣書

春卿無恙（楊廣隗囂將春卿廣字也）前別冀南寂無音驛援閒還長安因留上林竊見四海

已定兆民同情而季孟閉拒背畔爲天下表的（季孟囂字）常懼海內切齒思相屠裂故遺書戀戀以致惻隱之計乃聞季孟歸罪於援而納王游翁諂邪之說（游翁王元字）自謂函谷以西舉足可定以今而觀竟何如邪援閒至河內過存伯春（伯春囂子恂之字）見其奴吉從西方還說伯春小弟仲舒望見吉（仲舒囂次子字）欲問伯春無它否竟不能言曉夕號泣婉轉塵中又說其家悲愁之狀不可言也夫怨讎可刺不可毀援聞之不自知泣下也援素知季孟孝愛曾閔不過夫孝於其親豈不慈於其子可有子抱三木而跳梁妄作自同分羹之事乎季孟平生自言所以擁兵衆者欲以保全父母之國而完墳墓也又言苟厚士大夫而已而今所欲全者將破亡之所欲完者將毀傷之所欲厚者將反薄之季孟嘗折愧子陽而不受其爵今更共陸陸（國藩按漢書蕭望之傳不肯碌碌反抱關爲與此陸陸字詞意正同）欲往附之將難爲顏乎若復責以重質當安從得子主給是哉往時子陽獨欲以王相待而春卿拒之今者歸老更欲低頭與小兒曹共槽櫪而食併肩側身於怨家之朝乎男兒溺死何傷而拘游哉今國家待春卿意深宜使牛孺卿與諸耆老大人共說季孟

孺卿囂將牛邯字也若計畫不從真可引領去矣前披輿地圖見天下郡國百有六所奈何欲以區區二邦以當諸夏百有四乎春卿事季孟外有君臣之義內有朋友之道言君臣邪固當諫爭語朋友邪應有切磋豈有知其無成而但萎腇咋舌叉手從族乎及今成計殊尚善也過是欲少味矣且來君叔天下信士君叔來歙字朝廷重之其意依依常獨爲西州言援商朝廷尤欲立信於此必不負約援不得久留願急賜報

朱浮與彭寵書

蓋聞智者順時而謀愚者逆理而動常竊悲京城太叔以不知足而無賢輔卒自棄於鄭也伯通以名字典郡有佐名之功臨民親職愛惜倉庫而浮秉征伐之任欲權時救急二者皆爲國耳卽疑浮相譖何不詣闕自陳而爲滅族之計乎朝廷之於伯通恩亦厚矣委以大郡任以威武事有柱石之寄情同子孫之親匹夫媵母尚能致命一飡豈有身帶三綬職典大邦而不顧恩義生心外叛者乎伯通與吏民語何以爲顏行步拜起何以爲容坐臥念之何以爲心引鏡

窺景何以施眉目舉厝建功何以爲人惜乎棄休令之嘉名造梟鴟之逆謀捐傳業之慶祚招破敗之重災高論堯舜之道不忍桀紂之性生爲世笑死爲愚鬼不亦哀乎伯通與耿俠遊俱起佐命同被國恩俠遊謙讓屢有降挹之言而伯通自伐以爲功高天下往時遼東有豕生子白頭異而獻之行至河東見羣豕皆白懷慙而還若以子之功高論於朝廷則爲遼東豕也今乃愚妄自比六國六國之時其勢各盛廓土數千里勝兵將百萬故能據國相持多歷年所今天下幾里列郡幾城奈何以區區漁陽而結怨天子此猶河濱之民捧土以塞孟津多見其不知量也方今天下適定海內願安士無賢不肖皆樂立名於世而伯通獨中風狂走自捐盛時內聽嬌婦之失計外信讒邪之諛言長爲羣后惡法永爲功臣鑒戒豈不誤哉定海內者無私讎勿以前事自疑願留意顧老母少弟凡舉事無爲親厚者所痛而爲見讎者所快

馮衍奏記鄧禹

衍聞明君不惡切慤之言以測幽冥之論忠臣不顧爭引之患以達萬機之變

是故君臣兩興功名兼立銘勒金石令問不忘今行幸逢寬明之日將値危言之時豈敢拱默避皋而不竭其誠哉（以上渾寫獻計之意）伏念天下離王莽之害久矣始自東郡之師繼以西海之役巴蜀沒於南夷緣邊破於北狄遠征萬里暴兵累年禍挐未解兵連不息刑法彌深賦斂愈重衆彊之黨橫擊於外百僚之臣貪殘於內元元無聊飢寒並臻父子流亡夫婦離散廬落丘墟田疇蕪穢疾疫大興災異蠭起於是江湖之上海岱之濱風騰波涌更相駘藉四垂之人肝腦塗地死亡之數不啻大半殃咎之毒痛入骨髓匹夫僮婦咸懷怨怒皇帝以聖德靈威龍興鳳舉率宛葉之衆將散亂之兵喢血昆陽長驅武關破百萬之陳摧九虎之軍靁震四海席卷天下攘除禍亂誅滅無道一朞之閒海內大定繼高祖之休烈修文武之絕業社稷復存炎精更輝德冠往初功無與二天下自以去亡新就聖漢當蒙其福而賴其願樹恩布德易以周洽其猶順驚風而蜚鴻毛也（以上陳光武中興之盛）然而諸將擄掠逆倫絕理殺人父子妻人婦女燔其室屋略其財產飢者毛食寒者裸跣冤結失望無所歸命今大將軍以明淑之德秉大

使之權統三軍之政存撫并州之人惠愛之誠加乎百姓高世之聲聞乎羣士故其延頸企踵而望者非特一人也且大將軍之事豈特珪璧其行束修其心而已哉將定國家之大業成天地之元功也昔周宣中興之主齊桓霸彊之君耳猶有申伯召虎夷吾吉甫攘其蟊賊安其疆宇況乎萬里之漢明帝復興而大將爲之梁棟此誠不可以忽也（以上諸將無紀律故以王者之師望鄧禹）且衍聞之兵久則力屈人愁則變生今邯鄲之賊未滅真定之際復擾而大將軍所部不過百里守城不休戰軍不息兵革雲翔百姓震駭奈何自怠不爲深憂夫并州之地東帶名關北逼彊胡年穀獨孰人庶多資斯四戰之地攻守之場也如其不虞何以待之故曰德不累積人不爲用備不豫具難以應卒今生人之命縣於將軍將軍所杖必須良材宜改易非任更選賢能夫十室之邑必有忠信審得其人以承大將軍之明則雖山澤之人無不感德思樂爲用矣然後簡精銳之卒發屯守之士三軍既整甲兵已具相其土地之饒觀其水泉之利制屯田之術習戰射之教則威風遠暢人安其業矣若鎮太原撫上黨收百姓之歡心樹名賢之良

佐天下無變則足以顯聲譽一朝有事則可以建大功惟大將軍開日月之明發深淵之慮監六經之論觀孫吳之策省羣議之是非詳衆士之白黑以超周南之迹垂甘棠之風令夫功烈施於千載富貴傳於無窮伊望之策何以加茲

以上勸馬鎮撫幷州招納名賢

李固與黃瓊書

聞已度伊洛近在萬歲亭豈卽事有漸將順王命乎蓋君子謂伯夷隘柳下惠不恭故傳曰不夷不惠可否之閒蓋聖賢居身之所珍也誠遂欲枕山棲谷擬迹巢由斯則可矣若當輔政濟民今其時也自生民以來善政少而亂俗多必待堯舜之君此爲志士終無時矣常聞語曰嶢嶢者易缺皦皦者易汙陽春之曲和者必寡盛名之下其實難副近魯陽樊君被徵初至朝廷設壇席猶待神明雖無大異而言行所守亦無所缺而毀謗布流應時折減者豈非觀聽望深聲名太盛乎自頃徵聘之士胡元安薛孟嘗朱仲昭顧季鴻等其功業皆無所採是故俗論皆言處士純盜虛聲願先生弘此遠謨令衆人歎服一雪此言耳

孔融論盛孝章書

歲月不居。時節如流。五十之年。忽焉已至。公為始滿。融又過二。海內知識。零落殆盡。惟有會稽盛孝章尚存。其人困於孫氏。妻孥湮沒。單孑獨立。孤危愁苦。若使憂能傷人。此子不得永年矣。春秋傳曰。諸侯有相滅亡者。桓公不能救。則桓公恥之。今孝章實丈夫之雄也。天下談士。依以揚聲。而身不免於幽縶。命不期於旦夕。吾祖不當復論損益之友。而朱穆所以絕交也。公誠能馳一介之使。加咫尺之書。則孝章可致。友道可弘矣。今之少年。喜謗前輩。或能譏評孝章。孝章要為有天下大名。九牧之人。所共稱歎。燕君市駿馬之骨。非欲以騁道里。乃當以招絕足也。惟公匡復漢室。宗社將絕。又能正之。正之之術。實須得賢。珠玉無脛而自至者。以人好之也。況賢者之有足乎。昭王築臺以尊郭隗。隗雖小才。而逢大遇。竟能發明主之至心。故樂毅自魏往。劇辛自趙往。鄒衍自齊往。向使郭隗倒懸而王不解。臨難而王不拯。則士亦將高翔遠引。莫有北首燕路者矣。凡所稱引。自公所知。而復有云者。欲公崇篤斯義。因表不悉。

阮瑀爲曹公作書與孫權

離絶以來於今三年無一日而忘前好亦猶姻媾之義恩情已深違異之恨中閡尚淺也孤懷此心君豈同哉每覽古今所由改趣因緣侵辱或起瑕釁心忿意危用成大變若韓信傷心於失楚彭寵積望於無異盧綰嫌畏於已隙英布憂迫於情漏此事之緣也孤與將軍恩如骨肉割授江南不屬本州豈若淮陰捐舊之恨抑遏劉馥相厚益隆寧放朱浮顯露之奏無匿張勝貸故之變匪有陰構賁赫之告固非燕王淮南之釁也而忍絶王命明棄碩交實爲佞人所構會也夫似是之言莫不動聽因形設象易爲變觀示之以禍難激之以恥辱大丈夫雄心能無憤發昔蘇秦說韓羞以牛後韓王按劒作色而怒雖兵折地割猶不爲悔人之情也仁君年壯氣盛緒信所嬖既懼患至兼懷忿恨不能復遠度孤心近慮事勢遂齎見薄之決計秉翻然之成議加劉備相扇揚事結釁連推而行之想暢本心不願於此也孤以薄德位高任重幸蒙國朝將泰之運蕩平天下懷集異類喜得全功長享其福而姻親坐離厚援生隙常恐海內多以

相責以爲老夫包藏禍心陰有鄭武取胡之詐乃使仁君翻然自絕以是忿忿懷慙反側常思除棄小事更申前好二族俱榮流祚後嗣以明雅素中誠之效抱懷數年未得散意（以上言欲敦姻好）昔赤壁之役遭離疫氣燒船自還以避惡地非周瑜水軍所能抑挫也江陵之守物盡穀殫無所復據徙民還師又非瑜之所能敗也荆土本非己分我盡與君冀取其餘非相侵肌膚有所割損也思計此變無傷於孤何必自遂於此不復還之高帝設爵以延田橫光武指河而誓朱鮪君之負累豈如二子是以至情願聞德音往年在譙新造舟船取足自載以至九江貴欲觀湖漅之形定江濱之民耳非有深入攻戰之計將恐議者大爲己榮自謂策得長無西患重以此故未肯迴情然智者之慮慮於未形達者所規規於未兆是故子胥知姑蘇之有麋鹿輔果識智伯之爲趙禽穆生謝病以免楚難鄒陽北遊不同吳禍此四士者豈聖人哉徒通變思深以微知著耳以君之明觀孤術數量君所據相計土地豈勢少力乏不能遠舉割江之表晏安而已哉甚未然也若恃水戰臨江塞要欲令王師終不得渡亦未必也夫水戰

千里情巧萬端越爲三軍吳曾不禦漢潛夏陽魏豹不意江河雖廣其長難衛
也（以上言魏之勢力足以幷吞吳國）凡事有宜不得盡言將修前好而張形勢更無以威脅重
敵人然有所恐恐書無益何則往者軍逼而自引還今日在遠而與慰納辭遜
意狹謂其力盡適以增驕不足相動但明效古當自圖之耳昔淮南信左吳之
策隗囂納王元之言彭寵受親吏之計三夫不寤終爲世笑梁王不受詭勝竇
融斥逐張元二賢旣覺福亦隨之願君少留意焉若能內取子布外擊劉備以
效赤心用復前好則江表之任長以相付高位重爵坦然可觀上令聖朝無東
顧之勞下令百姓保安全之福君享其榮孤受其利豈不快哉若忽至誠以處
僥倖婉彼二人不忍加罪所謂小人之仁大忠之賊大雅之人不肯爲此也若
憐子布願言俱存亦能傾心去恨順君之情更與從事取其後善但禽劉備亦
足爲效開設二者審處一焉（以上勸權立功自效）聞荊揚諸將並得降者皆言交州爲君
所執豫章距命不承執事疫旱並行人兵損減各求進軍其言云云孤聞此言
未以爲悅然道路旣遠降者難信幸人之災君子不爲且又百姓國家之有加

懷區區樂欲崇和庶幾明德來見昭副不勞而定於孤益貴是故按兵守次遣書致意古者兵交使在其中願仁君及孤虛心回意以應詩人補袞之歎而慎周易牽復之義濯鱗清流飛翼天衢亙時在茲勖之而已

王粲爲劉荊州與袁譚書

天降災害禍難殷流初交殊族卒成同盟使王室震蕩彝倫攸斁是以智達之士莫不痛心入骨傷時人不能相忍也然孤與太公志同願等雖楚魏絕邈山河迥遠戮力乃心共獎王室使非族不干吾盟異類不絕吾好此孤與太公無貳之所致也功績未卒太公殂隕賢允承統以繼洪業宣奕世之德履丕顯之祚摧嚴敵於鄴都揚休烈於朔土顧定疆宇虎視河外凡我同盟莫不景附何悟青蠅飛於竿旌無忌游於二壘使股肱分成二體胸膂絕爲異身初聞此問尙謂不然定聞信來乃知閼伯實沈之忿已成棄親卽讐之計已決旃旆交於中原暴尸累於城下聞之哽咽若存若亡昔三王五伯下及戰國君臣相弒父子相殺兄弟相殘親戚相滅蓋時有之然或欲以成王業或欲以定霸功皆所

謂逆取順守。而傲富強於一世也。未有棄親即異。兀其根本。而能全軀長世者也。昔齊襄公報九世之讎。士匄卒荀偃之事。是故春秋美其義。君子稱其信。夫伯游之恨於齊。未若太公之忿於曹也。宣子人臣承業。未若仁君之繼統也。且君子違難。不適讎國。交絕不出惡聲。況忘先人之讎。棄親戚之好。而為萬世之戒。遺同盟之耻哉。蠻夷戎狄。將有誚讓之言。況我族類。而不痛心邪。夫欲立竹帛於當時、全宗祀於一世、豈宜同生分謗、爭校得失乎、若冀州有不弟之慠、無慙順之節、仁君當降志辱身、以濟事為務、事定之後、使天下平其曲直、不亦為高義邪、今仁君見憎於夫人、未若鄭莊之於姜氏、昆弟之嫌、未若重華之於象敖、然莊公卒崇大隧之樂、象敖終受有鼻之封、願捐棄百痾、追攝舊義、復為母子昆弟如初、今整勒士馬、瞻望鵠立、

魏文帝與朝歌令吳質書

五月十八日丕白、季重無恙、塗路雖局、官守有限、願言之懷、良不可任、足下所治僻左、書問致簡、益用增勞、每念昔日南皮之遊、誠不可忘、既妙思六經、逍遙

百氏彈碁閒設終以六博高談娛心哀箏順耳馳騁北場旅食南館浮甘瓜於清泉沈朱李於寒水白日既匿繼以朗月同乘並載以遊後園輿輪徐動參從無聲清風夜起悲笳微吟樂往哀來愴然傷懷余顧而言斯樂難常足下之徒咸以爲然今果分別各在一方元瑜長逝化爲異物每一念至何時可言方今蕤賓紀時景風扇物天氣和暖衆果具繁時駕而遊北遵河曲從者鳴笳以啓路文學託乘於後車節同時異物是人非我勞如何今遣騎到鄴故使枉道相過行矣自愛丕白

魏文帝與吳質書

二月三日丕白歲月易得別來行復四年三年不見東山猶歎其遠況乃過之思何可支雖書疏往返未足解其勞結昔年疾疫親故多離其災徐陳應劉一時俱逝痛可言邪昔日遊處行則連輿止則接席何曾須臾相失每至觴酌流行絲竹並奏酒酣耳熱仰而賦詩當此之時忽然不自知樂也謂百年己分可長共相保何圖數年之閒零落略盡言之傷心頃撰其遺文都爲一集觀其姓

名已爲鬼錄追思昔遊猶在心目而此諸子化爲糞壤可復道哉觀古今文人類不護細行鮮能以名節自立而偉長獨懷文抱質恬淡寡欲有箕山之志可謂彬彬君子者矣著中論二十餘篇成一家之言辭義典雅足傳於後此子爲不朽矣德璉常斐然有述作之意其才學足以著書美志不遂良可痛惜閒者歷覽諸子之文對之抆淚既痛逝者行自念也孔璋章表殊健微爲繁富公幹有逸氣但未遒耳其五言詩之善者妙絕時人元瑜書記翩翩致足樂也仲宣續自善於辭賦惜其體弱不足起其文至於所善古人無以遠過昔伯牙絕絃於鍾期仲尼覆醢於子路痛知音之難遇傷門人之莫逮諸子但爲未及古人自一時之儁也今之存者已不逮矣後生可畏來者難誣然恐吾與足下不及見也年行已長大所懷萬端時有所慮至通夜不瞑志意何時復類昔日已成老翁但未白頭耳光武言年三十餘在兵中十歲所更非一吾德不及之年與之齊矣以犬羊之質服虎豹之文無衆星之明假日月之光動見瞻觀何時易乎恐永不復得爲昔日遊也少壯真當努力年一過往何可攀援古人思炳燭

夜遊。良有以也。頃何以自娛。頗復有所述造不。東望於邑。裁書敘心。丕白。

曹植與吳季重書

植白季重足下。前日雖因常調。得為密坐。雖燕飲彌日。其於別遠會稀。猶不盡其勞積也。若夫觴酌凌波於前。簫笳發音於後。足下鷹揚其體。鳳歎虎視。謂蕭曹不足儔。衛霍不足侔也。左顧右盼。謂若無人。豈非吾子壯志哉。過屠門而大嚼。雖不得肉。貴且快意。當斯之時。願舉太山以為肉。傾東海以為酒。伐雲夢之竹以為笛。斬泗濱之梓以為箏。食若填巨壑。飲若灌漏巵。其樂固難量。豈非大丈夫之樂哉。然日不我與。曜靈急節。面有逸景之速。別有參商之闊。思欲抑六龍之首。頓羲和之轡。折若木之華。閉濛汜之谷。天路高邈。良久無緣。懷戀反側。如何如何。得所來訊。文采委曲。曄若春榮。瀏若清風。申詠反覆。曠若復面。其諸賢所著文章。想還所治。復申詠之也。可令熹事小吏諷而誦之。夫文章之難。非獨今也。古之君子。猶亦病諸。家有千里驥而不珍焉。人懷盈尺。和氏無貴矣。夫君子而知音樂。古之達論。謂之通而蔽。墨翟不好伎。何為過朝歌而迴車乎。足下好伎值墨翟迴車之縣想足下助我張目也又聞足下在彼自有佳政夫求而不得者有之矣未有不求而得者也且改轍易行非良樂之御易民而治非楚鄭之政願足下勉之而已矣適對嘉賓口授不悉往來數相聞曹植白

曹植與楊德祖書

植白數日不見思子爲勞想同之也僕少小好爲文章迄至於今二十有五年矣然今世作者可略而言也昔仲宣獨步於漢南孔璋鷹揚於河朔偉長擅名於青土公幹振藻於海隅德璉發跡於此魏足下高視於上京當此之時人人自謂握靈蛇之珠家家自謂抱荊山之玉吾王於是設天網以該之頓八紘以掩之今悉集茲國矣然此數子猶復不能飛軒絕跡一舉千里以孔璋之才不閑於辭賦而多自謂能與司馬長卿同風譬畫虎不成反爲狗也前書嘲之反作論盛道僕讚其文夫鍾期不失聽於今稱之吾亦不能妄歎者畏後世之嗤余也世人之著述不能無病僕常好人譏彈其文有不善者應時改定昔丁敬禮常作小文使僕潤飾之僕自以才不過若人辭不爲也敬禮謂僕卿何所疑

難文之佳惡吾自得之後世誰相知定吾文者邪吾常歎此達言以爲美談昔尼父之文辭與人通流至於制春秋游夏之徒乃不能措一辭過此而言不病者吾未之見也蓋有南威之容乃可以論其淑媛有龍泉之利乃可以議其斷割劉季緒才不能逮於作者而好詆訶文章掎摭利病昔田巴毀五帝罪三王呰五霸於稷下一旦而服千人魯連一說使終身杜口劉生之辯未若田氏今之仲連求之不難可無息乎人各有好尚蘭茝蓀蕙之芳衆人所好而海畔有逐臭之夫咸池六莖之發衆人所共樂而墨翟有非之之論豈可同哉今往僕少小所著辭賦一通相與夫街談巷說必有可采擊轅之歌有應風雅匹夫之思未易輕棄也辭賦小道固未足以揄揚大義彰示來世也昔揚子雲先朝執戟之臣耳猶稱壯夫不爲也吾雖德薄位爲蕃侯猶庶幾勠力上國流惠下民建永世之業留金石之功豈徒以翰墨爲勳績辭賦爲君子哉若吾志未果吾道不行則將采庶官之實錄辯時俗之得失定仁義之衷成一家之言雖未能藏之於名山將以傳之於同好非要之皓首豈今日之論乎其言之不慙恃惠

子之知我也明早相迎書不盡懷植白

吳質答魏太子牋

二月八日庚寅臣質言奉讀手命追亡慮存恩哀之隆形於文墨日月冉冉歲不我與昔侍左右廁坐衆賢出有微行之遊入有管絃之懽置酒樂飲賦詩稱壽自謂可終始相保並騁材力効節明主何意數年之閒死喪略盡臣獨何德以堪久長陳徐劉應才學所著誠如來命惜其不遂可爲痛切凡此數子於雍容侍從實其人也若乃邊境有虞羣下鼎沸軍書輻至羽檄交馳於彼諸賢非其任也往者孝武之世文章爲盛若東方朔枚皐之徒不能持論即阮陳之儔也其唯嚴助壽王與聞政事然皆不慎其身善謀於國卒以敗亡臣竊恥之至於司馬長卿稱疾避事以著書爲務則徐生庶幾焉而今各逝已爲異物矣後來君子實可畏也伏惟所天優游典籍之場休息篇章之囿發言抗論窮理盡微摛藻下筆鸞龍之文奮矣雖年齊蕭王才實百之此衆議所以歸高遠近所以同聲然年歲若墜今質已四十二矣白髮生鬢所慮日深實不復若平日之

時也。但欲保身敕行。不蹈有過之地。以爲知己之累耳。遊宴之歡。難可再遇。盛年一過。實不可追。臣幸得下愚之才。值風雲之會。時邁齒載。猶欲觸匈奮首展其割裂之用也。不勝慺慺。以來命備悉。故略陳至情。質死罪死罪。

吳質在元城與魏太子牋

臣質言。前蒙延納。侍宴終日。燿靈匿景。繼以華燈。雖虞卿適趙。平原入秦。受贈千金。浮觴旬日。無以過也。小器易盈。先取沈頓。醒寤之後。不識所言。即以五日到官。初至承前。未知深淺。然觀地形。察土宜。西帶常山。連岡平代。北鄰柏人。乃高帝之所忌也。重以泜水。漸漬疆宇。喟然歎息。思淮陰之奇譎。亮成安之失策。南望邯鄲。想廉藺之風。東接鉅鹿。存李齊之流。都人士女。服習禮教。皆懷慷慨之節。包左車之計。而質闇弱。無以涖之。若乃邁德種恩。樹之風聲。使農夫逸豫於疆畔。女工吟詠於機杼。固非質之所能也。至於奉遵科教。班揚明令。下無威福之吏。邑無豪俠之傑。賦事行刑。資於故實。抑亦懍懍有庶幾之心。往者嚴助釋承明之懽。受會稽之位。壽王去侍從之娛。統東郡之任。其後皆克復舊職。追尋前軌今獨不然不亦異乎張儆在外自謂無奇陳咸憤積思入京城彼豈虛談夸論誑燿世俗哉斯實薄郡守之榮顯左右之勤也古今一揆先後不貿焉知來者之不如今聊以當覲不敢多云質死罪死罪

吳質答東阿王書

質白信到奉所惠貺發函伸紙是何文采之巨麗而慰喻之綢繆乎夫登東嶽者然後知衆山之邐迤也奉至尊者然後知百里之卑微也自旋之初伏念五六日至於旬時精散思越惘若有失非敢羨寵光之休慕猗頓之富誠以身賤犬馬德輕鴻毛至乃歷玄闕排金門升玉堂伏虛檻於前殿臨曲池而行觴既威儀虧替言辭漏渫雖恃平原養士之懿愧無毛遂燿穎之才深蒙羣公折節之禮而無馮諼三窟之効屢獲信陵虛左之德又無侯生可述之美凡此數者乃質之所以憤積於胸臆懷眷而悁邑者也若追前宴謂之未究傾海爲酒并山爲肴伐竹雲夢斬梓泗濱然後極雅意盡歡情信公子之壯觀非鄙人之所庶幾也若質之志實在所天思投印釋黻朝夕侍坐鑽仲父之遺訓覽老氏之

要言對淸酤而不酌抑嘉肴而不享使西施出帷嫫母侍側斯盛德之所蹈明
哲之所保也若乃近者之觀實蕩鄙心秦箏發徽二八迭奏塤簫激於華屋靈
鼓動於座右耳嘈嘈於無聞情踴躍於鞍馬謂可北懾肅愼使貢其楛矢南震
百越使獻其白雉又況權備夫何足視乎還治諷采所著觀省英瑋實賦頌之
宗作者之師也衆賢所述亦各有志昔趙武過鄭七子賦詩春秋載列以爲美
談質小人也無以承命又所答貺辭醜義陋申之再三赧然汗下此邦之人閑
習辭賦三事大夫莫不諷誦何但小吏之有乎重惠苦言訓以政事惻隱之恩
形乎文墨墨子迴車而質四年雖無德與民式歌且舞儒墨不同固以久矣然
一旅之衆不足以揚名步武之間不足以騁迹若不改轍易御將何以効其力
哉今處此而求大功猶絆良驥之足而責以千里之任檻猨猴之勢而望其巧
捷之能者也不勝見恤謹附遣白答不敢繁辭吳質白

楊修答臨淄侯牋

修死罪死罪不侍數日若彌年載豈由愛顧之隆使係仰之情深邪損辱嘉命

蔚矣其文誦讀反覆雖諷雅頌不復過此若仲宣之擅漢表陳氏之跨冀域徐劉之顯青豫應生之發魏國斯皆然矣至於修者聽采風聲仰德不暇自周章於省覽何遑高視哉伏惟君侯少長貴盛體發旦之資有聖善之教遠近觀者徒謂能宣昭懿德光贊大業而已不復謂能兼覽傳記留思文章今乃含王超陳度越數子矣觀者駭視而拭目聽者傾首而竦耳非夫體通性達受之自然其孰能至於此乎又嘗親見執事握牘持筆有所造作若成誦在心借書於手曾不斯須少留思慮仲尼日月無得踰焉修之仰望殆如此矣是以對鶡而辭作暑賦彌日而不獻見西施之容歸憎其貌者也伏想執事不知其然猥受顧錫教使刊定春秋之成莫能損益呂氏淮南字直千金然而弟子箝口市人拱手者聖賢卓犖固所以殊絕凡庸也今之賦頌古詩之流不更孔公風雅無別耳修家子雲老不曉事強著一書悔其少作若此仲山周旦之儔爲皆有諐邪君侯忘聖賢之顯迹述鄙宗之過言竊以爲未之思也若乃不忘經國之大美流千載之英聲銘功景鍾書名竹帛斯自雅量素所畜也豈與文章相妨害哉

輒受所惠竊備矇瞍誦詠而已敢望惠施以忝莊氏季緒璅璅何足以云反答造次不能宣備修死罪死罪

辥綜與諸葛恪書

山越恃阻不賓歷世緩則首鼠急則狼顧皇帝赫然命將西征神策內授武師外震兵不染鍔甲不沾汗元惡既梟種黨歸義蕩滌山藪獻戎十萬野無遺寇邑罔殘奸既埽兇慝又充軍用藜蓧稂莠化爲善草魑魅魍魎更成虎士雖實國家威靈之所加亦信元帥臨履之所致也雖詩美執訊易嘉折首周之方召漢之衞霍豈足以談功軼古人勳超前世主上歡然遙用歎息感四牡之遺典思飲至之舊章故遣中臺近官迎致犒賜以旌茂功以慰劬勞

高崧爲會稽王昱與桓温書

寇難宜平時會宜接此實爲國遠圖經略大算能弘斯會非足下而誰但以比興師動衆要當以資實爲本運轉之艱古人所難不可易之於始而不熟慮頃所以深用爲疑惟在此耳然異常之舉衆之所駭遊聲噂嗒想足下亦少聞之

苟患失之無所不至或能望風振擾一時崩散如此則望實並喪社稷之事去矣皆由吾闇弱德信不著不能鎮靜羣庶保固維城所以內愧於心外慙良友吾與足下雖職有內外安社稷保國家其致一也天下安危繫之明德當先思甯國而後圖其外使王基克隆大義弘著所望於足下區區誠懷豈可復顧嫌而不盡哉

王羲之與會稽王牋

古人恥其君不爲堯舜北面之道豈不願尊其所事比隆往代況遇千載一時之運顧智力屈於當年何得不權輕重而處之也今雖有可欣之會內求諸己而所憂乃重於所欣傳云自非聖人外甯必有內憂今外不甯內憂已深古之弘大業者或不謀於衆傾國以濟一時之功者亦往往而有之誠獨運之明足以邁衆暫勞之弊終獲永逸者可也求之於今可得擬議乎夫廟算決勝必宜審量彼我萬全而後動功就之日便當因其衆而即其實今功未可期而遺黎殲盡萬不餘一且千里饋糧自古爲難況今轉運供繼西輸許洛北入黃河雖

秦政之弊未至於此而十室之憂便以交至今運無還期徵求日重以區區吳越經緯天下十分之九不亡何待而不度德量力不斂不已此封內所痛心歎悼而莫敢吐誠往者不可諫來者猶可追願殿下更垂三思解而更張令殷浩荀羨還據合肥廣陵許昌譙郡梁彭城諸軍皆還保淮爲不可勝之基須根立勢舉謀之未晚此實當今策之上者若不行此社稷之憂可計日而待安危之機易於反掌考之虛實著於目前願運獨斷之明定之於一朝也地淺而言深豈不知其未易然古人處閭閻行陣之間尚或干時謀國評裁者不以爲譏況廁大臣末行豈可默而不言哉存亡所係決在行之不可復持疑後機不定之於此後欲悔之亦無及也殿下德冠宇內以公室輔朝最可直道行之致隆當年而未允物望受殊遇者所以寤寐長歎實爲殿下惜之國家之慮深矣常恐伍員之憂不獨在昔麋鹿之遊將不止林藪而已願殿下暫廢虛遠之懷以救倒懸之急可謂以亡爲存轉禍爲福則宗廟之慶四海有賴矣

王羲之遺殷浩書

知安西敗喪・公私惋怛・不能須臾去懷・以區區江左・所營綜如此・天下寒心固以久矣・而加之敗喪・此可熟念・往事豈復可追・願思弘將來・令天下寄命有所・自隆中興之業・政以道勝・寬和爲本・力爭武功・作非所當・因循所長・以固大業・想識其由來也・自寇亂以來・處內外之任者・未有深謀遠慮・括囊至計・而疲竭根本・各從所志・竟無一功可論・一事可記・忠言嘉謀・棄而莫用・遂令天下將有土崩之勢・何能不痛心悲慨也・任其事者・豈得辭四海之責・追咎往事・亦何所復及・宜更虛己求賢・當與有識共之・不可復令忠允之言・常屈於當權・今軍破於外・資竭於內・保淮之志・非復所及・莫過還保長江・都督將各復舊鎮・自長江以外・羈縻而已・任國鈞者・引咎責躬・深自貶降・以謝百姓・更與朝賢・思布平正・除其煩苛・省其賦役・與百姓更始・庶可以允塞羣望・救倒懸之急・使君起於布衣・任天下之重・尚德之舉・未能事事允稱・當董統之任・而喪敗至此・恐闔朝羣賢・未有與人分其謗者・今亟修德補闕・廣延羣賢・與之分任・尚未知獲濟所期・若猶以前事爲未工・故復求之於分外・宇宙雖廣・自容何所・知言不必用・或取

怨執政。然當情慨所在。正自不能不盡懷極言。若必親征。未達此旨。果行者。愚智所不解也。願復與衆共之。復被州符。增運千石。徵役兼至。皆以軍期。對之喪氣。罔知所厝。自頃年劃剝。遺黎刑徒。竟路殆同秦政。惟未加參夷之刑耳。恐勝廣之憂。無復日矣。

王羲之報殷浩書

吾素自無廟廊。直王丞相時。果欲內吾。誓不許之。手跡猶存。由來尚矣。不於足下參政。而方進退。僕兒婚女嫁。便懷尙子平之志。數與親知言之。非一日也。若蒙驅使。關隴巴蜀。皆所不辭。吾雖無專對之能。直謹守時命。宣國家威德。固當不同於凡使。必令遠近咸知朝廷留心於無外。此所益殊不同居護軍也。漢末使太傅馬日磾慰撫關東。若不以吾輕微。無所爲疑。宜及冬初以行。吾惟恭以俟命。

王羲之與尚書僕射謝安書

頃所陳論。每蒙允納。所以令下小得蘇息。各安其業。若不耳。此一郡久以蹈東海矣今事之大者未布漕運是也吾意望朝廷可申下定期委之所司勿復催下但當歲終考其殿最長吏尤殿命檻車送詣天臺三縣不舉二千石必免或可左降令在疆塞極難之地又自吾到此從事常有四五兼以臺司及都水御史行臺文符如雨倒錯違背不復可知吾又瞑目循常推前取重者及綱紀輕者在五曹主者涖事未嘗得十日吏民趨走功費萬計卿方任其重可徐尋所言江左平日揚州一良刺史便足統之況以羣才而更不理正由爲法不一牽制者衆思簡而易從便足以保守成業倉督監耗盜官米動以萬計吾謂誅翦一人其後便斷而時意不同近檢校諸縣無不皆爾餘姚近十萬斛重斂以資姦吏令國用空乏良可歎也自軍興以來征役及充運死亡叛散不反者衆虚耗至此而補代循常所在凋困莫知所出上命所差上道多叛則吏及叛者席卷同去又有常制輒令其家及同伍課捕課捕不禽家及同伍尋復亡叛百姓流亡戸口日減其源在此又有百工醫寺死亡絶滅家戸空盡差代無所上命不絶事起或十年十五年彈舉獲罪無懈息而無益實事何以堪之謂自今諸

珍倣宋版印

死罪原輕者及五歲刑可以充此其減死者可長充兵役五歲者可充雜工醫寺皆令移其家以實都邑都邑既實是政之本又可絕其亡叛不移其家逃亡之患復如初耳今除罪而充雜役盡移其家小人愚迷或以為重於殺戮可以絕姦刑名雖輕懲肅實重豈非適時之宜邪

王羲之誡謝萬書

以君邁往不屑之韻而俯同羣辟誠難為意也然所謂通識正自當隨事行藏乃為遠耳願君每與士之下者同則盡善矣食不二味居不重席此復何有而古人以為美談濟否所由實在積小以致高大君其存之

王羲之與吏部郎謝萬書

古之辭世者或被髮佯狂或污身穢迹可謂艱矣今僕坐而獲免遂其宿心其為慶幸豈非天賜違天不祥頃東遊還修植桑果今盛敷榮率諸子抱弱孫游觀其閒有一味之甘割而分之以娛目前雖植德無殊邈猶欲教養子孫以敦厚退讓戒以輕薄庶令舉策數馬彷彿萬石之風君謂此何如比當與安石東

游山海並行田視地利頤養閑曠衣食之餘欲與親知時共歡讌雖不能與言高詠銜杯引滿語田里所行故以爲撫掌之資其爲得意可勝言耶常依陸賈班嗣楊王孫之處世甚欲希風數子老夫志願盡於此矣

盧諶贈劉琨書附詩一首

故吏從事中郎盧諶死罪死罪諶稟性短弱當世罕任因其自然用安靜退在木闕不材之資處鴈乏善鳴之分卷異蘧子愚殊甯生匠者時眄不免臏賓嘗自思惟因緣運會得蒙接事自奉清塵于今五稔謨明之效不著候人之譏以彰大雅含弘量苞山藪加以待接彌優款眷逾昵與運籌之謀廁讌私之歡綢繆之旨有同骨肉其爲知己古人罔喻昔聶政殉嚴遂之顧荆軻慕燕丹之義意氣之閑靡軀不悔雖微達節謂之可庶然苟曰有情孰能不懷故委身之日夷險已之事與願違當忝外役遂去左右收迹府朝蓋本同末異楊朱興哀始素終玄墨翟垂涕分乖之際咸可歎慨致感之途或迫乎茲亦奚必臨路而後長號覩絲而後歔欷哉是以仰惟先情俯覽今遇感存念亡觸物眷戀易曰書

不盡言言不盡意然則書非盡言之器言非盡意之具矣況言有不得至於盡意書有不得至於盡言邪不勝猥瀆謹貢詩一篇抑不足以揄揚弘美亦以攄其所抱而已若公肆大惠遂其厚恩錫以咳唾之音慰其違離之意則所謂咸池酬於北里夜光報於魚目諶之願也非所敢望也諶死罪死罪

濬哲維皇紹熙有晉振厥弛維光闡遠韻有來斯雍至止伊順三台摛朗四岳增峻伊陟佐商山甫翼周弘濟艱難對揚王休苟非異德曠世同流加其忠貞宣其徽猷伊諶陋宗昔遘嘉惠申以婚姻著以累世義等休戚好同與廢孰云匪諧如樂之契王室喪師私門播遷望公歸之視險忽艱茲願不遂中路阻顛仰悲先意俯思身愆大鈞載運良辰遂往瞻彼日月迅過俯仰感今惟昔口存心想借曰如昨忽爲疇曩疇曩伊何逝者彌疏温温恭人慎終如初覽彼遺音恤此窮孤譬彼樛木蔓葛以敷妙哉蔓葛得託樛木葉不雲布華不星燭承侔卞和質非荊璞眷同尤良用乏驥騄承亦既篤眷亦既親飾獎駑猥方駕駿珍弼諧靡成良謀莫陳無覬狐趙有與五臣五臣奚與契

闊百罹•身經險阻•足蹈幽遐•義由恩深•分隨昵加•綢繆委心•自同匪他•昔在暇日•妙尋通理•尤彼意氣•使是節士•情以體生•感以情起•趣舍罔要•窮達斯已•由余片言•秦人是憚•日磾效忠•飛聲有漢•桓桓撫軍•古賢作冠•來牧幽都•濟厥塗炭•塗炭既濟•寇挫民阜•謬其疲隸•授之朝右•上懼任大•下欣施厚•實祇高明•敢忘所守•相彼反哺•尙在翔禽•孰是人斯•而忍斯心•每憑山海•庶覿高深•遐眺存亡•緬成飛沈•長徽已纓•逝將徙舉•收跡西踐•銜哀東顧•曷云塗遼•曾不咫步•豈不夙夜•謂行多露•緜緜女蘿•施於松標•稟澤洪幹•晞陽豐條•根淺難固•莖弱易彫•操彼纖質•承此衝飆•纖質實微•衝飆斯值•誰謂言精•致在賞意•不見得魚•亦忘厥餌•遺其形骸•寄之深識•先民頤意•潛山隱机•仰熙丹崖•俯澡綠水•無求於和•自附衆美•慷慨遐蹤•有愧高旨•爰造異論•肝膽楚越•惟同大觀•萬殊一轍•死生既齊•榮辱奚別•處其玄根•廓焉靡結•福爲禍始•禍作福階•天地盈虛•寒暑周迴•夫差不祀•釁在勝齊•句踐作伯•祚自會稽•邈矣達度•惟道是杖•形有未泰•神無不暢•如川之流•如淵之量•上弘棟隆•下塞

民望。

劉琨答盧諶書（附詩一首）

琨頓首。損書及詩。備辛酸之苦言。暢經通之遠旨。執玩反覆。不能釋手。慨然以悲。歡然以喜。昔在少壯。未嘗檢括。遠慕老莊之齊物。近嘉阮生之放曠。怪厚薄何從而生。哀樂何由而至。自頃輈張。困於逆亂。國破家亡。親友彫殘。負杖行吟。則百憂俱至。塊然獨坐。則哀憤兩集。時復相與舉觴對膝。破涕為笑。排終身之積慘。求數刻之暫歡。譬由疾疢彌年。而欲一丸銷之。其可得乎。夫才生於世。世實須才。和氏之璧。焉得獨曜於郢握。夜光之珠。何得專玩於隨掌。天下之寶。當與天下共之。但分析之日。不能不悵恨耳。然後知聃周之為虛誕。嗣宗之為妄作也。昔騄驥倚輈於吳坂。長鳴於良樂。知與不知也。百里奚愚於虞而智於秦。遇與不遇也。今君遇之矣。勗之而已。不復屬意於文二十餘年矣。久廢則無次。想必欲其一反。故稱指送一篇。適足以彰來詩之益美耳。琨頓首頓首。

厄運初遘。陽爻在六。乾象棟傾。坤儀舟覆。橫厲糾紛。羣妖競逐。火燎神州。洪流華域彼黍離離彼稷育育哀我皇晉痛心在目天地無心萬物同塗禍淫莫驗福善則虛逆有全邑義無完都英蘂夏落毒卉冬敷如彼龜玉韞櫝毀諸芻狗之談其最得乎咨余輭弱弗克負荷愆豐仍彰榮寵屢加威之不建禍延凶播忠隕於國孝愆於家斯罪之積如彼山河斯釁之深終莫能磨郁穆舊姻嬿婉新婚裹糧攜弱匍匐星奔未輟爾駕已墮我門二族偕覆三孽並根長慙舊孤永負冤魂亭亭孤幹獨生無伴綠葉繁縟柔條修罕朝採爾實夕捋爾竿竿翠豐尋逸珠盈椀實消我憂憂急用緩逝將去乎庭虛情滿虛滿伊何蘭桂移植茂彼春林瘁此秋棘有鳥翻飛不遑休息匪桐不棲匪竹不食永戢東羽翰撫西翼我之敬之廢歡輟職音以賞奏味以殊珍文以明言言以暢神之子之往四美不臻澄醪覆觴絲竹生塵素卷莫啓幄無談賓既孤我德又闕我鄰光光段生出幽遷喬資忠履信武烈文昭旍弓騂騂輿馬翹翹乃奮長縻是縶是鑣何以贈子竭心公朝何以敘懷引領長謠

邱遲與陳伯之書

遲頓首陳將軍足下無恙幸甚幸甚將軍勇冠三軍才爲世出棄燕雀之小志慕鴻鵠以高翔昔因機變化遭遇明主立功立事開國稱孤朱輪華轂擁旄萬里何其壯也如何一旦爲奔亡之虜聞鳴鏑而股戰對穹廬以屈膝又何劣邪尋君去就之際非有他故直以不能內審諸己外受流言沈迷猖獗以至於此聖朝赦罪責功棄瑕錄用推赤心於天下安反側於萬物將軍之所知不假僕一二談也朱鮪涉血於友于張繡剚刃於愛子漢主不以爲疑魏君待之若舊況將軍無昔人之罪而勳重於當世夫迷塗知反往哲是與不遠而復先典攸高主上屈法申恩吞舟是漏將軍松柏不翦親戚安居高臺未傾愛妾尚在悠悠爾心亦何可言今功臣名將鴈行有序佩紫懷黃讚帷幄之謀乘軺建節奉疆埸之任並刑馬作誓傳之子孫將軍獨靦顏借命驅馳氈裘之長寧不哀哉夫以慕容超之強身送東市姚泓之盛面縛西都故知霜露所均不育異類姬漢舊邦無取雜種北虜僭盜中原多歷年所惡積禍盈理至焦爛況僞孽昏狡自相夷戮部落攜離酋豪猜貳方當繫頸蠻邸懸首藁街而將軍魚游於沸鼎

之中燕巢於飛幕之上不亦惑乎暮春三月江南草長雜花生樹羣鶯亂飛見故國之旗鼓感平生於疇日撫絃登陴豈不愴恨所以廉公之思趙將吳子之泣西河人之情也將軍獨無情哉想早勵良規自求多福當今皇帝盛明天下安樂白環西獻楛矢東來夜郎滇池解辮請職朝鮮昌海蹶角受化唯北狄野心掘強沙塞之閒欲延歲月之命耳中軍臨川殿下明德茂親總茲戎重弔民洛汭伐罪秦中若遂不改方思僕言聊布往懷君其詳之邱遲頓首

經史百家雜鈔卷十四

經史百家雜鈔卷十五目錄

書牘之屬二

經史百家雜鈔卷十五

湘鄉曾國藩纂　合肥李鴻章校刊

書牘之屬二

韓愈與孟尚書書

愈白行官自南迴過吉州得吾兄二十四日手書數番忻悚兼至未審入秋來眠食何似伏惟萬福來示云有人傳愈近少信奉釋氏此傳之者妄也潮州時有一老僧號大顛頗聰明識道理遠地無可與語者故自山召至州郭留十數日實能外形骸以理自勝不爲事物侵亂與之語雖不盡解要自胸中無滯礙以爲難得因與往來及祭神至海上遂造其廬及來袁州留衣服爲別乃人之情非崇信其法求福田利益也孔子云丘之禱久矣凡君子行己立身自有法度聖賢事業具在方冊可效可師仰不愧天俯不愧人內不愧心積善積惡殃慶自各以其類至何有去聖人之道捨先王之法而從夷狄之教以求福利也詩不云乎愷悌君子求福不回傳又曰不爲威惕不爲利疚假如釋氏能與人

爲禍祟非守道君子之所懼也況萬萬無此理且彼佛者果何人哉其行事類君子邪小人邪若君子也必不妄加禍於守道之人如小人也其身已死其鬼不靈天地神祇昭布森列非可誣也又肯令其鬼行胸臆作威福於其間哉進退無所據而信奉之亦且惑矣且愈不助釋氏而排之者其亦有說孟子云今天下不之楊則之墨楊墨交亂而聖賢之道不明則三綱淪而九法斁禮樂崩而夷狄橫幾何其不爲禽獸也故曰能言距楊墨者聖人之徒也揚子雲云古者楊墨塞路孟子辭而闢之廓如也夫楊墨行正道廢且將數百年以至於秦卒滅先王之法燒除其經坑殺學士天下遂大亂及秦滅漢興且百年尚未知修明先王之道其後始除挾書之律稍求亡書招學士經雖少得尚皆殘缺十亡二三故學士多老死新者不見全經不能盡知先王之事各以所見爲守分離乖隔不合不公二帝三王羣聖人之道於是大壞後之學者無所尋逐以至於今泯泯也其禍出於楊墨肆行而莫之禁故也孟子雖賢聖不得位空言無施雖切何補然賴其言而今學者尚知宗孔氏崇仁義貴王賤霸而已其大經

大法皆亡滅而不救壞爛而不收所謂存十一於千百安在其能廓如也然向無孟氏則皆服左衽而言侏離矣故愈嘗推尊孟氏以爲功不在禹下者爲此也漢氏已來羣儒區區修補百孔千瘡隨亂隨失其危如一髮引千鈞綿綿延延寖以微滅於是時也而倡釋老於其閒鼓天下之衆而從之嗚呼其亦不仁甚矣釋老之害過於楊墨韓愈之賢不及孟子孟子不能救之於未亡之前而韓愈乃欲全之於已壞之後嗚呼其亦不量其力且見其身之危莫之救以死也雖然使其道由愈而麤傳雖滅死萬萬無恨天地鬼神臨之在上質之在旁又安得因一摧折自毀其道以從於邪也籍湜輩雖屢指教不知果能不叛去否辱吾兄眷厚而不獲承命惟增慙懼死罪死罪愈再拜

韓愈與鄂州柳中丞書

淮右殘孽尚守巢窟環寇之師殆且十萬瞋目語難自以爲武人不肯循法度頡頏作氣勢竊爵位自尊大者肩相摩地相屬也不聞有一人援桴鼓誓衆而前者但日令走馬來求賞給助寇爲聲勢而已閣下書生也詩書禮樂是習仁

義是修法度是束一旦去文就武鼓三軍而進之陳師鞠旅親與爲辛苦慷慨感激同食下卒將二州之牧以壯士氣斬所乘馬以祭踶死之士雖古名將何以加茲此由天資忠孝鬱於中而大作於外動皆中於機會以取勝於當世而爲戎臣師豈常習於威暴之事而樂其鬬戰之危也哉愈誠怯弱不適於用聽於下風竊自增氣誇於中朝稠人廣衆會集之中所以羞武夫之顏令議者知將國兵而爲人之司命者不在彼而在此也臨敵重愼誡輕出入良用自愛以副見慕之徒之心而果爲國立大功也幸甚幸甚

韓愈再與鄂州柳中丞書

愈愚不能量事勢可否比常念淮右以靡弊困頓三州之地蚊蚋蟻蝨之聚感兇豎煦濡飲食之惠提童子之手坐之堂上奉以爲帥出死力以抗逆明詔戰天下之兵乘機逐利四出侵暴屠燒縣邑賊殺不辜環其地數千里莫不被其毒洛汝襄荊許潁淮江爲之騷然丞相公卿士大夫勞於圖議握兵之將熊羆貙虎之士畏懦蹙蹜莫肯杖戈爲士卒前行者獨閣下奮然率先揚兵界上將

二州之守親出入行閒與士卒均辛苦生其氣勢見將軍之鋒穎凜然有向敵之意用儒雅文字章句之業取先天下武夫關其口而奪之氣愚初聞時方食不覺棄七箸起立豈以爲閤下真能引孤軍單進與死寇角逐爭一旦僥倖之利哉就令如是亦不足貴其所以服人心在行事適機宜而風采可畏愛故也是以前狀輒述鄙誠眷惠手翰還答益增忻悚夫一衆人心力耳目使所至如時雨三代用師不出是道閤下果能充其言繼之以無倦得形便之地甲兵足用雖國家故所失地旬歲可坐而得況此小寇安足置齒牙閒勉而卒之以俟其至幸甚夫遠徵軍士行者有羈旅離別之思居者有怨曠騷動之憂本軍有饋餉煩費之難地主多姑息形迹之患急之則怨緩之則不用命浮寄孤懸形勢銷弱又與賊不相諳委臨敵恐駭難以有功若召募士人必得豪勇與賊相熟知其氣力所極無望風之驚愛護鄉里勇於自戰徵兵滿萬不如召募數千閤下以爲何如儻可上聞行之否計已與裴中丞相見行營事宜不惜時賜示及幸甚不宣

韓愈與崔羣書

自足下離東都凡兩度枉問尋承已達宣州主人仁賢同列皆君子雖抱羇旅之念亦且可以度日無入而不自得樂天知命者固前修之所以禦外物者也況足下度越此等百千輩豈以出處近遠累其靈臺邪宣州雖稱清涼高爽然皆大江之南風土不並於北將息之道當先理其心心閑無事然後外患不入風氣所宜可以審備小小者亦當自不至矣足下之賢雖在窮約猶能不改其樂況地至近官榮祿厚親愛盡在左右者邪所以如此云云者以爲足下賢者宜在上位託於幕府則不爲得其所是以及之乃相親重之道耳非所以待足下者也僕自少至今從事於往還朋友閒一十七年矣日月不爲不久所與交往相識者千百人非不多其相與如骨肉兄弟者亦且不少或以事同或以藝取或慕其一善或以其久故或初不甚知而與之已密其後無大惡因不復決捨或其人雖不皆入於善而於己已厚雖欲悔之不可凡諸淺者固不足道深者止如此至於心所仰服考之言行而無瑕尤窺之閫奧而不見畛域明白淳

粹輝光日新者惟吾崔君一人僕愚陋無所知曉然聖人之書無所不讀其精麤巨細出入明晦雖不盡識抑不可謂不涉其流者也以此而推之以此而度之誠知足下出羣拔萃無謂僕何從而得之也與足下情義甯須言而后自明邪所以言者懼足下以爲吾所與深者多不置白黑於胸中耳既謂能麤知足下而復懼足下之不我知亦過也比亦有人說足下誠盡善盡美抑猶有可疑者僕謂之曰何疑疑者曰君子當有所好惡好惡不可不明如淸河者人無賢愚無不說其善伏其爲人以是而疑之耳僕應之曰鳳凰芝草賢愚皆以爲美瑞青天白日奴隸亦知其淸明譬之食物至於遐方異味則有嗜者有不嗜者至於稻也粱也膾也胾也豈聞有不嗜者哉疑者乃解解不解於吾崔君無所損益也自古賢者少不肖者多自省事已來又見賢者恆不遇不賢者比肩青紫賢者恆無以自存不賢者志滿氣得賢者雖得卑位則旋而死不賢者或至眉壽不知造物者意竟如何無乃所好惡與人異心哉又不知無乃都不省記任其死生壽夭邪未可知也人固有薄卿相之官千乘之位而甘陋巷菜羹者

同是人也猶有好惡如此之異者況天之與人當必異其所好惡無疑也合於天而乖於人何害況又時有兼得者邪崔君崔君無怠無怠僕無以自全活者從一官於此轉困窮甚自放於伊頴之上當亦終得之近者尤衰憊左車第二牙無故動搖脫去目視昏花尋常閒便不分人顏色兩鬢半白頭髮五分亦白其一鬚亦有一莖兩莖白者僕家不幸諸父諸兄皆康彊早世如僕者又可以圖於久長哉以此忽忽思與足下相見一道其懷小兒女滿前能不顧念足下何由得歸北來僕不樂江南官滿便終老嵩下足下可相就僕不可去矣珍重自愛慎飲食少思慮惟此之望愈再拜

韓愈答崔立之書

斯立足下僕見險不能止動不得時顛頓狼狽失其所操持困不知變以至辱於再三君子小人之所憫笑天下之所背而馳者也足下猶復以爲可教貶損道德乃至手筆以問之扳援古昔辭義高遠且進且勸足下之於故舊之道得矣雖僕亦固望於吾子不敢望於他人者耳然尚有似不相曉者非故欲發余

乎不然何子之不以丈夫期我也不能默默聊復自明僕始年十六七時未知人事讀聖人之書以爲人之仕者皆爲人耳非有利乎己也及年二十時苦家貧衣食不足謀於所親然後知仕之不唯爲人耳及來京師見有舉進士者人多貴之僕誠樂之就求其術或出禮部所試賦詩策等以相示僕以爲可無學而能因詣州縣求舉有司者好惡出於其心四舉而後有成亦未卽得仕聞吏部有以博學宏詞選者人尤謂之才且得美仕就求其術或出所試文章亦禮部之類私怪其故然猶樂其名因又詣州府求舉凡二試於吏部一既得之而又黜於中書雖不得仕人或謂之能焉退自取所試讀之乃類於俳優者之辭顏忸怩而心不寧者數月既已爲之則欲有所成就書所謂恥過作非者也因復求舉亦無幸焉乃復自疑以爲所試與得之者不同其程度及得觀之余亦無甚愧焉夫所謂博學者豈今之所謂者乎夫所謂宏辭者豈今之所謂者乎誠使古之豪傑之士若屈原孟軻司馬遷相如揚雄之徒進於是選必知其懷慙乃不自進而已耳設使與夫今之善進取者競於蒙昧之中僕必知其辱焉

然彼五子者且使生於今之世其道雖不顯於天下其自負何如哉肯與夫斗筲者決得失於一夫之目而爲之憂樂哉故凡僕之汲汲於進者其小得蓋欲以具裘葛養窮孤其大得蓋欲以同吾之所樂於人耳其他可否自計已熟誠不待人而後知今足下乃復比之獻玉者以爲必俟工人之剖然後見知於天下雖兩刖足不爲病且無使勍者再克誠足下相勉之意厚也然仕進者豈舍此而無門哉足下謂我必待是而後進者尤非相悉之辭也僕之玉固未嘗獻而足固未嘗刖足下無爲爲我戚戚也方今天下風俗尚有未及於古者邊境尚有被甲執兵者主上不得怡而宰相以爲憂僕雖不賢亦且潛究其得失致之乎吾相薦之乎吾君上希卿大夫之位下猶取一障而乘之若都不可得猶將耕於寬閑之野釣於寂寞之濱求國家之遺事考賢人哲士之終始作唐之一經垂之於無窮誅姦諛於既死發潛德之幽光二者將必有一可足下以爲僕之玉凡幾獻而足凡幾刖也又所謂勍者果誰哉再克之刑信如何也士固信於知己微足下無以發吾之狂言

韓愈答呂毉山人書

愈白惠書責以不能如信陵執轡者夫信陵戰國公子欲以取士聲勢傾天下而然耳如僕者自度若世無孔子不當在弟子之列以吾子始自山出有朴茂之美意恐未礱磨以世事又自周後文弊百子爲書各自名家亂聖人之宗後生習傳雜而不貫故設問以觀吾子其已成熟乎將以爲友也其未成熟乎將以講去其非而趨是耳不如六國公子有市於道者也方今天下入仕惟以進士明經及卿大夫之世耳其人率皆習熟時俗工於語言識形勢善候人主意故天下靡靡日入於衰壞恐不復振起務欲進足下趨死不顧利害去就之人於朝以爭救之耳非謂當今公卿閒無足下輩文學知識也不得以信陵比然足下衣破衣繫麻鞋率然叩吾門吾待足下雖未盡賓主之道不可謂無意者足下行天下得此於人蓋寡乃遂能責不足於我此眞僕所汲汲求者議雖未中節其不肯阿曲以事人灼灼明矣方將坐足下三浴而三熏之聽僕之所爲少安無躁

韓愈答李翊書

六月二十六日。愈白李生足下。生之書辭甚高。而其問何下而恭也。能如是。誰不欲告生以其道。道德之歸也有日矣。況其外之文乎。抑愈所謂望孔子之門牆而不入於其宮者。焉足以知是且非邪。雖然。不可不爲生言之。生所謂立言者是也。生所爲者與所期者。甚似而幾矣。抑不知生之志。蘄勝於人而取於人邪。將蘄至於古之立言者邪。蘄勝於人而取於人。則固勝於人而可取於人矣。將蘄至於古之立言者。則無望其速成。無誘於勢利。養其根而竢其實。加其膏而希其光。根之茂者其實遂。膏之沃者其光曄。仁義之人。其言藹如也。抑又有難者。愈之所爲。不自知其至猶未也。雖然。學之二十餘年矣。始者非三代兩漢之書不敢觀。非聖人之志不敢存。處若忘。行若遺。儼乎其若思。茫乎其若迷。當其取於心而注於手也。惟陳言之務去。戛戛乎其難哉。其觀於人。不知其非笑之爲非笑也。如是者亦有年。猶不改。然後識古書之正僞。與雖正而不至焉者。昭昭然白黑分矣。而務去之。乃徐有得也。當其取於心而注於手也。汩汩然來矣其觀於人也笑之則以爲喜譽之則以爲憂以其猶有人之說者存也如是者亦有年然後浩乎其沛然矣吾又懼其雜也迎而距之平心而察之其皆醇也然後肆焉雖然不可以不養也行之乎仁義之途游之乎詩書之源無迷其途無絕其源終吾身而已矣氣水也言浮物也水大而物之浮者大小畢浮氣之與言猶是也氣盛則言之短長與聲之高下者皆宜雖如是其敢自謂幾於成乎雖幾於成其用於人也奚取焉雖然待用於人者其肖於器邪用與舍屬諸人君子則不然處心有道行己有方用則施諸人舍則傳諸其徒垂諸文而爲後世法如是者其亦足樂乎其無足樂也有志乎古者希矣志乎古必遺乎今吾誠樂而悲之亟稱其人所以勸之非敢褒其可褒而貶其可貶也問於愈者多矣念生之言不志乎利聊相爲言之愈白

韓愈答劉正夫書

愈白進士劉君足下辱牋教以所不及既荷厚賜且愧其誠然幸甚幸甚凡舉進士者於先進之門何所不往先進之於後輩苟見其至寗可以不答其意邪

來者則接之舉城士大夫莫不皆然而愈不幸獨有接後輩名名之所存謗之
所歸也有來問者不敢不以誠答或問爲文宜何師必謹對曰宜師古聖賢人
曰古聖賢人所爲書具存辭皆不同宜何師必謹對曰師其意不師其辭又問
曰文宜易宜難必謹對曰無難易惟其是爾如是而已非固開其爲此而禁其
爲彼也夫百物朝夕所見者人皆不注視也及覩其異者則共觀而言之夫文
豈異於是乎漢朝人莫不能爲文獨司馬相如太史公劉向揚雄爲之最然則
用功深者其收名也遠若皆與世沈浮不自樹立雖不爲當時所怪亦必無後
世之傳也足下家中百物皆賴而用也然其所珍愛者必非常物夫君子之於
文豈異於是乎今後進之爲文能深探而力取之以古聖賢人爲法者雖未必
皆是要若有司馬相如太史公劉向揚雄之徒出必自於此不自於循常之徒
也若聖人之道不用文則已用則必尚其能者能者非他能自樹立不因循者
是也有文字來誰不爲文然其存於今者必其能者也顧常以此爲說耳愈於
足下忝同道而先進者又常從遊於賢尊給事既辱厚賜又安敢不進其所有

以爲答也足下以爲何如愈白

韓愈答尉遲生書

愈白尉遲生足下夫所謂文者必有諸其中是故君子愼其實實之美惡其發也不揜本深而末茂形大而聲宏行峻而言厲心醇而氣和昭晰者無疑優游者有餘體不備不可以爲成人辭不足不可以爲成文愈之所聞者如是有問於愈者亦以是對今吾子所爲皆善矣謙謙然若不足而以徵於愈愈又敢有愛於言乎抑所能言者皆古之道古之道不足以取於今吾子何其愛之異也賢公卿大夫在上比肩始進之賢士在下比肩彼其得之必有以取之也子欲仕乎其往問焉皆可學也若獨有愛於是而非仕之謂則愈也嘗學之矣請繼今以言

韓愈與馮宿論文書

辱示初筮賦實有意思但力爲之古人不難到但不知直似古人亦何得於今人也僕爲文久每自測意中以爲好則人必以爲惡矣小稱意人亦小怪之大

稱意。卽人必大恠之也。時時應事作俗下文字。下筆令人慙。及示人則人以爲好矣。小慙者亦蒙謂之小好。大慙者卽必以爲大好矣。不知古文直何用於今世也。然以竢知者知耳。昔揚子雲著太玄。人皆笑之。子雲之言曰。世不我知無害也。後世復有揚子雲。必好之矣。子雲死近千載。竟未有揚子雲。可歎也。其時桓譚亦以爲雄書勝老子。老子未足道也。子雲豈止與老子爭彊而已乎。此未爲知雄者。其弟子侯芭頗知之。以爲其師之書勝周易。然侯之他文不見於世。不知其人果何如耳。以此而言。作者不祈人之知也。明矣。直百世以竢聖人而不惑。質諸鬼神而不疑耳。足下豈不謂然乎。近李翺從僕學文。頗有所得。然其人家貧多事。未能卒其業。有張籍者。年長於翺。而亦學於僕。其文與翺相上下。一二年業之。庶幾乎至也。然閔其棄俗尚。而從於寂寞之道。以爭名於時也。久不談。聊感足下能自進於此。故復發憤一道。愈再拜。

韓愈答竇秀才書

愈少鴑怯。於他藝能。自度無可努力。又不通時事。而與世多齟齬。念終無以樹立遂發憤篤專於文學學不得其術凡所辛苦而僅有之者皆符於空言而不適於實用又重以自廢是故學成而道益窮年老而智愈困今又以罪黜於朝廷遠宰蠻縣愁憂無聊瘴癘侵加惴惴焉無以冀朝夕足下年少才俊辭雅而氣銳當朝廷求賢如不及之時當道者又皆良有司操數寸之管書盈尺之紙高可以釣爵位循序而進亦不失萬一於甲科今乃乘不測之舟入無人之地以相從問文章爲事身勤而事左辭重而請約非計之得也雖使古之君子積道藏德遁其光而不曜膠其口而不傳者遇足下之請懇懇猶將倒廩傾囷羅列而進也若愈之愚不肖又安敢有愛於左右哉顧足下之能足以自奮愈之所有如前所陳是以臨事愧恥而不敢答也錢財不足以賄左右之匱急文章不足以發足下之事業稛載而往垂橐而歸足下亮之而已

韓愈與衞中行書

大受足下辱書爲賜甚大然所稱道過盛豈所謂誘之而欲其至於是歟不敢當不敢當其中擇其一二近似者而竊取之則於交友忠而不反於背面者少

似近焉亦其心之所好耳行之不倦則未敢自謂能爾也不敢當不敢當至於汲汲於富貴以救世爲事者皆聖賢之事業知其智能謀力能任者也如愈者又焉能之始相識時方甚貧衣食於人其後相見於汴徐二州僕皆爲之從事日月有所入比之前時豐約百倍足下視吾飲食衣服亦有異乎然則僕之心或不爲此汲汲也其所不忘於仕進者亦將小行乎其志耳此未易遽言也凡禍福吉凶之來似不在我惟君子得禍爲不幸而小人得禍爲恆君子得福爲恆而小人得福爲幸以其所爲似有以取之也必曰君子則吉小人則凶者不可也賢不肖存乎己貴與賤禍與福存乎天名聲之善惡存乎人存乎己者吾將勉之存乎天存乎人者吾將任彼而不用吾力焉其所守者豈不約而易行哉足下曰命之窮通自我爲之吾恐未合於道足下徵前世而言之則知矣若曰以道德爲己任窮通之來不接吾心則可也窮居荒涼草樹茂密出無驢馬因與人絕一室之內有以自娛足下喜吾復脫禍亂不當安安而居遲遲而來也

韓愈與孟東野書

與足下別久矣。以吾心之思足下。知足下懸懸於吾也。各以事牽。不可合幷。其於人人。非足下之爲見。而日與之處。足下知吾心樂否也。吾言之而聽者誰歟。吾唱之而和者誰歟。言無聽也。唱無和也。獨行而無徒也。是非無所與同也。足下知吾心樂否也。足下才高氣清。行古道。處今世。無田而衣食。事親左右無違。足下之用心勤矣。足下之處身勞且苦矣。混混與世相濁。獨其心追古人而從之。足下之道。其使吾悲也。去年春脫汴州之亂。幸不死。無所於歸。遂來於此。主人與吾有故。哀其窮。居吾於符離睢上。及秋將辭去。因被留以職事。默默在此行一年矣。到今年秋。聊復辭去。江湖余樂也。與足下終幸矣。李習之娶吾亡兄之女。期在後月。朝夕當來此。張籍在和州居喪。家甚貧。恐足下不知。故具此白。冀足下一來相視也。自彼至此雖遠。要皆舟行可至。速圖之。吾之望也。春且盡。時氣向熱。惟侍奉吉慶。愈眼疾比劇。甚無聊。不復一一。愈再拜

韓愈答劉秀才論史書

六月九日韓愈白秀才辱問見愛教勉以所宜務敢不拜賜愚以爲凡史氏褒貶大法春秋已備之矣後之作者在據事迹實錄則善惡自見然此尚非淺陋偷惰者所能就況褒貶邪孔子聖人作春秋辱於魯衞陳宋齊楚卒不遇而死齊太史氏兄弟幾盡左邱明紀春秋時事以失明司馬遷作史記刑誅班固瘐死陳壽起又廢卒亦無所至王隱謗退死家習鑿齒無一足崔浩范曄赤誅魏收天絶宋孝王誅死足下所稱吳兢亦不聞身貴而今其後有聞也夫爲史者不有人禍則有天刑豈可不畏懼而輕爲之哉唐有天下二百年矣聖君賢相相踵其餘文武之士立功名跨越前後者不可勝數豈一人卒卒能紀而傳之邪僕年志已就衰退不可自敦率宰相知其無他才能不足用哀其老窮齟齬無所合不欲令四海內有戚戚者猥言之上苟加一職榮之耳非必督責迫蹙令就功役也賤不敢逆盛指行且謀引去且傳聞不同善惡隨人所見甚者附黨憎愛不同巧造語言鑿空構立善惡事迹於今何所承受取信而可草草作傳記令傳萬世乎若無鬼神豈可不自心慚愧若有鬼神將不福人僕雖騃亦

竊知自愛實不敢率爾爲也夫聖唐鉅迹及賢士大夫事皆磊磊軒天地決不沈沒今館中非無人將必有作者勤而纂之後生可畏安知不在足下亦宜勉之愈再拜

韓愈上兵部李侍郎書

十二月九日將仕郎守江陵府法曹參軍韓愈謹上書侍郎閣下愈少鄙鈍於時事都不通曉家貧不足以自活應舉覓官凡二十年矣薄命不幸動遭讒謗進寸退尺卒無所存性本好文學因困阨悲愁無所告語遂得究窮於經傳史記百家之說沈潛乎訓義反覆乎句讀礱磨乎事業而奮發乎文章凡自唐虞以來編簡所存大之爲河海高之爲山嶽明之爲日月幽之爲鬼神纖之爲珠璣華實變之爲雷霆風雨奇辭奧旨靡不通達惟是鄙鈍不通曉於時事學成而道益窮年老而智益困私自憐悼悔其初心髮禿齒豁不見知己夫牛角之歌辭鄙而義拙堂下之言不書於傳記齊桓舉以相國叔向攜手以上然則非言之者難爲聽而識之者難遇也伏以閣下內仁而外義行高而德鉅尙賢而

與能哀窮而悼屈自江而西既化而行矣今者入守内職爲朝廷大臣當天子新即位汲汲於理化之日出言舉事宜必施設既有聽之之明又有振之之力甯戚之歌鬷明之言不發於左右則後而失其時矣謹獻舊文一卷扶樹教道有所明白南行詩一卷舒憂娛悲雜以瓌怪之言時俗之好所以諷於口而聽於耳也如賜覽觀亦有可采干黷嚴尊伏增惶恐愈再拜

柳宗元寄京兆許孟容書

宗元再拜五丈座前伏蒙賜書誨諭微悉重厚欣踊恍惚疑若夢寐捧書叩頭悸不自定伏念得罪來五年未嘗有故舊大臣肯以書見及者何則罪謗交積羣疑當道誠可怪而畏也是以兀兀忘行尤負重憂殘骸餘魂百病所集痞結伏積不食自飽或時寒熱水火互至内消肌骨非獨瘴癘爲也忽奉教命乃知幸爲大君子所宥欲使膏肓沈沒復起爲人夫何素望敢以及此（以上罪謫後情況）宗元早歲與負罪者親善始奇其能謂可以共立仁義裨教化過不自料懃懃勉勵惟以中正信義爲志以興堯舜孔子之道利安元元爲務不知愚陋不可力

殭其素意如此也末路阨塞臲卼事既壅隔很忤貴近狂疏繆戾蹈不測之辜羣言沸騰鬼神交怒加以素卑賤暴起領事人所不信射利求進者填門排戶百不一得一旦快意更造怨讟以此大罪之外詆訶萬端旁午構扇使盡爲敵讎協心同攻外連強暴失職者以致其事此皆丈人所聞見不敢爲他人道說懷不能已復載簡牘此人雖萬被誅戮不足塞責而豈有賞哉今其黨與幸獲寬貸各得善地無公事坐食俸祿明德至渥也尚何敢更俟除棄廢痼以希望外之澤哉年少氣銳不識幾微不知當不但欲一心直遂果陷刑法皆自所求取得之又何怪也以上得罪被謗之由宗元於衆黨人中罪狀最甚神理降罰又不能即死猶對人言語求食自活迷不知恥日復一日然亦有大故自以得姓來二千五百年代爲冢嗣今拘非常之罪居夷獠之鄉卑溼昏霧恐一日填委溝壑曠墜先緒以是怛然痛憾心骨沸熱煢煢孤立未有子息荒陬中少士人女子無與爲婚世亦不肯與罪人親昵以是嗣續之重不絕如縷每當春秋時饗孑立捧奠顧眄無後繼者懍懍然欷歔惴惕恐此事便已摧心傷骨若受鋒刃此誠

文人所共惘惜也（以上無子嗣）先墓在城南無異子弟爲主獨託村鄰自譴逐來消
息存亡不一至鄉閭主守者固以益怠晝夜哀憤懼便毀傷松柏芻牧不禁以
成大戾近世禮重拜埽今已闕者四年矣每遇寒食則北向長號以首頓地想
田野道路士女徧滿皁隸傭丐皆得上父母邱墓馬醫夏畦之鬼無不受子孫
追養者然此已息望又何以云哉城西有數頃田樹果數百株多先人手自封
植今已荒穢恐便斬伐無復愛惜家有賜書三千卷尚在善和里舊宅宅今已
三易主書存亡不可知皆付受所重常繫心腑然無可爲者立身一敗萬事瓦
裂身殘家破爲世大僇復何敢更望大君子撫慰收恤尚置人數中邪是以當
食不知辛鹹節適洗沐盥漱動逾歲時一搔皮膚塵垢滿爪誠憂恐悲傷無所
告愬以至此也（以上不能展先人墳墓書籍）自古賢人才子秉志遵分被謗議不能自明者
僅以百數故有無兄盜嫂娶孤女云撾婦翁者然賴當世豪傑分明辯別卒光
史籍管仲遇盜升爲功臣匡章被不孝之名孟子禮之今已無古人之實爲而
有詬欲望世人之明己不可得也直不疑買金以償同舍劉寬下車歸牛鄉人

此誠知疑似之不可辨非口舌所能勝也（以上被謗議不能自明）鄭詹束縛於晉終以無死鍾儀南音卒獲返國叔向因虜自期必免范座騎危以生易死蒯通據鼎耳爲齊上客張蒼韓信伏斧鑕終取將相鄒陽獄中以書自活賈生斥逐復召宣室倪寬擯死後至御史大夫董仲舒劉向下獄當誅爲漢儒宗此皆瓌偉博辯奇壯之士能自解脫今以恇怯湍涊下才末伎又嬰恐懼痼病雖欲慷慨攘臂自同昔人愈疏闊矣（以上賢者被罪終得解脫）賢者不得志於今必取貴於後古之著書者皆是也宗元近欲務此然力薄才劣無異能解雖欲秉筆覼縷神志荒耗前後遺忘終不能成章往時讀書自以不至觝滯今皆頑然無復省錄每讀古人一傳數紙已後則再三伸卷復觀姓氏旋又廢失假令萬一除刑部囚籍復爲士列亦不堪當世用矣（以上不復能著書）伏惟興哀於無用之地垂德於不報之所但以通家宗祀爲念有可動心者操之勿失不敢望歸掃塋域退託先人之廬以盡餘齒姑遂少北益輕瘴癘就婚娶求胤嗣有可付託卽冥然長辭如得甘寢無復憾矣（以上求北歸）書辭繁委無以自道然卽文以求其志君子固得其肺肝焉無

任懇戀之至不宣宗元再拜

柳宗元與蕭翰林俛書

思謙兄足下昨祁縣王師範過永州爲僕言得張左司書道思謙蹇然有當官之心乃誠助太平者也僕聞之喜甚然微王生之說僕豈不素知耶所喜者耳與心叶果於不謬焉爾僕不幸嚮者進當臲卼不安之勢平居閉門口舌無數況又有久與游者乃岌岌而操其閒其求進而退者皆聚爲仇怨造作粉飾蔓延益肆非的然昭晰自斷於內則孰能了僕於冥冥之閒哉然僕當時年三十三甚少自御史裏行得禮部員外郎超取顯美欲免世之求進者怪怒媢嫉其可得乎凡人皆欲自達僕先得顯處才不能踰同列名不能壓當世世之怒僕宜也與罪人交十年官又以是進辱在附會聖朝宏大貶黜甚薄不能塞衆人之怒謗語轉移囂囂嗷嗷漸成怪民飾智求仕者更言僕以悅讐人之心日爲新奇務相喜可自以速援引之路而僕輩坐益困辱萬罪橫生不知其端伏自思念過大恩甚乃以致此悲夫人生少得六七十者今已三十七矣長來覺日

月益促。歲歲更甚。大都不過數十寒暑。則無此身矣。是非榮辱，又何足道。云云不已。祇益爲罪。兄知之。勿爲他人言也。居蠻夷中久，慣習炎毒，昏眊重膇，意以爲常，忽遇北風晨起，薄寒中體，則肌革慘懍，毛髮蕭條，瞿然注視怵惕，以爲異候，意緒殆非中國人，楚越閒聲音特異，鴃舌啅譟，今聽之怡然不怪，已與爲類矣，家生小童，皆自然曉曉，晝夜滿耳，聞北人言，則噭呼走匿，雖病夫亦怛然駭之。出門見適州閭市井者，其十有八九，杖而後興，自料居此，尚復幾何，豈可更不知止，言說長短，重爲一世非笑哉，讀周易困卦至有言不信，尚口乃窮也，往復益喜，曰，嗟乎，余雖家置一喙以自稱道，詬益甚耳，用是更樂瘖默，思與木石爲徒，不復致意，今天子興教化，定邪正，海內皆欣欣怡愉，而僕與四五子者，獨淪陷如此，豈非命歟，命乃天也，非云云者所制，余又何恨，獨喜思謙之徒，遭時言道，道之行，物得其利，僕誠有罪，然豈不在一物之數耶，身被之，目覩之，足矣，何必攘袂用力，而矜自我出耶，果矜之，又非道也，事誠如此，然居理平之世，終身爲頑人之類，猶有少恥，未能盡忘，儻因賊平慶賞之際，得以見白，使受天澤餘潤雖朽枿敗腐不能生植猶足蒸出芝菌以爲瑞物一釋廢錮移數縣之地則世必曰罪稍解矣然後收召魂魄買土一廛爲耕甿朝夕歌謠使成文章庶木鐸者采取獻之法宮增聖唐大雅之什雖不得位亦不虛爲太平之人矣此在望外然終欲爲兄一言焉

柳宗元與李翰林建書

杓直足下州傳遽至得足下書又於夢得處得足下前次一書意皆勤厚莊周言逃蓬藋者聞人足音則跫然喜僕在蠻夷中比得足下二書及致藥餌喜復何言僕自去年八月來痞疾稍已往時間一二日作今一月乃二三作用南人檳榔餘甘破決壅隔太過陰邪雖敗已傷正氣行則膝顫坐則髀痺所欲者補氣豐血強筋骨輔心力有與此宜者更致數物得良方偕至益善永州於楚爲最南狀與越相類僕悶即出遊遊復多恐涉野則有蝮虺大蜂仰空視地寸步勞倦近水即畏射工沙蝨含怒竊發中人形影動成瘡痏時到幽樹好石暫得一笑已復不樂何者譬如囚拘圜土一遇和景負牆搔摩伸展支體當此之時

亦以爲適然顧地窺天不過尋丈終不得出豈復能久爲舒暢哉明時百姓皆獲歡樂僕士人頗識古今道理獨愴愴如此誠不足爲理世下執事至比愚夫愚婦又不可得竊自悼也僕曩時所犯足下適在禁中備觀本末不復一一言之今僕癃殘頑鄙不死幸甚苟爲堯人不必立事程功唯欲爲量移官差輕罪累卽便耕田藝麻取老農女爲妻生男育孫以供力役時時作文以詠太平摧傷之餘氣力可想假令病盡己身復壯悠悠人世不過爲三十年客耳前過三十七年與瞬息無異復所得者其不足把翫亦已審矣杓直以爲誠然乎僕近求得經史諸子數百卷嘗候戰悸稍定時卽伏讀頗見聖人用心賢士君子立志之分著書亦數十篇心病言少次第不敢遠寄但用自釋貧者士之常今僕雖羸餒亦甘如飴矣足下言已白常州煦僕僕豈敢衆人待常州耶若衆人卽不復煦僕矣然常州未嘗有書遺僕僕安敢先焉裴應叔蕭思謙僕各有書足下求取觀之相戒勿示人敦詩在近地簡人事今不能致書足下默以此書見之勉盡志慮輔成一王之法以宥罪戾不悉某白

柳宗元答韋中立論師道書

二十一日宗元白辱書云欲相師僕道不篤業甚淺近環顧其中未見可師者雖嘗好言論爲文章甚不自是也不意吾子自京師來蠻夷閒乃幸見取僕自卜固無取假令有取亦不敢爲人師爲衆人師且不敢況敢爲吾子師乎孟子稱人之患在好爲人師由魏晉氏以下人益不事師今之世不聞有師有輒譁笑之以爲狂人獨韓愈奮不顧流俗犯笑侮收召後學作師說因抗顏而爲師世果羣怪聚罵指目牽引而增與爲言詞愈以是得狂名居長安炊不暇熟又挈挈而東如是者數矣屈子賦曰邑犬羣吠吠所怪也僕往聞庸蜀之南恆雨少日日出則犬吠余以爲過言前六七年僕來南二年冬幸大雪踰嶺被南越中數州數州之犬皆蒼黄吠噬狂走者累日至無雪乃已然後始信前所聞者今韓愈既自以爲蜀之日而吾子又欲使吾爲越之雪不以病乎非獨見病亦以病吾子然雪與日豈有過哉顧吠者犬耳度今天下不吠者幾人而誰敢衒怪於羣目以召鬧取怒乎僕自謫過以來益少志慮居南中九年增脚氣病漸

不喜鬧豈可使呶呶者早暮咈吾耳騷吾心則固僵仆煩憒愈不可過矣平居望外遭齒舌不少獨欠爲人師耳抑又聞之古者重冠禮將以責成人之道是聖人所尤用心者也數百年來人不復行近有孫昌允者獨發憤行之既成禮明日造朝至外廷薦笏言於卿士曰某子冠畢應之者咸憮然京兆尹鄭叔則怫然曳笏卻立曰何預我耶廷中皆大笑天下不以非鄭尹而快孫子何哉獨爲所不爲也今之命師者大類此吾子行厚而辭深凡所作皆恢恢然有古人形貌雖僕敢爲師亦何所增加也假而以僕年先吾子聞道著書之日不後誠欲往來言所聞則僕固願悉陳中所得者吾子苟自擇之取某事去某事則可矣若定是非以教吾子僕材不足而又畏前所陳者其爲不敢也決矣吾子前所欲見吾文既悉以陳之非以耀明於子聊欲以觀子氣色誠好惡何如也今書來言者皆大過吾子誠非佞譽誣諛之徒直見愛甚故然耳始吾幼且少爲文章以辭爲工及長乃知文者以明道是固不苟爲炳炳烺烺務采色誇聲音而以爲能也凡吾所陳皆自謂近道而不知道之果近乎遠乎吾子好道而可

吾文或者其於道不遠矣故吾每爲文章未嘗敢以輕心掉之懼其剽而不留也未嘗敢以怠心易之懼其弛而不嚴也未嘗敢以昏氣出之懼其昧沒而雜也未嘗敢以矜氣作之懼其偃蹇而驕也抑之欲其奧揚之欲其明疏之欲其通廉之欲其節激而發之欲其清固而存之欲其重此吾所以羽翼夫道也本之書以求其質本之詩以求其恆本之禮以求其宜本之春秋以求其斷本之易以求其動此吾所以取道之原也參之穀梁氏以厲其氣參之孟荀以暢其支參之莊老以肆其端參之國語以博其趣參之離騷以致其幽參之太史以著其潔此吾所以旁推交通而以爲之文也凡若此者果是耶非耶有取乎抑其無取乎吾子幸觀焉擇焉有餘以告焉苟亟來以廣是道子不有得焉則我得矣又何以師云爾哉取其實而去其名無招越蜀吠怪而爲外廷所笑則幸矣宗元復白

柳宗元答韋珩示韓愈相推以文墨事書

足下所封示退之書云欲推避僕以文墨事且以勵足下若退之之才過僕數

人尚不宜推避於僕非其實可知固相假借爲之辭耳退之所敬者司馬遷揚雄遷於退之固相上下若雄者如太玄法言及四愁賦退之獨未作耳決作之加恢奇至他文過揚雄遠甚雄文遣言措意頗短局滯澀不若退之猖狂恣睢肆意有所作若然者使雄來尚不宜推避而況僕耶彼好獎人善以爲不屈己善不可獎故慊慊云爾也足下幸勿信之且足下志氣高好讀南北史書通國朝事穿穴古今後來無能和而僕稚騃卒無所爲但趑趄文墨筆硯淺事今退之不以吾子勵僕而反以僕勵吾子愈非所宜然卒篇欲足下自挫抑合當世事固當雖僕亦知無出此吾子年甚少知己者如麻不患不顯患道不立耳此僕以自勵亦以佐退之勵足下不宣宗元頓首再拜

李翺答獨孤舍人書

足下書中有無見怨懟以至疏索之說蓋是戲言然亦似未相悉也薦賢進能自是足下公事如不爲之亦自是足下所闕在僕何苦乃至怨懟僕嘗怪董生大賢而著仕不遇賦惜其自待不厚凡人之蓄道德才智於身以待時用蓋將

以代天理物。非爲衣服飲食之鮮肥而爲也。董生道德備具。武帝不用爲相。故漢德不如三代。而生人受其顚頞。於董生何苦。而爲仕不遇之詞乎。僕意緒閒自待甚厚。此身窮達。豈關僕之貴賤耶。雖終身如此。固無恨也。況年猶未甚老哉。去年足下有相引薦意。當時恐有所累。猶奉止不爲。何遽不相悉。所以不數附書者。一二年來。往還多得官在京師。既不能周徧。又且無事。性頗慵嬾。便一切畫斷。秖作報書。又以爲苟相知。固不在書之疏數。如不相知。尚何求而數書。或惟往還中有貧賤更不如僕者。卽數數附書耳。近頻得人書。皆責疏簡。故具之於此。見相怪者。當爲辭焉。

李翺答王載言書

翺頓首。足下不以翺卑賤無所可。乃陳辭屈慮。先我以書。且曰。余之藝及心。不能棄於時。將求知者。問誰可。則皆曰其李君乎。告足下者過也。足下因而信之又過也。果若來陳。雖道備德具。且猶不足辱厚命。況如翺者。多病少學。其能以此堪足下所望博大而深宏者耶。雖然。盛意不可以不答。故敢略陳其所聞。蓋行己莫如恭。自責莫如厚。接衆莫如弘。用心莫如直。進道莫如勇。受益莫如擇友。好學莫如改過。此聞之於師者也。相人之術有三。迫之以利而審其邪正。設之以事而察其厚薄。問之以謀而觀其智與不才。賢不肖分矣。此聞之於友者也。列天地。立君臣。親父子。別夫婦。明長幼。浹朋友。六經之旨也。浩乎若江海。高乎若邱山。赫乎若日火。包乎若天地。掇章稱詠。津潤怪麗。六經之詞也。創意造言。皆不相師。故其讀春秋也。如未嘗有詩也。其讀詩也。如未嘗有易也。其讀易也。如未嘗有書也。其讀屈原莊周也。如未嘗有六經也。故義深則意遠。意遠則理辯。理辯則氣直。氣直則辭盛。辭盛則文工。如山有恆華嵩衡焉。其同者高也。其草木之榮。不必均也。如瀆有淮濟河江焉。其同者出源到海也。其曲直淺深色黃白。不必均也。如百品之雜焉。其同者飽於腸也。其味鹹酸苦辛。不必均也。此因學而知者也。此創意之大歸。天下之語文章有六說焉。其尚異者。則曰文章辭句奇險而已。其好理者。則曰文章敘意苟通而已。其溺於時者。則曰文章必當對。其病於時者。則曰文章不當對。其愛難者。則曰文章宜深不當易。其愛易者則曰文章宜通不當難此皆情有所偏滯而不流未識文章之所主也義不深不至於理言不信不在於教勸而詞句怪麗者有之矣劇秦美新王褒僮約是也其理往往有是者而詞章不能工者有之矣劉氏人物表王氏中說俗傳太公家教是也古之人能極於工而已不知其詞之對與否易與難也詩曰憂心悄悄慍於羣小此非對也又曰遘閔既多受侮不少此非不對也書曰朕堲讒說殄行震驚朕師詩曰菀彼桑柔其下侯旬捋採其劉瘼此下人此非易也書曰允恭克讓光被四表格於上下詩曰十畝之閒兮桑者閑閑兮行與子旋兮此非難也學者不知其方而稱說云云如前所陳者非吾之敢聞也六經之後百家之言興老耼列禦寇莊周鶡冠田穰苴孫武屈原宋玉孟軻吳起商鞅墨翟鬼谷子荀況韓非李斯賈誼枚乘司馬遷相如劉向揚雄皆足以自成一家之文學者之所師歸也故義雖深理雖當詞不工者不成文宜不能傳也文理義三者兼幷乃能獨立於一時而不泯滅於後代能必傳也仲尼曰言之無文行之不遠子貢曰文猶質也質猶文也虎豹之鞟猶犬羊之鞟此之謂也陸

機曰怵他人之我先韓退之曰唯陳言之務去假令述笑哂之狀曰莞爾則論語言之矣曰啞啞則易言之矣曰粲然則穀梁子言之矣曰攸爾則班固言之矣曰囅然則左思言之矣吾復言之與前文何以異也此造言之大歸吾所以不協於時而學古文者悅古人之行也悅古人之行者愛古人之道也故學其言不可以不行其行行其行不可以不重其道重其道不可以不循其禮古之人相接有等輕重有儀列於經傳皆可詳引如師之於門人則名之於朋友則字而不名稱之於師則雖朋友亦名之子曰吾與回言又曰參乎吾道一以貫之又曰若由也不得其死然是師之名門人驗也夫子於鄭兄事子產於齊兄事晏嬰平仲傳曰子謂子產有君子之道四焉又曰晏平仲善與人交子夏曰言游過矣子張曰子夏云何曾子曰堂堂乎張也是朋友字而不名驗也子貢曰賜也何敢望回又曰師與商也孰賢子游曰有澹臺滅明者行不由徑是稱於師雖朋友亦名驗也孟子曰天下之達尊三曰德爵年惡得有其一以慢其二哉足下之書曰韋君詞楊君潛足下之德與二君未知先後也而足下齒幼

而位卑而皆名之傳曰吾見其與先生並行非求益者欲速成竊懼足下不思乃陷於此韋踐之與翱書亟敘足下之善故敢盡辭以復足下之厚意計必不以爲犯李翱頓首

歐陽修與尹師魯書

某頓首師魯十二兄書記前在京師相別時約使人如河上既受命便遣白頭奴出城而還言不見舟矣其夕又得師魯手簡乃知留船以待怪不如約方悟此奴嬾去而見紿臨行臺吏催苛百端不比催師魯人長者有禮使人惶迫不知所爲是以又不留下書在京師但深託君貺因書道修意以西始謀陸赴夷陵以大暑又無馬乃作此行沿汴絕淮泛大江凡五千里用一百一十程纔至荊南在路無附書處不知君貺曾作書道修意否及來此問荊人云去郢止兩程方喜得作書以奉問又見家兄言有人見師魯過襄州計今在郢久矣師魯欣戚不問可知所渴欲問者別來安否及家人處之如何莫苦相尤否六郎舊疾平否修行雖久然江湖皆昔所遊往往有親舊留連又不遇惡風水老母用

術者言果以此行為幸又聞夷陵有米麵魚如京師又有梨栗橘柚大筍茶荈皆可飲食益相喜賀昨日因參轉運作庭趨始覺身是縣令矣其餘皆如昔時師魯簡中言疑修有自疑之意者非他蓋懼責人太深以取直耳今而思之自決不復疑也然師魯又云闇於朋友此似未知修心當與高書時蓋已知其非君子發於極憤而切責之非以朋友待之也其所為何足驚駭洛中來頗有人以罪出不測見弔者此皆不知修心也師魯又云非忘親此又非也得罪雖死不為忘親此事須相見可盡其說也五六十年來天生此輩沈默畏慎布在世閒相師成風忽見吾輩作此事下至竈閒老婢亦相驚怪交口議之不知此事古人日日有也但問所言當否而已又有深相賞歎者此亦是不慣見事人也可嗟世人不見如往時事久矣往時砧斧鼎鑊皆是烹斬人之物然士有死不失義則趨而就之與几席枕藉之無異有義君子在旁見有就死知其當然亦不甚歎賞也史冊所以書之者蓋特欲警後世愚懦者使知事有當然而不得避爾非以為奇事而詫人也幸今世用刑至仁慈無此物使有而一人就之不

知作何等怪駭也然吾輩亦自當絕口不可及前事也居閑僻處日知進道而已此事不須言然師魯以修有自疑之言要知修處之如何故略道也安道與余在楚州談禍福事甚詳安道亦以爲然俟到夷陵寫去然後得知修所以處之之心也又常與安道言每見前世有名人當論事時感激不避誅死真若知義者及到貶所則慼慼怨嗟有不堪之窮愁形於文字其心歡戚無異庸人雖韓文公不免此累用此戒安道慎勿作慼慼之文師魯察修此語則處之之心又可知矣近世人因言事亦有被貶者然或傲逸狂醉自言我爲大不爲小故師魯相別自言益慎職無飲酒此事修今亦遵此語咽喉自出京愈矣至今不曾飲酒到縣後勤官以懲洛中時懶慢矣夷陵有一路祇數日可至郢白頭奴足以往來秋寒矣千萬保重不宣

曾鞏謝杜相公書

伏念昔者方鞏之得罪罰於河濱去其家四千里之遠南嚮而望迅河大淮埭堰湖江天下之險爲其阻阨而以孤獨之身抱不測之疾煢煢路隅無攀緣之

親一見之舊以爲之託又無至行上之可以感人利勢下之可以動俗惟先人之醫藥與凡喪之所急不知所以爲賴而旅櫬之重大懼無以歸者明公獨於此時閔閔勤勤營救護視親屈車騎臨於河上使其方先人之病得一意於左右而醫藥之有與謀至其既孤無外事之奪其哀而毫髮之私無有不如其欲莫大之喪得以卒致而南其爲存全之恩過越之義如此竊惟明公相天下之道吟誦推說者窮萬世非如曲士汲汲一節之善而位之極年之高天子不敢煩以政豈鄉閭新學危苦之情藂細之事宜以徹於視聽而蒙省察然明公存先人之故而所以盡於鞏之德如此蓋明公雖不可起而寄天下之政而愛育天下之人材不忍一夫失其所之道出於自然推而行之不以進退而鞏獨幸遇明公於此時也在喪之日不敢以世俗淺意越禮進謝喪除又惟大恩之不可名空言之不足陳徘徊迄今一書之未進顧其慙生於心無須臾廢也伏惟明公終賜亮察夫明公存天下之義而無有所私則鞏之所以報於明公者亦惟天下之義而已誓心則然未敢謂能也

蘇洵上韓樞密書

太尉執事洵著書無他長及言兵事論古今形勢至自比賈誼所獻權書雖古人已往成敗之迹苟深曉其義施之於今無所不可昨因請見求進末議太尉許諾謹撰其說言語朴直非有驚世絕俗之談甚高難行之論太尉取其大綱而無責其纖悉（以上謙進說大旨）蓋古者非用兵決勝之爲難而養兵不用之可畏今夫水激之山放之海決之爲溝塍壅之爲沼沚是天下之人能之委江河注淮泗匯爲洪波瀦爲太湖萬世而不溢者自禹之後未之見也夫兵者聚天下不義之徒授之以不仁之器而教之以殺人之事夫惟天下之未安盜賊之未殄然後有以施其不義之心用其不仁之器而試其殺人之事當是之時勇者無餘力智者無餘謀巧者無餘技故其不義之心變而爲忠不仁之器加之於不仁而殺人之事施之於當殺及夫天下既平盜賊既殄不義之徒聚而不散勇者有餘力則思以爲亂智者有餘謀則思以爲姦巧者有餘技則思以爲詐於是天下之患雜然出矣蓋虎豹終日而不殺則跳踉大叫以發其怒蝮蝎終日

而不螫。則噬齧草木以致其毒。其理固然。無足怪者。（以上言養兵不用則思爲變）昔者劉項奮臂於草莽之閒。秦楚無賴子弟千百爲輩。爭起而應者不可勝數。轉鬭五六年。天下厭兵。項籍死而高祖亦已老矣。方是時分王諸侯。改定律令。與天下休息。而韓信黥布之徒。相繼而起者七國。高祖死於介胄之閒。而莫能止也。連延及於呂氏之禍。訖孝文而後定。是何起之易而收之難也。劉項之勢。初若決河順流而下。誠有可喜。及其崩潰四出。放乎數百里之閒。拱手而莫能救也。嗚呼不有聖人。何以善其後。太祖太宗。躬擐甲胄。跋涉險阻。以斬刈四方之蓬蒿。用兵數十年。謀臣猛將。滿天下。一旦卷甲而休之。傳四世而天下無變。此何術也。荆楚九江之地。不分於諸將。而韓信黥布之徒。無以啓其心也。（以上言劉項之兵一動而不能休太祖太宗之兵能發能收）雖然天下無變而兵久不用。則其不義之心。蓄而無所發。飽食優游。求逞於良民。觀其平居無事。出怨言以邀其上。一日有急。是非人得千金。不可使也。往年詔天下繕完城池。西川之事。洵實親見。凡郡縣之富民。舉而籍其名。得錢數百萬。以爲酒食饋餉之費。杵聲未絕。城輒隨壞。如此者數年而後定卒事官吏相賀卒徒相矜若戰勝凱旋而待賞者比來京師遊阡陌閒其曹往往偶語無所諱忌聞之士人方春時尤不忍聞蓋時五六月矣會京師憂大水鉏耰畚築列於兩河之壖縣官日費千萬傳呼勞問之聲不絕者數十里猶且睊睊狼顧莫肯效用且夫內之如京師之所聞外之如西川之所親見天下之勢今何如也（以上言兵久不用不義者恩遲）御將者天子之事也御兵者將之職也天子者養尊而處優樹恩而收名與天下爲喜樂者也故其道不可以御兵人臣執法而不求情盡心而不求名出死力以捍社稷使天下之心繫於一人而已不與焉故御兵者人臣之事不可以累天子也今之所患大臣好名而懼謗好名則多樹私恩懼謗則執法不堅是以天下之兵豪縱至此而莫之或制也頃者狄公在樞府號爲寬厚愛人狎昵士卒得其歡心而太尉適承其後彼狄公者知御外之術而不知治內之道此邊將才也古者兵在外愛將軍而忘天子在內愛天子而忘將軍愛將軍所以戰愛天子所以守狄公以其御外之心而施諸其內太尉不反其道而何以爲治或者以爲兵久驕不治一旦繩以法恐因以

生亂。昔者郭子儀去河南。李光弼實代之。將至之日。張用濟斬於轅門。三軍股慄。夫以臨淮之悍。而代汾陽之長者。三軍之士竦然如赤子之脫慈母之懷。而立乎嚴師之側。何亂之敢生。（以上言將邊兵貴寬將京兵貴嚴）且夫天子者。天下之父母也。將相者。天下之師也。師雖嚴。赤子不敢以怨其父母。將相雖厲。天下不敢以咎其君。其勢然也。天子者。可以生人。可以殺人。故天下望其生。及其殺之也。天下曰是天子殺之。故天子不可以多殺。人臣奉天子之法。雖多殺。天下無所歸怨。此先王所以威懷天下之術也。伏惟太尉。思天下所以長久之道。而無幸一時之名。盡至公之心。而無恤三軍之多言。夫天子推深仁以結其心。太尉厲威武以振其惰。彼其思天子之深仁。則畏而不至於怨。思太尉之威武。則愛而不至於驕。君臣之體順。而畏愛之道立。非太尉吾誰望耶。（以上言天子尚仁將帥尚威）

蘇洵上歐陽內翰書

洵布衣窮居。常竊自歎以爲天下之人。不能皆賢。不能皆不肖。故賢人君子之處於世。合必離。離必合。往者天子方有意於治。而范公在相府。富公爲樞密副使執事與余公蔡公爲諫官尹公馳騁上下用力於兵革之地方是之時天下之人毛髮絲粟之才紛紛然而起合而爲一而洵也自度其愚魯無用之身不足以自奮於其閒退而養其心幸其道之將成而可以復見於當世之賢人君子不幸道未成而范公西富公北執事與余公蔡公分散四出而尹公亦失勢奔走於小官洵時在京師親見其事忽忽仰天歎息以爲斯人之去而道雖成不復足以爲榮也既復自思念往者衆君子之進於朝其始也必有善人焉推之今也亦必有小人焉閒之今之世無復有善人也則已矣如其不然也吾何憂焉姑養其心使其道大有成而待之何傷退而處十年雖未敢自謂其道有成矣然浩浩乎其胸中若與曩者異而余公適亦有成功於南方執事與蔡公復相繼登於朝富公復自外入爲宰相其勢將復合爲一喜且自賀以爲道既已麤成而果將有以發之也既又反而思其向之所慕望愛悅之而不得見之者蓋有六人焉今將往見之矣而六人者已有范公尹公二人亡焉則又爲之潸然出涕以悲嗚呼二人者不可復見矣而所恃以慰此心者猶有四人也則

又以自解思其止於四人也則又汲汲欲一識其面以發其心之所欲言而富公又爲天子之宰相遠方寒士未可遽以言通於其前而余公蔡公遠者又在萬里外獨執事在朝廷閒而其位差不甚貴可以叫呼扳援而聞之以言而飢寒衰老之病又痼而留之使不克自至於執事之庭夫以慕望愛悅其人之心十年而不得見而其人已死如范公尹公二人者則四人者之中非其勢不可遽以言通者何可以不能自往而遽已也（以上述願見之誠）執事之文章天下之人莫不知之然竊自以爲洵之知之特深愈於天下之人何者孟子之文語約而意盡不爲巉刻斬絕之言而其鋒不可犯韓子之文如長江大河渾浩流轉魚黿蛟龍萬怪惶惑而抑遏蔽掩不使自露而人望見其淵然之光蒼然之色亦自畏避不敢迫視執事之文紆餘委備往復百折而條達疏暢無所閒斷氣盡語極急言竭論而容與閒易無艱難勞苦之態此三者皆斷然自爲一家之文也惟李翶之文其味黯然而長其光油然而幽俯仰揖讓有執事之態陸贄之文遺言措意切近的當有執事之實而執事之才又自有過人者蓋執事之文非

孟子韓子之文而歐陽子之文也夫樂道人之善而不諂者以其人誠足以當之也彼不知者則以爲譽人以求其悅己也夫譽人以求其悅己洵亦不爲也而其所以道執事光明盛大之德而不自知止者亦欲執事之知其知我也（以上論贊歐陽公之文）雖然執事之名滿於天下雖不見其文而固已知有歐陽子矣而洵也不幸墮在草野泥塗之中而其知道之心又近而麤成欲徒手奉咫尺之書自託於執事將使執事何從而知之何從而信之哉洵少年不學生二十五歲始知讀書從士君子遊年既已晚而又不遂刻意厲行以古人自期而視與己同列者皆不勝己則遂以爲可矣其後困益甚然後取古人之文而讀之始覺其出言用意與己大異時復內顧自思其才則又似夫不遂止於是而已者由是盡燒其曩時所爲文數百篇取論語孟子韓子及其他聖人賢人之文而兀然端坐終日以讀之者七八年矣方其始也入其中而惶然博觀於其外而駭然以驚及其久也讀之益精而其胸中豁然以明若人之言固當然者然猶未敢自出其言也時既久胸中之言日益多不能自制試出而書之已而再三讀

之渾渾乎覺其來之易矣然猶未敢以為是也近所為洪範論史論凡七篇執事觀其如何噫嘻區區而自言不知者又將以為自譽以求人之知己也惟執事思其十年之心如是之不偶然也而察之以上自述文學本末

蘇軾答李廌書

軾頓首再拜聞足下名久矣又於相識處往往見所作詩文雖不多亦足以髣髴其為人矣尋常不通書問怠慢之罪猶可闊略及足下斬然在疚亦不能以一字奉慰舍弟子由至先蒙惠書又復懶不即答頑鈍廢禮一至於此而足下終不棄絕遞中再辱手書待遇益隆覽之面熱汗下也足下才高識明不應輕許與人得非用黃魯直秦太虛輩語真以為然耶不肖為人所憎而二子獨喜見譽如人嗜昌歜羊棗未易詰其所以然者以二子為妄則不可遂欲以移之衆口又大不可也軾少年時讀書作文專為應舉而已既及進士第貪得不已又舉制策其實何所有而其科號為直言極諫故每紛然誦說古今考論是非以應其名耳人苦不自知既以此得因以為實能之故譊譊至今坐此得罪幾

死所謂齊虜以口舌得官真可笑也然世人遂以軾爲欲立異同則過矣妄論利害攙說得失此正制科人習氣譬之候蟲時鳥自鳴自己何足爲損益軾每怪時人待軾過重而足下又復稱說如此愈非其實得罪以來深自閉塞扁舟草履放浪山水閒與樵漁雜處往往爲醉人所推罵輒自喜漸不爲人識平生親友無一字見及有書與之亦不答自幸庶幾免矣足下又復創相推與甚非所望木有癭石有暈犀有通以取妍於人皆物之病也謫居無事默自觀省回視三十年以來所爲多其病者足下所見皆故我非今我也無乃聞其聲不考其情取其華而遺其實乎抑將又有取於此也此事非相見不能盡自得罪後不敢作文字此書雖非文然信筆書意不覺累幅亦不須示人必喻此意歲行盡寒苦惟萬萬節哀強食不次

蘇轍上樞密韓太尉書

太尉執事轍生好爲文思之至深以爲文者氣之所形然文不可以學而能氣可以養而致孟子曰我善養吾浩然之氣今觀其文章寬厚宏博充乎天地之

閎稱其氣之小大太史公行天下周覽四海名山大川與燕趙閒豪俊交游故其文疏蕩頗有奇氣此二子者豈嘗執筆學爲如此之文哉其氣充乎其中而溢乎其貌動乎其言而見乎其文而不自知也轍生十有九年矣其居家所與游者不過其鄰里鄉黨之人所見不過數百里之閒無高山大野可登覽以自廣百氏之書雖無所不讀然皆古人之陳迹不足以激發其志氣恐遂汩沒故決然捨去求天下奇聞壯觀以知天地之廣大過秦漢之故都恣觀終南嵩華之高北顧黃河之奔流慨然想見古之豪傑至京師仰觀天子宮闕之壯與倉廩府庫城池苑囿之富且大也而後知天下之巨麗見翰林歐陽公聽其議論之宏辯觀其容貌之秀偉與其門人賢士大夫游而後知天下之文章聚乎此也太尉以才略冠天下天下之所恃以無憂四夷之所憚以不敢發入則周公召公出則方叔召虎而轍也未之見焉且夫人之學也不志其大雖多而何爲轍之來也於山見終南嵩華之高於水見黃河之大且深於人見歐陽公而猶以爲未見太尉也故願得觀賢人之光耀聞一言以自壯然後可以盡天下之

大觀而無憾矣。轍年少未能通習吏事。嚮之來非有取於升斗之祿。偶然得之。非其所樂。然幸得賜歸待選。使得優游數年之閒。將以益治其文。且學爲政。太尉苟以爲可教而辱教之。又幸矣。

王安石答韶州張殿丞書

某啓。伏蒙再賜書示及先君韶州之政。爲吏民稱頌。至今不絕。傷今之士大夫不盡知。又恐史官不能記載。以次前世良吏之後。此皆不肖之孤。言行不足信於天下。不能推揚先人之功緒餘烈。使人人得聞知之。所以夙夜愁痛疚心疾首而不敢息者。以此也。先人之存。某尚少。不得備聞爲政之迹。然嘗侍左右。尚能記誦教誨之餘。蓋先君所存。嘗欲大潤澤於天下。一物枯槁以爲身羞。大者既不得試。已試乃其小者耳。小者又將泯沒而無傳。則不肖之孤。罪大釁厚矣。尚何以自立於天地之閒耶。閣下勤勤惻惻。以不傳爲念。非夫仁人君子樂道人之善。安能以及此。自三代之時。國各有史。而當時之史。多世其家。往往以身死職。不負其意。蓋其所傳。皆可考據。後既無諸侯之史。而近世非尊爵盛位。雖雄奇俊烈道德滿衍不幸不爲朝廷所稱輒不得見於史而執筆者又雜出一時之貴人觀其在廷論議之時人人得講其然不尙或以忠爲邪以異爲同誅當前而不慄訕在後而不羞苟以饜其忿好之心而止耳而況陰挾翰墨以裁前人之善惡疑可以貸褒似可以附毀往者不能訟當否生者不得論曲直賞罰謗譽又不施其間以彼其私獨安能無欺於冥昧之間耶善既不盡傳而傳者又不可盡信如此唯能言之君子有大公至正之道名實足以信後世者耳目所遇一以言載之則遂以不朽於無窮耳伏惟閣下於先人非有一日之雅餘論所及無黨私之嫌苟以發潛德爲己事務推所聞告世之能言而足信者使得論次以傳焉則先君之不得列於史官豈有恨哉

王安石答司馬諫議書

某啓昨日蒙教竊以爲與君實游處相好之日久而議事每不合所操之術多異故也雖欲強聒終必不蒙見察故略上報不復一一自辨重念蒙君實視遇厚於反覆不宜鹵莽故今具道所以冀君實或見恕也蓋儒者所爭尤在於名

實名實已明而天下之理得矣今君實所以見教者以爲侵官生事征利拒諫以致天下怨謗也某則以爲受命於人主議法度而修之於朝廷以授之於有司不爲侵官舉先王之政以興利除弊不爲生事爲天下理財不爲征利闢邪說難任人不爲拒諫至於怨誹之多則固前知其如此也人習於苟且非一日士大夫多以不恤國事同俗自媚於衆爲善上乃欲變此而某不量敵之衆寡欲出力助上以抗之則衆何爲而不洶洶然盤庚之遷胥怨者民也非特朝廷士大夫而已盤庚不爲怨者故改其度度義而後動是而不見可悔故也如君實責我以在位久未能助上大有爲以膏澤斯民則某知罪矣如曰今日當一切不事事守前所爲而已則非某之所敢知無由會晤不任區區向往之至

經史百家雜鈔卷十六目錄

哀祭之屬

珍倣宋版印

經史百家雜鈔卷十六

湘鄉曾國藩纂　合肥李鴻章校刊

哀祭之屬

書金滕冊祝之辭

惟爾元孫某遘厲虐疾。若爾三王。是有丕子之責於天。以旦代某之身。予仁若考。能多材多藝。能事鬼神。乃元孫不若旦多材多藝。不能事鬼神。乃命於帝庭。敷佑四方。用能定爾子孫於下地。四方之民。罔不祗畏。嗚呼。無墜天之降寶命。我先王亦永有依歸。今我卽命於元龜。爾之許我。我其以璧與珪。歸俟爾命。爾不許我。我乃屏璧與珪。

詩黃鳥

交交黃鳥。止於棘。誰從穆公。子車奄息。維此奄息。百夫之特。臨其穴。惴惴其慄。彼蒼者天。殲我良人。如可贖兮。人百其身。交交黃鳥。止於桑。誰從穆公。子車仲行。維此仲行。百夫之防。臨其穴。惴惴其慄。彼蒼者天。殲我良人。如可贖兮。人百其身。交交黃鳥。止於楚。誰從穆公。子車鍼虎。維此鍼虎。百夫之禦。臨其穴。惴惴其慄。彼蒼者天。殲我良人。如可贖兮。人百其身。

春秋衞太子蒯聵禱神之辭

曾孫蒯聵。敢昭告皇祖文王。烈祖康叔。文祖襄公。鄭勝亂從。晉午在難。不能治亂。使鞅討之。蒯聵不敢自佚。備持矛焉。敢告無絕筋。無折骨。無面傷。以集大事。無作三祖羞。大命不敢請。佩玉不敢愛。

宋玉招魂

朕幼清以廉潔兮。身服義而未沫。主此盛德兮。牽於俗而蕪穢。上無所考此盛德兮。長離殃而愁苦。帝告巫陽曰。有人在下。我欲輔之。魂魄離散。汝筮予之。巫陽對曰。掌夢上帝。其命難從。若必筮予之。恐後之謝。不能復用。巫陽焉。（以上不必筮問而直招之）乃下招曰。魂兮歸來。去君之恆幹。何爲兮四方些。舍君之樂處。而離彼不祥些。魂兮歸來。東方不可以託些。長人千仞。惟魂是索些。十日代出。流金鑠石些。彼皆習之。魂往必釋些。歸來歸來。不可以託些。魂兮歸來。南方不可以止些。

雕題黑齒得人肉而祀以其骨爲醢些蝮蛇蓁蓁封狐千里些雄虺九首往來儵忽吞人以益其心些歸來歸來不可以久淫些魂兮歸來西方之害流沙千里些旋入雷淵爢散而不可止些幸而得脫其外曠宇些赤蟻若象玄蠭若壺些五穀不生叢菅是食些其土爛人求水無所得些彷徉無所倚廣大無所極些歸來歸來恐自遺賊些魂兮歸來北方不可以止些增冰峨峨飛雪千里些歸來歸來不可以久些魂兮歸來君無上天些虎豹九關啄害下人些一夫九首拔木九千些豺狼從目往來侁侁些懸人以嬉投之深淵些致命於帝然後得瞑些歸來歸來往恐危身些魂兮歸來君無下此幽都些土伯九約其角觺觺些敦脄血拇逐人駓駓些參目虎首其身若牛些此皆甘人歸來歸來恐自遺災些（以上四方上下皆不可往）魂兮歸來入修門些工祝招君背行先些秦篝齊縷鄭綿絡些招具該備永嘯呼些魂兮歸來反故居些天地四方多賊姦些像設居室靜閑安些高堂邃宇檻層軒些層臺累榭臨高山些網戶朱綴刻方連些冬有突廈夏室寒些川谷徑復流潺湲些光風轉蕙氾崇蘭些經堂入奧朱塵筵些

砥室翠翹絓曲瓊些翡翠珠被爛齊光些蒻阿拂壁羅幬張些纂組綺縞結琦
璜些（以上室）室中之觀多珍怪些蘭膏明燭華容備些二八侍宿射遞代些九侯
淑女多迅衆些盛鬋不同制實滿宮些容態好比順彌代些弱顏固植謇其有
意些姱容修態絙洞房些蛾眉曼睩目騰光些靡顏膩理遺視矊些離榭修幕
侍君之閒些翡帷翠幬飾高堂些紅壁沙版玄玉梁些仰觀刻桷畫龍蛇些坐
堂伏檻臨曲池些芙蓉始發雜芰荷些紫莖屏風文緣波些文異豹飾侍陂陁
些軒輬既低步騎羅些蘭薄戶樹瓊木籬些魂兮歸來何遠爲些（以上室）室家遂
宗食多方些稻粢穱麥挐黃粱些大苦鹹酸辛甘行些肥牛之腱臑若芳些和
酸若苦陳吳羹些胹鱉炮羔有柘漿些鵠酸臇鳧煎鴻鶬些露雞臛蠵厲而不
爽些粔籹蜜餌有餦餭些瑤漿蜜勺實羽觴些挫糟凍飲酎清涼些華酌既陳
有瓊漿些（以上飲食）歸來歸來反故室敬而無妨些肴羞未通女樂羅些敶鐘按鼓
造新歌些涉江采菱發揚荷些美人既醉朱顏酡些娭光眇視目曾波些被文
服纖麗而不奇些長髮曼鬋豔陸離些二八齊容起鄭舞些衽若交竽撫案下

些竽瑟狂會搷鳴鼓些宮庭震驚發激楚些吳歈蔡謳奏大呂些以上樂舞士女雜坐亂而不分些放敶組纓班其相紛些鄭衛妖玩來雜陳些激楚之結獨秀先些箟蔽象棊有六簙些分曹並進遒相迫些成梟而牟呼五白些晉制犀比費白日些鏗鐘搖簴揳梓瑟些娛酒不廢沈日夜些蘭膏明燭華鐙錯些結撰至思蘭芳假些人有所極同心賦些酎飲盡歡樂先故些魂兮歸來反故居些以上雜戲亂曰獻歲發春兮汨吾南征菉蘋齊葉兮白芷生路貫廬江兮左長薄倚沼畦瀛兮遙望博青驪結駟兮齊千乘懸火延起兮玄顏烝步及驟處兮誘騁先抑騖若通兮引車右還與王趨夢兮課後先君王親發兮憚青兕朱明承夜兮時不可淹皋蘭被徑兮斯路漸湛湛江水兮上有楓目極千里兮傷春心魂兮歸來哀江南

景差大招

青春受謝白日昭只春氣奮發萬物遽只冥淩浹行魂無逃只魂魄歸來無遠遙只魂乎歸來無東無西無南無北只東有大海溺水浟浟只螭龍並流上下

悠悠只霧雨淫淫白皓膠只魂乎無東湯谷寂寥只魂乎無南南有炎火千里
蝮蛇蜒只山林險隘虎豹蜿只鰅鱅短狐王虺騫只魂乎無南蜮傷躬只魂乎
無西西方流沙漭洋洋只豕首縱目被髮鬤只長爪踞牙誒笑狂只魂乎無西
多害傷只魂乎無北北有寒山逴龍赩只代水不可涉深不可測只天白顥顥
寒凝凝只魂乎無往盈北極只以上言東西南北之不可往魂魄歸來閒以靜只自恣荊楚
安以定只逞志究欲心意安只窮身永樂年壽延只魂乎歸來樂不可言只五
穀六仞設菰粱只鼎臑盈望和致芳只內鶬鴿鵠味豺羹只魂乎歸來恣所嘗
只鮮蠵甘雞和楚酪只醢豚苦狗膾苴蓴只吳酸蒿蔞不沾薄只魂乎歸來恣
所擇只炙鴰烝鳧煔鶉陳只煎鰿膗雀遽爽存只魂乎歸來麗以先只四酎并
熟不歰嗌只清馨凍飲不歠役只吳醴白糵和楚瀝只魂乎歸來不遽惕只以上
飲食代秦鄭衛鳴竽張只伏戲駕辯楚勞商只謳和揚阿趙簫倡只魂乎歸來定
空桑只二八接武投詩賦只叩鐘調磬娛人亂只四上競氣極聲變只魂乎歸
來聽歌譔只朱脣皓齒嫭以姱只比德好閑習以都只豐肉微骨調以娛只魂

乎歸來安以舒只。以上歌舞嫮目宜笑娥眉曼只。容則秀雅穉朱顏只。魂乎歸來靜
以安只。姱修滂浩麗以佳只。曾頰倚耳曲眉規只。滂心綽態姣麗施只。小腰秀
頸若鮮卑只。魂乎歸來思怨移只。易中和心以動作只。粉白黛黑施芳澤只。長
袂拂面善留客只。魂乎歸來以娛昔只。青色直眉美目婳只。靨輔奇牙宜笑嘕
只。豐肉微骨體便娟只。魂乎歸來恣所便只。以上美色夏屋廣大沙堂秀只。南房小
壇觀絕霤只。曲屋步櫩宜擾畜只。騰駕步遊獵春囿只。瓊轂錯衡英華假只。茝
蘭桂樹鬱彌路只。魂乎歸來恣志慮只。孔雀盈園畜鸞皇只。鵾鴻羣晨雜鶖鶬
只。鴻鵠代遊曼鸕鷞只。魂乎歸來鳳皇翔只。以上園囿禽獸曼澤怡面血氣盛只。永宜
厥身保壽命只。室家盈庭爵祿盛只。魂乎歸來居室定只。接徑千里出若雲只。
三圭重侯聽類神只。察篤夭隱孤寡存只。魂乎歸來正始昆只。以上家庭福祿田邑千
畛人阜昌只。美冒衆流德澤章只。先威後文善美明只。魂乎歸來賞罰當只。名
聲若日照四海只。德譽配天萬民理只。北至幽陵南交阯只。西薄羊腸東窮海
只。魂乎歸來尚賢士只。發政獻行禁苛暴只。舉傑壓陛誅譏罷只。直贏在位近

禹麾只豪傑執政流澤施只魂乎來歸國家爲只雄雄赫赫天德明只三公穆穆登降堂只諸侯畢極立九卿只昭質既設大侯張只執弓挾矢揖辭讓只魂乎來歸尚三王只（以上德政威名）

賈誼弔屈原賦

共承嘉惠兮俟罪長沙側聞屈原兮自沈汨羅造託湘流兮敬弔先生遭世罔極兮乃隕厥身嗚呼哀哉逢時不祥鸞鳳伏竄兮鴟梟翱翔闒茸尊顯兮讒諛得志賢聖逆曳兮方正倒植世謂伯夷貪兮謂盜跖廉莫邪爲頓兮鉛刀爲銛于嗟嚜嚜兮生之無故斡棄周鼎兮寶康瓠騰駕罷牛兮驂蹇驢驥垂兩耳兮服鹽車章甫薦屨兮漸不可久嗟苦先生兮獨離此咎訊曰已矣國其莫我知猶堙鬱兮其誰語鳳漂漂其高逝兮夫固自縮而遠去襲九淵之神龍兮沕深潛以自珍彌融爚以隱處兮夫豈從螘與蛭螾所貴聖人之神德兮遠濁世而自藏使騏驥可得係羈兮豈云異夫犬羊般紛紛其離此尤兮亦夫子之辜也瞝九州而相君兮何必懷此都也鳳皇翔于千仞之上兮覽悳煇而下之見細

德之險徵兮搖增翮逝而去之彼尋常之汙瀆兮豈能容吞舟之魚橫江湖之鱣鱏兮固將制於蟻螻

漢武帝悼李夫人賦

美連娟以脩嫮兮命樔絕而不長飾新宮以延貯兮泯不歸乎故鄉慘鬱鬱其蕪穢兮隱處幽而懷傷釋輿馬於山椒兮奄脩夜之不陽秋氣憯以淒淚兮桂枝落而銷亡神煢煢以遙思兮精浮游而出畺託沈陰以壙久兮惜蕃華之未央念窮極之不還兮惟幼眇之相羊函菱荴以俟風兮芳雜襲以彌章的容與以猗靡兮縹飄姚虖愈莊燕淫衍而撫楹兮連流視而娥揚既激感而心逐兮包紅顏而弗明驩接狎以離別兮宵寤夢之芒芒忽遷化而不反兮魄放逸以飛揚何靈魄之紛紛兮哀褢回以躊躇埶路日以遠兮遂荒忽而辭去超兮西征屑兮不見寖淫敞怳寂兮無音思若流波怛兮在心亂曰佳俠函光隕朱榮兮嫉妒闒茸將安程兮方時隆盛年夭傷兮弟子增欷洿沐悵兮悲愁於邑喧不可止兮嚮不虛應亦云已兮嫶妍太息歎稚子兮懰慄不言倚所恃兮仁者

不誓豈約親兮既往不來申以信兮去彼昭昭就冥冥兮既下新宮不復故庭
兮嗚呼哀哉想魂靈兮

司馬相如哀二世賦

登陂陁之長阪兮坌入曾宮之嵯峨臨曲江之隑州兮望南山之參差巖巖深山之谾谾兮通谷𧮪乎谽谺汩淢噏習以永逝兮注平皐之廣衍觀衆樹之蓊薆兮覽竹林之榛榛東馳土山兮北揭石瀨弭節容與兮歷弔二世持身不謹兮亡國失埶信讒不寤兮宗廟滅絶嗚呼哀哉操行之不得兮墓蕪穢而不修兮魂亡歸而不食夐邈絶而不齊兮彌久遠而愈佅精罔閬而飛揚兮拾九天而永逝嗚呼哀哉

匡衡禱高祖孝文孝武廟文

嗣曾孫皇帝恭承洪業夙夜不敢康甯思育休烈以章祖宗之盛功故動作接神必因古聖之經往者有司以爲前因所幸而立廟將以繫海內之心非爲尊祖嚴親也今賴宗廟之靈六合之內莫不附親廟宜一居京師天子親奉郡國

廟可止毋修。皇帝祗肅舊禮。尊重神明。卽告于祖宗而不敢失。今皇上有疾不豫。迺夢祖宗見戒以廟。楚王夢亦有其序。皇帝悼懼。卽詔臣衡復修立。謹案上世帝王承祖禰之大義。皆不敢不自親。郡國吏卑賤。不可使獨承。又祭祀之義。以民爲本。閒者歲數不登。百姓困乏。郡國廟無以修立。禮凶年則歲事不舉。以祖禰之意爲不樂。是以不敢復。如誠非禮義之中。違祖宗之心。咎盡在臣衡。當受其殃。大被其疾。隊在溝瀆之中。皇帝至孝肅愼。宜蒙祐福。惟高皇帝孝文皇帝孝武皇帝省察右饗皇帝之孝。開賜皇帝眉壽亡彊。令所疾日瘳。平復反常。永保宗廟。天下幸甚。

匡衡告謝毀廟文

往者大臣以爲在昔帝王承祖宗之休典。取象於天地。天序五行。人親五屬。天子奉天。故率其意而尊其制。是以禘嘗之序。靡有過五。受命之君。躬接于天。萬世不墮。繼烈以下。五廟而遷。上陳太祖。閒歲而祫。其道應天。故福祿永終。太上皇非受命而屬盡。義則當遷。又以爲孝莫大於嚴父。故父之所尊。子不敢不承。

父之所異子不敢同禮公子不得爲母信爲後則於子祭於孫止尊祖嚴父之義也寢日四上食園廟閒祀皆可亡修皇帝思慕悼懼未敢盡從惟念高皇帝聖德茂盛受命溥將欽若稽古承順天心子孫本支陳錫無疆誠以爲遷廟合祭久長之策高皇帝之意迺敢不聽卽以令日遷太上孝惠廟孝文太后孝昭太后寢將以昭祖宗之德順天人之序定亡窮之業今皇帝未受茲福乃有不能共職之疾皇帝願復修立承祀臣衡等咸以爲禮不得如不合高皇帝孝惠皇帝孝文皇帝孝武皇帝孝昭皇帝孝宣皇帝太上皇孝文太后孝昭太后之意罪盡在臣衡等當受其咎今皇帝尚未平詔中朝臣具復毀廟之文臣衡中朝臣咸復以爲天子之祀義有所斷禮有所承違統背制不可以奉先祖皇天不祐鬼神不饗六藝所載皆言不當無所依緣以作其文事如失指罪迺在臣衡當深受其殃皇帝宜厚蒙祉福嘉氣日興疾病平復永保宗廟與天亡極羣生百神有所歸息

張衡大司農鮑德誄

昔君烈祖。平顯奕世。敬叔生牙。美管交賴。至于中葉。種德以邁。種德伊何。去虛適參。建旄屯留。其茂如林。降及我君。總角有聲。遺蒙萬穀。寵祿斯丁。守約勤學。克勞其形。濬哲之資。日就月成。業業學徒。童蒙求我。舍厥往著。去風卽雅。濟濟京河。實爲西魯。昔我南都。惟帝舊鄉。同于郡國。殊于表章。命親如公。弁冕鳴璜。若惟允之。實耀其光。導以仁惠。教以義方。習射矍相。饗老虞庠。羌髡作虐。艱我西鄰。君斯整旅。耀武月頻。蠢蠢戎虜。是懾是震。知德者鮮。惟君克舉。旣厭帝心。將處台輔。命有不永。時不我與。天實爲之。孰其能禦。股肱或毀。何痛如之。國喪遺愛。如何無思。

蔡邕擬遷都告廟文

嗣曾孫皇帝某．敢昭告于皇祖高皇帝．各以后配．昔受命京師。都于長安。享國十有一世。歷年二百一十載。遭王莽之亂。宗廟墮壞。世祖復帝祚。還都洛陽。以服土中。享國一十一世。歷年一百六十五載。予末小子。遭家不造。早統洪業。奉嗣無疆。關東吏民。敢行稱亂。總連州縣。擁兵聚衆。以圖叛逆。震驚王師。命將征服。股肱大臣推皇天之命。以已行之事。遷都舊京。昔周德缺而斯干作。應運變通。自古有之。於是乃以二月丁亥來自雒越三月乙巳。至于長安。飭躬不慎寢疾旬日。賴祖宗之靈。以獲有瘳。吉旦齋宿。敢用潔牲一元大武柔毛剛鬣商祭明視薌合嘉蔬香萁鹹鹾豐本明粢醴酒。用告遷來。尚饗。

漢昭烈帝成都即位告天文

惟建安二十六年四月丙午。皇帝備。敢用玄牡。昭告皇天上帝后土神祇。漢有天下。曆數無疆。曩者王莽篡盜。光武皇帝震怒致誅。社稷復存。今曹操阻兵安忍。戮殺主后。滔天泯夏。罔顧天顯。操子丕載其凶逆。竊居神器。羣臣將士以爲社稷隳廢。備宜修之。嗣武二祖。龔行天罰。備惟否德。懼忝帝位。詢于庶民。外及蠻夷君長。僉曰天命不可以不答。祖業不可以久替。四海不可以無主。率土式望。在備一人。備畏天明命。又懼漢邦將湮于地。謹擇元日。與百寮登壇。受皇帝璽綬。修燔瘞。告類于天神。惟神饗祚于漢家。永綏四海。

曹植王仲宣誄

建安二十二年正月二十四日戊申魏故侍中關內侯王君卒嗚呼哀哉皇穹神察喆人是恃如何靈祇殲我吉士誰謂不痛早世即冥誰謂不傷華繁中零存亡分流夭遂同期朝聞夕沒先民所思何用誄德表之素旗何以贈終哀以送之遂作誄曰猗歟侍中遠祖彌芳公高建業佐武伐商爵同齊魯邦祀絕亡流裔畢萬勳績惟光晉獻賜封于魏之疆天開之祚末冑稱王厥姓斯氏條分葉散世滋芳烈揚聲秦漢會遭陽九炎光中矇世祖撥亂爰建時雍三台樹位履道是鍾寵爵之加匪惠惟恭自君二祖爲光爲龍僉曰休哉宜翼漢邦或統太尉或掌司空百揆惟敘五典克從天靜人和皇教遐通伊君顯考奕葉佐時入管機密朝政以治出臨朔岱庶績咸熙（以上槃之先世）君以淑懿繼此洪基既有令德材技廣宣強記洽聞幽讚微言文若春華思若涌泉發言可詠下筆成篇何道不洽何藝不閑碁局逞巧博弈惟賢皇家不造京室隕顛宰臣專制帝用西遷君乃羈旅離此阻艱翕然鳳舉遠竄荊蠻身窮志達居鄙行鮮振冠南嶽濯纓清川潛處蓬室不干勢權（以上槃之身世）我公奮鉞耀威南楚荊人或違陳戎講武

君乃義發算我師旅高尚霸功投身帝宇斯言既發謀夫是與是與伊何饗我明德投戈編鄀稽顙漢北我公實嘉表揚京國金龜紫綬以彰勳則勳則伊何勞謙靡已憂世忘家殊略卓峙乃署祭酒與君行止算無遺策畫無失理我王建國百司俊乂君以顯舉秉機省闥戴蟬珥貂朱衣皓帶入侍帷幄出擁華蓋榮曜當世芳風晻藹（以上粲見用於魏）嗟彼東夷憑江阻湖騷擾邊境勞我師徒光光戎路霆駭風徂君侍華轂輝輝王塗思榮懷附望彼來威如何不濟運極命衰寢疾彌留吉往凶歸嗚呼哀哉翩翩孤嗣號痛崩摧發軫北魏遠迄南淮經歷山河泣涕如頹哀風興感行雲徘徊游魚失浪歸鳥忘栖（以上粲從征吳而亡）嗚呼哀哉吾與夫子義貫丹青好和琴瑟分過友生庶幾遐年攜手同征如何奄忽棄我夙零感昔宴會志各高厲予戲夫子金石難弊人命靡常吉凶異制此驩之人孰先隕越何寤夫子果乃先逝又論生死存亡數度子猶懷疑求之明據儻獨有靈游魂泰素我將假翼飄颻高舉超登景雲要子天路（以上子建與粲交誼）喪柩既臻將反魏京靈輀迴軌白驥悲鳴虛廓無見藏景蔽形孰云仲宣不聞其聲延首

歎息兩泣交頸呼乎夫子永安幽冥人誰不沒達士徇名生榮死哀亦孔之榮

嗚呼哀哉

潘岳世祖武皇帝誄

粵若稽古帝皇誕受休命作我晉室赫赫文皇配命並日大行龍飛創制改物沈恩汪濊流澤洋溢上齊七政下綏萬邦四門穆穆五典克從惟清緝熙於變時雍愛盡事親教加百姓于喪過哀在祭餘敬后鸞冕服躬籍粢盛六代畢奏九功咸詠行敦醇樸思貫玄妙莅政端位臨朝光曜胄子入學辟雍宗禮國老恂恂貴遊濟濟莫孝匪子莫悌匪弟化自外明訓法以禮以上德政獷彼吳楚稱亂三代世歷五僞年幾百載邊垂虔劉王化阻閡羽檄星馳鉦鼓日戒帝御羣帥奉辭奮旅腹心庭爭爪牙疑沮天監獨照聖策乃舉朝服濟江止戈曜武野無交兵役不淹月僭號歸命稽顙晉闕邪界鑾流傍納百越表閭旌善德音爰發以上平吳虞人獻箴周書垂誥酒懼其彝獸戒其冒於我大行從心所好動不踰矩性與道奧厭厭酣飲樂不辨顏桓桓振旅田無遊盤我德如風民應如蘭靡不

夙夜無敢宴安務農望歲時或不稔小心翼翼恤民以甚御坐不怡撤膳賑廩西流垂精南金抑施永言孝思天經地義問誰贊事英彥髦士問誰翼侍博物君子潛明神鑒從衆屈己道濟羣生爲而不恃先天弗違後天降時萬物熙熙懷而慕思顒顒搢紳不謀同辭巖巖岱宗想望翠旗恭惟大行功成不居讓寢封禪心棲沖虛策告不足太平有餘七十二君方之蔑如（以上虛己恭讓）思樂天德等壽嵩華如何寢疾背世登遐遷幸梓宮孤我邦家龜筮既襲吉日惟良永指太極甯神峻陽羣后擗踊長訣轀輬望靈斯顧豈伊不傷家無遠邇邦靡小大四海供職同軌畢會茫茫原野亭亭素蓋縞輅解駕白虎弭旆龍輴卽定元闥載扃如天斯崩如地斯傾哀哀庶寮煢煢自愍彼蒼者天胡甯斯忍聖君不返我獨旋軫（以上述哀）

潘岳楊荊州誄

維咸甯元年夏四月乙丑晉故折衝將軍荊州刺史東武戴侯滎陽楊使君薨

嗚呼哀哉夫天子建國諸侯立家選賢與能政是以和周賴尙父殷憑太阿矯

矯楊侯晉之爪牙忠節克明茂績惟嘉將宏王略肅清荒遐降年不永玄首未
華銜恨沒世命也柰何嗚呼哀哉自古在昔有生必死身沒名垂先哲所韙行
以號彰德以述美敢託旐旗爰作斯誄其辭曰
邈矣遠祖系自有周昭穆繁昌支庶分流族始伯喬氏出楊侯奕世丕顯允迪
大猷天厭漢德龍戰未分伊君祖考方事之殷鳥則擇木臣亦簡君投心魏朝
策名委身奮躍淵塗跨騰風雲或統驍騎或據領軍以上先世篤生戴侯茂德繼期
纂戎洪緒克構堂基弱冠味道無競惟時孝實蒸蒸友亦怡怡多才豐藝強記
洽聞目睇毫末心算無垠草隸兼善尺牘必珍足不輟行手不釋文翰動若飛
紙落如雲以上才德學優則仕乃從王政散璞發輝臨軹作令化行邑里惠洽百姓
越登司官肅我朝命惟此大理國之憲章君莅其任視民如傷庶獄明慎刑辟
端詳聽參皐呂稱侔于張改授農政于彼野王倉盈庾億國富兵彊煌煌文后
鴻漸晉室君以兼資參戎作弼用錫土宇膺茲顯秩青社白茅亦朱其紱魏氏
順天聖皇受終烈烈楊侯實統禁戎司管闈闥清我帝宮苛慝不作穆如和風

謂督勳勞班命彌崇茫茫海岱玄化未周滔滔江漢疆埸分流秉文兼武時惟楊侯既守東莞乃牧荊州折衝萬里對揚王休聞善若驚疾惡如讎示威示德以伐以柔（以上歷官封爵）吳夷凶侈僞師畏逼將乘讎釁席卷南極繼褰糧盡神謀不忒君子之過引曲推直如彼日月有時則食負執其咎功讓其力亦既旋旆爲法受黜退守邱塋杜門不出游目典墳縱心儒術祁祁搢紳升堂入室靡事不咨無疑不質位貶道行身窮志逸弗慮弗圖乃寢乃疾昊天不弔景命其卒（以上伐吳無功貶退而卒）嗚呼哀哉子囊佐楚遺言城郢史魚諫衞以尸顯政伊君臨終不忘忠敬寢伏牀蓐念在朝廷朝達厥辭夕殞其命聖王嗟悼寵贈衾襚誄德策勳考終定謚羣辟慟懷邦族揮淚孤嗣在疚寮屬含悴赴者同哀路人增欷嗚呼哀哉余以頑蔽覆露重陰仰追先考執友之心俯感知己識達之深承諱忉怛涕淚沾襟豈忘載奔憂病是沈在疚不省於亡不臨舉聲增慟哀有餘音嗚呼哀哉（以上述哀）

潘岳楊仲武誄

楊經字仲武滎陽宛陵人也中領軍蕭侯之曾孫荊州刺史戴侯之孫東武康侯之子也八歲喪父其母鄭氏光祿勳密陵成侯之元女操行甚高恤養幼孤以保乂夫家而免諸艱難戴侯康侯多所論著又善草隸之藝子以妙年之秀固能綜覽義旨而軌式模範矣雖舅氏隆盛而孤貧守約心安陋巷體服菲薄余甚奇之若乃清才雋茂盛德日新吾見其進未見其已也既藉三葉世親之恩而子之姑余之伉儷焉往歲卒於德宮里喪服周次綢繆累月苟人必有心此亦款誠之至也不幸短命春秋二十九元康九年夏五月己亥卒嗚呼哀哉

乃作誄曰伊子之先奕葉熙隆惟祖惟曾載揚休風顯考康侯無祿早終名器雖光勳業未融（以上先世）篤生吾子誕茂淑姿克岐克嶷知章知微鉤深探賾味道研幾匪直也人邦家之輝子之遘閔曾未亂髫如彼危根當此衝飇德之休明靡幽不喬弱冠流芳儁聲清劭爾舅惟滎爾宗惟瘁幼秉殊操違豐安匱撰錄先訓俾無隕墜舊文新藝罔不畢肄（以上幼慧安貧）潘楊之穆有自來矣矧乃今日慎終如始爾休爾戚如實在己視子猶父不得猶子敬亦既篤愛亦既深雖殊其

年實同厥心日昃景西望子朝陰如何短折背世湮沈以上潘楊親誼嗚呼哀哉寢疾彌留守茲孝友臨命忘身顧戀慈母哀哀慈母痛心疾首嗷嗷同生悽悽諸舅春蘭擢莖方茂其華荊寶挺璞將剖于和含芳委耀毀璧摧柯嗚呼仲武痛哉奈何德宮之艱同次外寢惟我與爾對筵接枕自時迄今曾未盈稔姑姪繼隕何痛斯甚嗚呼哀哉披帙散書屢覩遺文有造有寫或草或真執玩周復想見其人紙勞于手涕沾于巾龜筮既襲埏隧既開痛矣楊子與世長乖朝濟洛川夕次山隈歸鳥頡頏行雲徘徊臨穴永訣撫櫬盡哀遺形莫紹增慟余懷魂兮往矣梁木實摧嗚呼哀哉以上述哀

潘岳夏侯常侍誄

夏侯湛字孝若譙人也少知名弱冠辟太尉府掾賢良方正徵爲太子舍人尚書郎野王令中書郎南陽相家艱乞還頃之選爲太子僕未就命而世祖崩天子以爲散騎常侍從班列也春秋四十有九元康元年夏五月壬辰寢疾卒于延喜里第嗚呼哀哉乃作誄曰

禹錫玄珪實曰文命克明克聖光啓夏政其在于漢邁勳惟嬰思弘儒業小大雙名顯祖曜德牧兗及荆父守淮岱治亦有聲英英夫子灼灼其儁飛辯摛藻華繁玉振如彼隨和發彩流潤如彼錦繢列素點絢（以上敘湛先世少時）人見其表莫測其裏徒謂吾生文勝則史心照神交惟我與子且歷少長逮觀終始子之承親孝齊閔參子之友悌和如瑟琴事君直道與朋信心雖實唱高猶賞爾音弱冠厲翼羽儀初升公弓既招皇輿乃徵內贊兩宮外宰黎蒸忠節允著清風載興泱彼樂都寵子惟王設官建輔妙簡邦良用取喉舌相爾南陽惠訓不倦視民如傷（以上湛之懿行歷官）乃眷北顧辭祿延喜余亦偃息無事明時疇昔之遊二紀于茲班白攜手何歡如之居吾語汝衆實勝寡人惡儁異俗疵文雅執戟疲揚長沙投賈無謂爾高恥居物下子乃洗然變色易容慨然嘆曰道固不同爲仁由己匪我求蒙誰毀誰譽何去何從莫涅匪緇莫磨匪磷子獨正色居屈志申雖不爾以猶致其身獻替盡規媚茲一人（以上交誼箴規）讜言忠謀世祖是嘉將僕儲皇奉鑾承華先朝末命聖列顯加入侍帝闥出光厥家我聞積善神降之吉宜享遐

紀長保天秩如何斯人而有斯疾曾未知命中年隕卒（以上辯顯而卒）嗚呼哀哉惟爾之存匪爵而貴甘食美服重珍兼味臨終遺誓永錫爾類斂以時襲殯不飭器誰能拔俗生盡其養孰是養生而薄其葬淵哉若人縱心條暢傑操明達困而彌亮（以上遺令之善）柩輅既祖容體長歸存亡永訣逝者不追望子舊車覽爾遺衣愊抑失聲迸涕交揮非子為慟吾慟為誰嗚呼哀哉日往月來暑退寒襲零露沾凝勁風淒急慘爾其傷念我良執適子素館撫孤相泣前思未弭後感仍集積悲滿懷逝矣安及嗚呼哀哉（以上述哀）

潘岳馬汧督誄

惟元康七年秋九月十五日晉故督守關中侯扶風馬君卒嗚呼哀哉初雍部之內屬羌反未弭而編戶之氐又肆逆焉雖王旅致討終於殄滅而蜂蠆有毒驟失小利俾百姓流亡頻於塗炭建威喪元於好畤州伯宵遁乎大谿若夫偏師裨將之隕首覆軍者蓋以十數剖符專城紆青拖墨之司奔走失其守者相望於境秦隴之僭鞏更為魁既已襲汧而館其縣子以眇爾之身介乎重圍之

裹率寡弱之衆據十雉之城羣氐如蝟毛而起四面雨射城中城中鑿穴而處
負戶而汲木石將盡樵蘇乏竭芻蕘罄絕於是乎發梁棟而用之咢以鐵鏁機
關既縱礧而又升焉爨陳焦之麥柿梠桷之松用能薪芻不匱人畜取給青煙
傍起櫪馬長鳴凶醜駭而疑懼乃闕地而攻子命穴浚壍寘壺鐳瓶甒以偵之
將穿響作內焚積火薰之潛氐殲焉久之安西之救至竟免虎口之厄全數百
萬石之積文契書於幕府聖朝疇咨進以顯秩殊以幢蓋之制而州之有司乃
以私隸數口穀十斛考訊吏兵以櫝楚之辭連之大將軍屢抗其疏曰敦固守
孤城獨當羣寇以少禦衆載離寒暑臨危奮節保穀全城而雍州從事忌敦勳
效極推小疵非所以褒獎元功宜解敦禁劾假授詔書遽許而子固已下獄發
憤而卒也朝廷聞而傷之策書曰皇帝咨故督守關中侯馬敦忠勇果毅率厲
有方固守孤城危逼獲濟寵秩未加不幸喪亡朕用悼焉今追贈牙門將軍印
綬祠以少牢魂而有靈嘉茲寵榮然潔士之聞穢其庸致思乎若乃下吏之肆
其噤害則皆妒之徒也嗟乎妒之欺善抑亦貿首之讎也語曰或戒其子慎無

爲善言固可以若是悲夫昔乘邱之戰縣賁父御魯莊公馬驚敗績賁父曰他日未嘗敗績而今敗績是無勇也遂死之圉人浴馬有流矢在白肉公曰非其罪也乃誄之漢明帝時有司馬叔持者白日於都市手劍父讎視死如歸亦命史臣班固而爲之誄然則忠孝義烈之流慷慨非命而死者綴辭之士未之或遺也天子既已策而贈之微臣託乎舊史之末敢闕其文哉乃作誄曰

知人未易人未易知嗟茲馬生位末名卑西戎猾夏乃奮其奇保此汧城救我邊危（以上八句總挈綱領）彼邊奚危城小粟富子以眇身而裁其守兵無加衛墉不增築婪婪羣狄豺虎競逐鞏更恣睢潛跱官寺齊萬虓闞震驚台司聲勢沸騰種落煽熾旌旗電舒戈矛林植彤珠星流飛矢雨集惴惴士女號天以泣爨麥而炊負戶以汲累卵之危倒懸之急（以上汧事危急）馬生爰發在險彌亮精貫白日猛烈秋霜稜威可厲懦夫克壯霑恩撫循寒士挾纊蠢蠢犬羊阻衆陵寡潛隧密攻九地之下愜愜窮城氣若無假昔命懸天今也惟馬惟此馬生才博智贍偵以瓶壺則以長壍鍤未見鋒火以起焰薰尸滿窟掊穴以斂木石價竭其程空虛瞯

然馬生傲若有餘蜀梁為礌柿松為芻守不乏械櫪有鳴駒以上馬敦守汧方略哀哀建
威身伏斧質悠悠列將覆軍喪器戎釋我徒顯誅我帥以生易死疇克不二聖
朝西顧關右震惶分我汧庾化為寇糧實賴夫子思蓄彌長咸使有勇致命知
方以上功勳我雖末學聞之前典十世宥能表墓旌善思人愛樹甘棠勿翦矧乃吾
子功深疑淺兩造未具儲隸蓋鮮孰是勳庸而不獲免猾哉部司其心反側斵
善害能醜正惡直牧人逶迤自公退食聞穢鷹揚曾不戢翼忘爾大勞猜爾小
利苟莫開懷于何不至慨慨馬生硠硠高致發憤囹圄沒而猶眂以上因獄引決寃嗚
呼哀哉安平出奇破齊克完張孟運籌危趙獲安汧人賴子猶彼談單如何吝
嫉搖之筆端傾倉可賞矧云私粟狄隸可頒況曰家僕剔子雙龜貫以三木功
存汧城身死汧獄凡爾同圍心焉摧剝扶老攜幼街號巷哭嗚呼哀哉明明天
子旌以殊恩光光寵贈乃牙其門司勳頒爵亦兆後昆死而有靈庶慰寃魂嗚
呼哀哉以上哀榮

潘岳哀永逝文

啓夕兮宵興。悲絶緒兮莫承。俄龍輀兮門側。嗟俟時兮將升。嫂姪兮慞惶。慈姑兮垂矜。聞鳴雞兮戒朝、咸驚號兮撫膺、逝日長兮生年淺。憂患衆兮歡樂尠。彼遙思兮離居、歎河廣兮宋遠、今奈何兮一舉。邈終天兮不反。盡余哀兮祖之晨。揚明燎兮援靈輴。徹房帷兮席庭筵。舉酹觴兮告永還。悽切兮增欷、俯仰兮揮淚、想孤魂兮眷舊宇、視倏忽兮若髣髴、徒髣髴兮在慮、靡耳目兮一遇、停駕兮淹留。徘徊兮故處。周求兮何獲。引身兮當去。去華輦兮初邁、馬回首兮旋旆、風泠泠兮入帷。雲霏霏兮承蓋。鳥俛翼兮忘林。魚仰沫兮失瀨。悵悵兮遲遲。遵吉路兮凶歸。思其人兮已滅。覽餘迹兮未夷。昔同塗兮今異世。憶舊歡兮增新悲。謂原隰兮無畔。謂川流兮無岸。望山兮寥廓。臨水兮浩汗。視天日兮蒼茫。面邑里兮蕭散。匪外物兮或改。固歡哀兮情換。嗟潛隧兮既敞、將送形兮長往、委蘭房兮繁華、襲窮泉兮朽壤、中慕叫兮擗摽、之子降兮宅兆、撫靈櫬兮訣幽房、棺冥冥兮埏窈窈、戶闔兮燈滅、夜何時兮復曉、歸反哭兮殯宮。聲有止兮哀無終。是乎非乎何遑。趣一遇兮目中。既遇目兮無兆。曾寤寐兮弗夢。既顧瞻兮家道。

長寄心兮爾躬重曰已矣此蓋新哀之情然耳渠懷之其幾何庶無愧兮莊子

潘岳金鹿哀辭

嗟我金鹿天姿特挺鬒髮凝膚蛾眉蠐領柔情和泰朗心聰警嗚呼上天胡忍我門良嬪短世令子夭昏既披我幹又翦我根塊如瘣木枯荄獨存捐子中野遵我歸路將反如疑回首長顧

陸機弔魏武帝文

元康八年機始以臺郎出補著作遊乎祕閣而見魏武帝遺令愾然歎息傷懷者久之客曰夫始終者萬物之大歸死生者性命之區域是以臨喪殯而後悲覩陳根而絕哭今乃傷心百年之際興哀無情之地意者無乃知哀之可有而未識情之可無乎機答之曰夫日食由乎交分山崩起於朽壤亦云數而已矣然百姓怪焉者豈不以資高明之質而不免卑濁之累居常安之勢而終嬰傾離之患故乎夫以迴天倒日之力而不能振形骸之內濟世夷難之智而受困魏闕之下已而格乎上下者藏於區區之木光于四表者翳乎蕞爾之土雄心

摧於弱情壯圖終於哀志長算屈於短日遠迹頓於促路嗚呼豈特瞽史之異闕景黔黎之怪頹岸乎觀其所以顧命冢嗣貽謀四子經國之略既遠隆家之訓亦弘又云吾在軍中持法是也至於小忿怒大過失不當效也善乎達人之讜言矣持姬女而指季豹以示四子曰以累汝因泣下傷哉曩以天下自任今以愛子託人同乎盡者無餘而得乎亡者無存然而婉孌房闥之內綢繆家人之務則幾乎密與又曰吾婕妤伎人皆著銅爵臺於臺堂上施八尺牀繐帳朝晡上脯糒之屬月朝十五輒向帳作伎汝等時時登銅爵臺望吾西陵墓田又云餘香可分與諸夫人諸舍中無所爲學作履組賣也吾歷官所得綬皆著藏中吾餘衣裘可別爲一藏不能者兄弟可共分之既而竟分焉亡者可以勿求存者可以勿違求與違不其兩傷乎悲夫愛有大而必失惡有甚而必得智慧不能去其惡威力不能全其愛故前識所不用心而聖人罕言焉若乃繫情累於外物留曲念於閨房亦賢俊之所宜廢乎於是遂憤懣而獻弔云爾

接皇漢之末緒值王途之多違佇重淵以育鱗撫慶雲而遐飛運神道以載德

乘靈風而扇威摧羣雄而霆擊舉勍敵其如遺指八極以遠略必翦焉而後綏釐三才之闕典啓天地之禁闥舉修網之絶紀紐大音之解徽掃雲物以貞觀要萬途而來歸丕大德以宏覆援日月而齊暉濟元功於九有固舉世之所推以上言魏武經營八極牢籠萬有之概彼人事之大造夫何往而不臻將覆簣於浚谷擠爲山乎九天苟理窮而性盡豈長算之所硏悟臨川之有悲固梁木其必顛當建安之三八實大命之所艱雖光昭於曩載將稅駕於此年惟降神之綿邈眇千載而遠期信斯武之未喪膺靈符而在茲雖龍飛於文昌非王心之所怡憤西夏以鞠旅泝秦川而舉旗踰鎬京而不豫臨渭濱而有疑冀翌日之云瘳彌四旬而成災詠歸途以反旆登崤澠而揭來次洛汭而大漸指六軍曰念哉以上敍武帝歸自關中死於洛陽伊君王之赫奕寔終古之所難威先天而蓋世力盪海而拔山厄奚險而弗濟敵何彊而不殘每因禍以禔福亦踐危而必安迄在茲而蒙昧慮噤閉而無端委軀命以待難痛沒世而永言撫四子以深念循膚體而頹歎迨營魄之未離假餘息乎音翰執姬女以嚬瘁指季豹而漼焉氣衝襟以嗚咽涕垂睫

而沈瀾違率土以靖寐戢彌天乎一棺（以上言託姬如季豹之非）咨宏度之峻邈壯大業之允昌思居終而卹始命臨沒而肇揚援貞吝以惎悔雖在我而不臧惜內顧之纏綿恨末命之微詳紆廣念於履組塵清慮於餘香結遺情之婉孌何命促而意長陳法服於帷座陪窈窕於玉房宣備物於虛器發哀音於舊倡矯感容以赴節掩零淚而薦觴物無微而不存體無惠而不亡庶聖靈之響像想幽神之復光苟形聲之翳沒雖音景其必藏徽清絃而獨奏進脯糒而誰嘗悼繐帳之冥漠怨西陵之茫茫登爵臺而羣悲眝美目其何望既晞古以遺累信簡禮而薄葬彼裘紱於何有貽塵謗於後王嗟大戀之所存故雖哲而不忘覽遺籍以慷慨獻茲文而悽傷（以上言作伎進膩分香賣履別藏裘綬之非）

陶潛自祭文

歲惟丁卯律中無射天寒夜長風氣蕭索鴻雁于征草木黃落陶子將辭逆旅之館永歸於本宅故人悽其相悲同祖行於今夕羞以嘉蔬薦以清酌候顏已冥聆音愈漠嗚呼哀哉茫茫大塊悠悠高旻是生萬物余得爲人自余爲人逢

運之貧簞瓢屢罄絺綌冬陳含歡谷汲行歌負薪翳翳柴門事我宵晨春秋代謝有務中園載耘載耔迺育迺繁欣以素牘和以七絃冬曝其日夏濯其泉勤靡餘勞心有常閒樂天委分以至百年惟此百年夫人愛之懼彼無成愒日惜時存爲世珍沒亦見思嗟我獨邁曾是異茲寵非己榮涅豈吾緇捽兀窮廬酣飲賦詩識運知命疇能罔眷余今斯化可以無恨壽涉百齡身慕肥遁從老得終奚所復戀寒暑逾邁亡既異存外姻晨來良友宵奔葬之中野以安其魂窅窅我行蕭蕭墓門奢恥宋臣儉笑王孫廓兮已滅慨焉已遐不封不樹日月遂過匪貴前譽孰重後歌人生實難死如之何嗚呼哀哉

陶潛祭從弟敬遠文

歲在辛亥月惟仲秋旬有九日從弟敬遠卜辰云窆永寧后土感平生之遊處悲一往之不返情惻惻以摧心淚愍愍而盈眼乃以園果時醪祖其將行嗚呼哀哉於鑠吾弟有操有槩孝發幼齡友自天愛少思寡欲靡執靡介後己先人臨財思惠心遺得失情不依世其色能溫其言則厲樂勝朋高好是文藝遙遙

帝鄉爰感奇心絕粒委務考槃山陰淙淙懸溜曖曖荒林晨採上藥夕閑素琴
曰仁者壽竊獨信之如何斯言徒能見欺年甫過立奄與世辭長歸蒿里邈無
還期惟我與爾匪但親友父則同生母則從母相及齠齒並罹偏咎斯情實深
斯愛實厚念疇昔日同房之歡冬無縕褐夏渴瓢簞相將以道相開以顏豈不
多乏忽忘饑寒余嘗學仕纏綿人事流浪無成懼負素志斂策歸來爾知我意
嘗願攜手寘彼眾議每憶有秋我將其刈與汝偕行舫舟同濟三宿水濱樂飲
川界靜月澄高溫風始逝撫杯而言物久人脆奈何吾弟先我離世事不可尋
思亦何極日徂月流寒暑代息死生異方存亡有域候晨永歸指塗載陟呱呱
遺稚未能正言哀哀嫠人禮儀孔閑庭樹如故齋宇廓然孰云敬遠何時復還
余惟人斯昧茲近情蓍龜有吉制我祖行望旐翩翩執筆涕盈神其有知昭余
中誠嗚呼哀哉

顏延之陶徵士誄

夫璿玉致美不為池隍之寶桂椒信芳而非園林之實豈其樂深而好遠哉蓋

云殊性而已故無足而至者物之藉也隨踵而立者人之薄也若乃巢高之抗行夷皓之峻節故已父老堯禹錙銖周漢而緜世浸遠光靈不屬至使菁華隱沒芳流歇絶不其惜乎雖今之作者人自爲量而首路同塵輟塗殊軌者多矣豈所以昭末景汎餘波有晉徵士潯陽陶淵明南岳之幽居者也弱不好弄長實素心學非稱師文取指達在衆不失其寡處言愈見其默少而貧病居無僕妾井臼弗任藜菽不給母老子幼就養勤匱遠惟田生致親之議追悟毛子捧檄之懷初辭州府三命後爲彭澤令道不偶物棄官從好遂乃解體世紛結志區外定迹深棲於是乎遠灌畦鬻蔬爲供魚菽之祭織絇緯蕭以充糧粒之費心好異書性樂酒德簡棄煩促就成省曠殆所謂國爵屏貴家人忘貧者與有詔徵爲著作郎稱疾不到春秋若干元嘉四年月日卒於潯陽縣之某里近識悲悼遠士傷情冥默福應嗚呼淑貞夫實以誄華名由謚高苟允德義貴賤何算焉若其寛樂令終之美好廉克己之操有合謚典無愆前志故詢諸友好宜謚曰靖節徵士其辭曰

物尚孤生人固介立豈伊時遘曷云世及嗟乎若士望古遙集韜此洪族蔑彼名級睦親之行至自非敦然諾之信重於布言廉深簡潔貞夷粹温和而能峻博而不繁依世尚同詭時則異有一於此兩非默置豈若夫子因心違事畏榮好古薄身厚志世霸虛禮州壤推風孝惟義養道必懷邦人之秉彝不隘不恭爵同下士祿等上農度量難鈞進退可限長卿棄官稚賓自免子之悟之何悟之辯賦詩歸來高蹈獨善亦既超曠無適非心汲流舊巘葺宇家林晨煙暮靄春煦秋陰陳書綴卷置酒絃琴居備勤儉躬兼貧病人否其憂子然其命隱約就閑還延辭聘非直也明是惟道性糾纏斡流冥漠報施孰云與仁實疑明智謂天蓋高胡諐期義履信曷憑思順何寘年在中身疢維痁疾視死如歸臨凶若吉藥劑弗嘗禱祀非恤傃幽告終懷和長畢嗚呼哀哉敬述靖節式尊遺占存不願豐沒無求贍省訃卻賻輕哀薄斂遭壤以穿旋葬而窆嗚呼哀哉深心追往遠情逐化自爾介居及我多暇伊好之洽接閻鄰舍宵盤晝憩非舟非駕念昔宴私舉觴相誨獨正者危至方則閡哲人卷舒布在前載取鑒不遠吾規

子佩爾實愀然中言而發違衆速尤迕風先蹶身才非實榮聲有歇徽音永矣誰箴余闕嗚呼哀哉仁焉而終智焉而斃黔婁既沒展禽亦逝其在先生同塵往世旌此靖節加彼康惠嗚呼哀哉

顏延之陽給事誄

惟永初三年十一月十一日宋故寧遠司馬濮陽太守彭城陽君卒嗚呼哀哉瓚少稟志節資性忠果奉上以誠率下有方朝嘉其能故授以邊事永初之末佐守滑臺值國禍薦臻王略中否獯虜闚釁劘剝司兗幽幷騎弩屯逼鞏洛列營緣戍相望屠潰瓚奮其猛銳志不違難立乎將卒之閒以緝華裔之衆罷困相保堅守四旬上下力屈受陷勍寇士師奔擾棄軍爭免而瓚誓命沈城佻身飛鏃兵盡器竭斃於旗下非夫貞壯之氣勇烈之志豈能臨敵引義以死徇節者哉景平之元朝廷聞而傷之有詔曰故寧遠司馬濮陽太守陽瓚滑臺之逼厲誠固守投命徇節在危無撓古之烈士無以加之可贈給事中振恤遺孤以慰存亡追寵既彰人知慕節河汴之間有義風矣逮元嘉廓祚聖神紀物光昭

茂緒旌錄舊勳苟有概於貞孝者實事感於仁明末臣蒙固側聞至訓敢詢諸
前典而爲之誄其辭曰
貞不常祐義有必甄處父勤君怨在登賢苫夷致果題子行閒忠壯之烈宜自
爾先舊勳雖廢邑氏遂傳惟邑及氏自溫徂陽狐續既降晉族弗昌之子之生
立績宋皇拳猛沈毅溫敏肅良如彼竹柏負雪懷霜如彼騑駟配服驂衡邊兵
喪律王略未恢函陝堙阻瀍洛蒿萊朔馬東騖胡風南埃路無歸轊野有委骸
帝圖斯艱簡兵授才實命陽子佐師危臺憬彼危臺在滑之坰周衛是交鄭翟
是爭昔惟華國今實邊亭憑巘結關負河縈城金柝夜擊和門晝扃料敵厭難
時維陽生涼冬氣勁塞外草衰遏矣獯虜乘障犯威鳴驥橫厲霜鏑高翬軼我
河縣俘我洛畿攢鋒成林投鞍爲圍翳翳窮壘嗷嗷羣悲師老變形地孤援闊
卒無半菽馬實拑秣守未焚衡攻已濡褐烈烈陽子在困彌達勉慰痍傷拊巡
飢渴力雖可窮氣不可奪義立邊疆身終鋒栝嗚呼哀哉賁父隕節魯人是志
汧督效貞晉策攸記皇上嘉悼思存寵異于以贈之言登給事疏爵紀庸恤孤

表嗣嗟爾義士沒有餘喜嗚呼哀哉

顏延之祭屈原文

惟有宋五年月日湘州刺史吳郡張邵恭承帝命建旟舊楚訪懷沙之淵得捐珮之浦弭節羅潭艤舟汨渚乃遣戶曹掾某敬祭故楚三閭大夫屈君之靈蘭薰而摧玉縝則折物忌堅芳人諱明潔曰若先生逢辰之缺溫風怠時飛霜急節嬴芈遘紛昭懷不端謀折儀尚貞蔑椒蘭身絕郢闕迹徧湘干比物荃蓀連類龍鸞聲溢金石志華日月如彼樹芳實頴實發望汨心欷瞻羅思越藉用可塵昭忠難闕

謝惠連祭古冢文

東府掘城北壍入丈餘得古冢上無封域不用塼甓以木爲槨中有二棺正方兩頭無和明器之屬材瓦銅漆有數十種多異形不可盡識刻木爲人長三尺可有二十餘頭初開見悉是人形以物棖撥之應手灰滅棺上有五銖錢百餘枚水中有甘蔗節及梅李核瓜瓣皆浮出不甚爛壞銘誌不存世代不可得而

知也。公命城者改埋於東岡。祭之以豚酒。既不知其名字遠近。故假爲之號曰冥漠君云爾。

元嘉七年九月十四日。司徒御屬領直兵令史統作城錄事臨漳令亭侯朱林。具豚醪之祭。敬薦冥漠君之靈。忝總徒旅。版築是司。窮泉爲壍。聚壤成基。一榑既啓。雙棺在茲。捨畚悽愴。縱鍤漣而。芻靈已毀。塗車既摧。几筵糜腐。俎豆傾低。盤或梅李。盎或醢醯。蔗傳餘節。瓜表遺犀。追惟夫子。生自何代。曜質幾年。潛靈幾載。爲壽爲夭。甯顯甯晦。銘誌湮滅。姓字不傳。今誰子後。曩誰子先。功名美惡。如何蔑然。百堵皆作。十仞斯齊。墉不可轉。壍不可迴。黃腸既毀。便房已穨。循題興念。撫俑增哀。射聲垂仁。廣漢流渥。祠骸府阿。掩骼城曲。仰羨古風。爲君改卜。輪移北隍。窀穸東麓。壙即新營。棺仍舊木。合葬非古。周公所存。敬遵昔義。還祔雙魂。酒以兩壺。牲以特豚。幽靈髣髴。歆我犧樽。嗚呼哀哉。

王僧達祭顏光祿文

惟宋孝建三年九月癸丑朔。十九日辛未。王君以山羞野酌。敬祭顏君之靈。嗚

呼哀哉夫德以道樹禮以仁清惟君之懿早歲飛聲義窮幾彖文蔽班楊性悻
剛潔志度淵英登朝光國實宋之華才通漢魏譽浹龜沙服爵帝典棲志雲阿
清交素友比景共波氣高叔夜嚴方仲舉逸翮獨翔孤風絕侶流連酒德嘯歌
琴緒遊顧移年契闊宴處春風首時爰談爰賦秋露未凝歸神太素明發晨駕
瞻廬望路心悽目泫情條雲互涼陰掩軒娥月寢耀微燈動光几牘誰炤衾裞
長塵絲竹罷調擥悲蘭宇屑涕松嶠古來共盡牛山有淚非獨昊天殲我明懿
以此忍哀敬陳奠饋申酌長懷顧望歔欷嗚呼哀哉

齊高祖即位告天文

皇帝臣某敢用元牡昭告皇皇后帝宋帝陟鑒乾序欽若明命以命于某夫肇
自生民樹以司牧所以闡極則天開元創物肆茲大道天下惟公命不于常昔
在虞夏受終上代粵自漢魏揖讓中葉咸炳諸典謨載在方冊水德既微仍世
多故實賴某匡拯之功以宏濟于厥艱大造顛墜再構區宇宣禮明刑締仁緝
義晷緯凝象川岳表靈誕惟天人罔弗和會乃仰協歸運景屬與能用集大命

于茲，辭德匪嗣，至于累仍，而羣公卿士庶尹御事，爰及黎獻，至于百戎，僉曰皇天眷命，不可以固違，人神無託，不可以曠主，畏天之威，敢不祇順鴻曆，敬簡元辰，虔奉皇符，升壇受禪，告類上帝，以永答民衷，式敷萬國，惟明靈是饗，

陸贄擬告謝昊天上帝冊文

維貞元元年歲次乙丑十一月癸巳朔，十一日癸卯，嗣天子臣某，敢昭告于昊天上帝，顧惟寡昧，不克明道，丕膺眷命，俾作神主，常恐獲戾上下。而播災於人。兢兢業業。夙夜祗畏。居位五祀。德馨蔑聞。皇靈不歆。是用大儆。殷憂播蕩。踰歷三時。誠懼烈祖之耿光。墜而不耀。側身思咎。庶補將來。上帝顧懷。誘衷悔禍。剿兇慝之淩暴。雪人神之憤恥。舊物不改。神心載新。茲乃九廟遺休。兆人介福。以臣之責。其何解焉。閭閻寇虞。久稽告謝。今近郊甫定。長至在辰。謹以玉帛犧牲粢盛庶品，冀憑禋燎，式薦至誠，太祖景皇帝配神作主，尚饗，

陸贄擬告謝代宗廟文

維貞元元年歲次乙丑十一月癸巳朔，十一日癸卯，孝子嗣皇帝臣敢昭告於

皇考代宗睿文孝皇帝伏惟元德廣運重光盛業武平多難仁育羣生謂臣克堪付以大寶臣自底不類再罹播遷宗祧乏享億兆靡依下辜人心上負先顧敢愛隕越苟全眇身大懼社稷阽危以增九廟之愧由是忍恥誓志庶補前羞列聖在天鑒臣精懇敷錫丕祐俾之纘承兇渠殄夷都邑如舊茲臣獲執犧牲珪幣載見於廟廷感慕慚惶若罔攸厝謹以云云陳誠待罪式奉嚴禋尚饗

韓愈祭田橫墓文

貞元十一年九月愈如東京道出田橫墓下感橫義高能得士因取酒以祭爲文而弔之其辭曰事有曠百世而相感者余不自知其何心非今世之所稀孰爲使余歔欷而不可禁余旣博觀乎天下曷有庶幾乎夫子之所爲死者不復生嗟余去此其從誰當秦氏之敗亂得一士而可王何五百人之擾擾而不能脫夫子於劍鋩抑所寶之非賢亦天命之有常昔闕里之多士孔聖亦云其遑遑苟余行之不迷雖顛沛其何傷自古死者非一夫子至今有耿光跽陳辭而薦酒魂髣髴而來享

韓愈祭張員外文

維年月日彰義軍行軍司馬守太子右庶子兼御史中丞韓愈謹遣某乙以庶羞清酌之奠祭於亡友故河南縣令張十二員外之靈貞元十九君爲御史余以無能同詔並峙君德渾剛標高揭己有不吾如唾猶泥滓余戇而狂年未三紀乘氣加人無挾自恃（以上同爲御史）彼婉孌者實憚吾曹側肩帖耳有舌如刀我落陽山以尹鶗猱君飄臨武山林之牢歲弊寒兇雪虐風饕顛於馬下我泗君咷夜息南山同臥一席守隸防夫觝頂交跖洞庭漫汗粘天無壁風濤相豗中作霹靂追程盲進颿船箭激南上湘水屈氏所沈二妃行迷淚蹤染林山哀浦思鳥獸叫音余唱君和百篇在吟（以上同南遷）君止於縣我又南踰把醆相飲後期有無期宿界上一又相語自別幾時遽變寒暑枕臂欹眠加余以股僕來告言虎入廄處無敢驚逐以我⿰馬蒙去君云是物不駿於乘虎取而往來寅其徵我預在此與君俱膺猛獸果信惡禱而憑（以上在陽山臨武時兩人相約會於界上）余出嶺中君竢州下偕掾江陵非余望者郴山奇變其水清寫泊沙倚石有遌無捨衡陽放酒熊咆虎

嘷不存令章罰籌蜎毛委舟湘流往觀南嶽雲壁潭潭穹林攸擢避風太湖七日鹿角鉤登大鮎怒頰豕狗狗豕鳴也怒也臠盤炙酒羣奴餘啄走官堦下首下尻高下馬伏塗從事是遭以上同掾江陵同遊南岳洞庭余徵博士君以使已相見京師過願之始分教東生君掾雍首兩都相望於別何有解手背面遂十一年君出我入如相避然生闊死休吞不復宣以上自在京別後遂不復見刑官屬郎引章訏奪權臣不愛南昌是斡明條謹獄坻獠戶歌用遷澧浦爲人受瘥還家東都起令河南屈拜後生憒所不堪屢以正免身伸事蹇竟死不伸孰勸爲善以上張之末路潦倒而死丞相南討余辱司馬議兵大梁走出洛下哭不憑棺奠不親斝不撫其子葬不送野望君傷懷有隕如瀉銘君之續納石壤中爰及祖考紀德事功外著後世鬼神與通君其奚憾不余鑒衷以上述哀

韓愈祭柳子厚文

維年月日韓愈謹以清酌庶羞之奠祭於亡友柳子厚之靈嗟嗟子厚而至然邪自古莫不然我又何嗟人之生世如夢一覺其間利害竟亦何校當其夢時

有樂有悲。及其既覺。豈足追維。凡物之生。不願爲材。犧罇青黃。乃木之災。子之中棄。天脫馽羈。玉佩瓊琚。大放厥辭。富貴無能。磨滅誰紀。子之自著。表表愈偉。不善爲斲。血指汗顏。巧匠旁觀。縮手袖閒。子之文章。而不用世。乃令吾徒。掌帝之制。子之視人。自以無前。一斥不復。羣飛刺天。嗟嗟子厚。今也則亡。臨絕之音。一何琅琅。徧告諸友。以寄厥子。不鄙謂予。亦託以死。凡今之交。觀勢厚薄。余豈可保。能承子託。非我知子。子實命我。猶有鬼神。寧敢遺墮。念子永歸。無復來期。設祭棺前。矢心以辭。嗚呼哀哉。尚饗。

韓愈獨孤申叔哀辭

衆萬之生。誰非天邪。明昭昏蒙。誰使然邪。行何爲而怒。居何故而憐邪。胡喜厚其所可薄。而恆不足於賢邪。將下民之好惡。與彼蒼懸邪。抑蒼茫無端。而暫寓其閒邪。死者無知。吾爲子慟而已矣。如有知也。子其自知之矣。濯濯其英。曄曄其光。如聞其聲。如見其容。嗚呼遠矣。何日而忘。

韓愈歐陽生哀辭

歐陽詹世居閩越自詹以上皆爲閩越官至州佐縣令者累累有焉閩越地肥衍有山泉禽魚之樂雖有長材秀民通文書吏事與上國齒者未嘗肯出仕今上初故宰相常袞爲福建諸州觀察使治其地袞以文辭進有名於時又作大官臨莅其民鄉縣小民有能誦書作文辭者袞親與之爲客主之禮觀遊宴饗必召與之時未幾皆化翕然詹於時獨秀出袞加敬愛諸生皆推服閩越之人舉進士繇詹始建中貞元閒余就食江南未接人事往往聞詹名閭巷閒詹之稱於江南也久貞元三年余始至京師舉進士聞詹名尤甚八年春遂與詹文辭同考試登第始相識自後詹歸閩中余或在京師他處不見詹久者惟詹歸閩中時爲然其他時與詹離率不歷歲移時則必合合必兩忘其所趨久然後去故余與詹相知爲深詹事父母盡孝道仁於妻子於朋友義以誠氣醇以方容貌嶷嶷然其燕私善謔以和其文章切深喜往復善自道讀其書知其於慈孝最隆也十五年冬余以徐州從事朝正於京師詹爲國子監四門助教將率其徒伏闕下舉余爲博士會監有獄不果上觀其心有益於余將忘其身之賤

而爲之也嗚呼詹今其死矣詹閩越人也父母老矣捨朝夕之養以來京師其心將以有得於是而歸爲父母榮也雖其父母之心亦皆然詹在側雖無離憂其志不樂也詹在京師雖有離憂其志樂也若詹者所謂以志養志者與詹雖未得位其名聲流於人人其德行信於朋友雖詹與其父母皆可無憾也詹之事業文章李翺既爲之傳故作哀辭以舒余哀以傳於後以遺其父母而解其悲哀以卒詹志云

求仕與友兮遠違其鄉父母之命兮子奉以行友則既獲兮祿實不豐以志爲養兮何有牛羊事實既修兮名譽又光父母忻忻兮常若在旁命雖云短兮其存者長終要必死兮願不永傷友朋親視兮藥物甚良飲食孔時兮所欲無妨壽命不齊兮人道之常在側與遠兮非有不同山川阻深兮魂魄流行祀祭則及兮勿謂不通哭泣無益兮抑哀自強推生知死兮以慰孝誠嗚呼哀哉兮是亦難忘

韓愈祭十二郎文

年月日季父愈聞汝喪之七日乃能銜哀致誠使建中遠具時羞之奠告汝十二郎之靈嗚呼吾少孤及長不省所怙惟兄嫂是依中年兄沒南方吾與汝俱幼從嫂歸葬河陽既又與汝就食江南零丁孤苦未嘗一日相離也吾上有三兄皆不幸早世承先人後者在孫惟汝在子惟吾兩世一身形單影隻嫂嘗撫汝指吾而言曰韓氏兩世惟此而已汝時尤小當不復記憶吾時雖能記憶亦未知其言之悲也吾年十九始來京城其後四年而歸視汝又四年吾往河陽省墳墓遇汝從嫂喪來葬又二年吾佐董丞相于汴州汝來省吾止一歲請歸取其孥明年丞相薨吾去汴州汝不果來是年吾佐戎徐州使取汝者始行吾又罷去汝又不果來吾念汝從于東東亦客也不可以久圖久遠者莫如西歸將成家而致汝嗚呼孰謂汝遽去吾而沒乎吾與汝俱少年以為雖暫相別終當久與相處故捨汝而旅食京師以求斗斛之祿誠知其如此雖萬乘之公相吾不以一日輟汝而就也去年孟東野往吾書與汝曰吾年未四十而視茫茫而髮蒼蒼而齒牙動搖念諸父與諸兄皆康彊而早世如吾之衰者其能久存

乎吾不可去汝不肯來恐旦暮死而汝抱無涯之戚也孰謂少者歿而長者存彊者夭而病者全乎嗚呼其信然邪其夢邪其傳之非其真邪信也吾兄之盛德而夭其嗣乎汝之純明而不克蒙其澤乎少者彊者而夭歿長者衰者而存全乎未可以爲信也夢也傳之非其真也東野之書耿蘭之報何爲而在吾側也嗚呼其信然矣吾兄之盛德而夭其嗣矣汝之純明宜業其家者不克蒙其澤矣所謂天者誠難測而神者誠難明矣所謂理者不可推而壽者不可知矣雖然吾自今年來蒼蒼者或化而爲白矣動搖者或脫而落矣毛血日益衰志氣日益微幾何不從汝而死也死而有知其幾何離其無知悲不幾時而不悲者無窮期矣汝之子始十歲吾之子始五歲少而彊者不可保如此孩提者又可冀其成立邪嗚呼哀哉嗚呼哀哉汝去年書云比得輭脚病往往而劇吾曰是疾也江南之人常常有之未始以爲憂也嗚呼其竟以此而殞其生乎抑別有疾而至斯乎汝之書六月十七日也東野云汝歿以六月二日耿蘭之報無月日蓋東野之使者不知問家人以月日如耿蘭之報不知當言月日東野與

吾書乃問使者使者妄稱以應之耳其然乎其不然乎今吾使建中祭汝弔汝之孤與汝之乳母彼有食可守以待終喪則待終喪而取以來如不能守以終喪則遂取以來其餘奴婢竝令守汝喪吾力能改葬終葬汝於先人之兆然後惟其所願嗚呼汝病吾不知時汝殁吾不知日生不能相養以共居殁不得撫汝以盡哀斂不憑其棺窆不臨其穴吾行負神明而使汝夭不孝不慈而不得與汝相養以生相守以死一在天之涯一在地之角生而影不與吾形相依死而魂不與吾夢相接吾實爲之其又何尤彼蒼者天曷其有極自今已往吾其無意於人世矣當求數頃之田於伊頴之上以待餘年教吾子與汝子幸其成長吾女與汝女待其嫁如此而已嗚呼言可窮而情不可終汝其知也邪其不知也邪嗚呼哀哉尚饗（述哀之文究以用韻爲宜韓公如神龍萬變無所不可後人則不必效之）

韓愈祭鄭夫人文

維年月日愈謹於逆旅備時羞之奠再拜頓首敢昭祭於六嫂滎陽鄭氏夫人之靈嗚呼天禍我家降集百殃我生不辰三歲而孤蒙幼未知鞠我者兄在死

而生實維嫂恩未齔一年兄宦王官提擕負任去洛居秦念寒而衣念飢而飧疾疹水火無災及身劬勞閔閔保此愚庸年方及紀薦及凶屯兄罹讒口承命遠遷窮荒海隅天閼百年萬里故鄉幼孤在前相顧不歸泣血號天微嫂之力化爲夷蠻水浮陸走丹旐翩然至誠感神返葬中原既克返葬遭時艱難百口偕行避地江濆春秋霜露薦敬蘋蘩以享韓氏之祖考曰此韓氏之門視余猶子誨化諄諄爰來京師年在成人屢貢於王名迺有聞念茲頓頑非訓曷因感傷懷歸隕涕熏心苟容躁進不顧其躬祿仕而還以爲家榮奔走乞假東西北南孰云此來迺睹靈車有志弗及長負殷勤嗚呼哀哉昔在韶州之行受命於元兄曰爾幼養於嫂喪服必以朞今其敢忘天實臨之嗚呼哀哉日月有時歸合塋封終天永辭絕而復蘇伏惟尚饗

韓愈弔武侍御所畫佛文

御史武君當年喪其配斂其遺服櫛珥鞶帨于篋月旦十五日則一出而陳之抱嬰兒以泣有爲浮屠之法者造武氏而諭之曰是豈有益邪吾師云人死則

爲鬼鬼且復爲人隨所積善惡受報環復不窮也極西之方有佛焉其土大樂親戚姑能相爲圖是佛而禮之願其往生莫不如意武君憮然辭曰吾儒者其可以爲是既又逢月旦十五日復出其篋實而陳之抱嬰兒以泣且殆而悔曰是真何益也吾不能了釋氏之信不又安知其不果然乎於是悉出其遺服櫛佩合若干種就浮屠師請圖前所謂佛者浮屠師受而圖之韓愈聞而弔之曰晳晳兮目存丁甯兮耳言忽不見兮不聞莽誰窮兮本源圖西佛兮道予懃以妄塞悲兮慰新魂嗚呼奈何兮弔以茲文

韓愈祭穆員外文

於乎建中之初予居于嵩擕扶北奔避盜來攻晨及洛師相遇一時顧我如故眷然顧之子有令聞我來自山子之畯明我鈍而頑道既云異誰從知我我思其厚不知其可於後八年君從杜侯我時在洛亦應其招留守無事多君子僚罔有疑忌維其嬉游草生之春鳥鳴之朝我轡在手君揚其鑣君居于室我既來即或以嘯歌或以偃側誨余以義復我以誠終日以語無非德聲主人信讒

有惑其下。殺人無罪。誣以成過。入救不從。反以爲禍。赫赫有聞。王命三司。察我于獄。相從係縲。曲生何樂。直死何悲。上懷主人。內閔其私。進退之難。君處之宜。既釋于囚。我來徐州。道之悠悠。思君爲憂。我如京師。君居父喪。哭泣而拜。言詞不通。我歸自西。君反吉服。晤言無他。往復其昔。不日而違。重我心惻。自後聞君母喪。是丁痛毒之懷。六年以幷。孰云孝子。而殞厥靈。今我之至。入門失聲。酒肉在前。君胡不餐。升君之堂。不與我言。於乎死矣。何日來還。

韓愈祭郴州李使君文

維年月日。將士郎守江陵府法曹參軍韓愈。謹以清酌庶羞之奠。敬祭于故郴州李使君之靈。古語有之。白頭如新。傾蓋若舊。顧意氣之何如。何日時之足究。當貞元之癸未。惕皇威而左授。伏荒炎之下邑。嗟名穎而位仆。歷貴部而西邁。邇清光於暫覿。言莫交而情無由。既不買而奚售。哀窮遐之無徒。挐百憂以自副。辱問訊之綢繆。恆飽飢而愈疚。接雄詞於章句。窺逸跡於篆籀。苞黃甘而致貽。獲紙筆之雙貿。投叉魚之短韻。媿韜瑕而擧秀。娭新命於衡陽。費薪芻於館候空大庭以見處憩水木之幽茂逞英心於縱博沃煩腸以清酎航北湖之空明覷鱗介之驚透宴州樓之豁達衆管啾而並奏得恩惠於新知脫窮愁於往陋轂行謀於俄頃見秋月之三轂逮天書之下降猶低迴以宿留念睽離之在期謂此會之難又授縞紵以託心示茲誠之不謬儻後日之北遷約窮歡於一晝雖掾俸之酸寒要拔貧而爲富何人生之難信指斯言而莫就始訝信於暫疏遂承凶於不救見明旌之低昂尙遲疑於別袖憶交酬而迭舞奠單杯而哭柩美夫君之爲政不橈志於讒構遭脣舌之紛羅獨陵晨而孤雊彼憸人之浮言雖百車其何詬洞古往而高觀固邪正之相寇幸竊覩其始終敢不明白而蔽覆神乎來哉辭以爲侑尙饗

韓愈祭馬僕射文

維年月日吏部侍郎韓愈謹以清酌庶羞之奠敬祭于故僕射馬公十二兄之靈惟公弘大温恭全然德備天故生之其必有意將明將昌實艱初試佐戎滑臺斥由尹寺適彼甌閩鼃䶇跋躓顛而不踣乃得其地于泉于虔始執郡符遂

殿交州抗節番禺去其螟蠹蠻越大蘇擢亞秋官朝得碩士人謂其崇我勢始起東征淮蔡相臣是使公兼邦憲以副經紀殲彼大魁厥勳孰似丞相歸治留長蔡師茫茫黍稷昔實棘茨鳩鳴雀乳不見梟鵂惟蔡及許舊爲血仇命公弁侯耕借之牛東其弓矢禮讓優優始誅鄆戎厥墟腥臊公往滁之茲惟樂郊惟東有猘惟西有虺顛覆朋鄰我餘有幾葎崒中居斬其脊尾岱定河安惟公之韙帝念厥功還公于朝陟于地官且長百僚度彼四方孰樂可據顧瞻衡鈞將舉以付惟公積勤以疾以憂及其歸時當謝之秋賀門未歸弔廬已萃未燕于堂已哭于次昔我及公實同危事且死且生誓莫捐棄歸來握手曾不三四曾不濡翰酬酢文字曾不醉飽以勸酒截奠以敘哀其何能致嗚呼哀哉尚饗

韓愈祭張給事文

維年月日兵部侍郎韓愈謹以清酌之奠祭于故殿中侍御史贈給事中張君之靈惟君之先以儒名家逮君皇考再振厥華鄉貢進秀有司第之從事元戎謹職以治遂拜郎官以職王憲不長其年飛不盡翰乃生給事松貞玉剛幹父

之業纂文有光屢辟侯府亦佐梁師前人是似臺吏嗟咨御史闕人奪之於朝大廈之構斧斤未操府還幽都頑悖未孚緊君之賴乃奏乞留乃遷殿中朱衣象版惟義之趨豈利之踐虺豺發釁閫府屠割償其恨犯君獨高脫露刀成林弓矢欉欉千萬爲徒譟讙爲狂君獨叱之上不負汝爲此不祥將死無所雖愚何知慙屈變色君義不辱殺身就德天子嘉之贈官近侍歸於一死萬古是記我之從女爲君之配君於其家行實高世無所於葬輿魂東歸誄以贈之莫知我哀嗚呼哀哉尚饗

韓愈祭女拏女文

維年月日阿爹阿八使汝嬭以清酒時果庶羞之奠祭于第四小娘子拏子之靈嗚呼昔汝疾極值吾南逐蒼黃分散使女驚憂我視汝顏心知死隔汝視我面悲不能啼我既南行家亦隨譴扶汝上輿走朝至暮天雪冰寒傷汝羸肌撼頓險阻不得少息不能食飲又使渴飢死於窮山實非其命不免水火父母之罪使汝至此豈不緣我草葬路隅棺非其棺既瘞遂行誰守誰瞻魂單骨寒無

所託依人誰不死於汝即寃我歸自南乃臨哭汝汝目汝面在吾眼傍汝心汝意宛宛可忘逢歲之吉致汝先墓無驚無恐安以即路飲食芳甘棺輿華好歸于其邱萬古是保尚饗

韓愈祭薛助教文

維元和四年歲次己丑後三月二十一日景寅朝散郎守國子博士韓愈太學助教侯繼謹以清酌之奠祭于亡友國子助教薛君之靈嗚呼吾徒學而不見施設祿又不足以活身天於此時奪其友人同官太學日得相因奈何永違祇隔數晨笑語爲別慟哭來門藏棺蔽帷欲見無緣皎皎眉目在人目前酌以告誠庶幾有神嗚呼哀哉尚饗

韓愈祭虞部張員外文

維年月日愈等謹以清酌庶羞之奠敬祭于亡友張十三員外之靈嗚呼往在貞元俱從賓薦司我明試時維邦彥各以文售幸皆少年羣遊旅宿其歡甚焉出言無尤有獲同喜他年諸人莫有能比倏忽逮今二十餘歲存皆衰白半亦

辭世外纏公事內迫家私中宵興歎無復昔時如何今者又失夫子懿德柔聲永絕心耳廬親之墓終喪乃歸陽瘖避職妻子不知分司憲臺風紀由振遂遷司虞以播華問不能老壽孰究其因託嗣於宗天維不仁酒食備設靈其降止論德敘情以視諸誄尙饗

李翺祭韓侍郎文

嗚呼孔氏云遠楊墨恣行孟軻距之乃壞於成戎風混華異學魁橫兄常辯之孔道益明建武以還文卑質喪氣萎體敗剽剝不讓儷花鬬葉顚倒相上及兄之爲思動鬼神撥去其華得其本根開合怪駭驅濤湧雲包劉越嬴並武同殷六經之風絕而復新學者有歸大變於文兄之仕宦罔辭於艱疏奏輒斥去而復還升黜不改正言亟聞貞元十二兄在汴州我遊自徐始得兄交視我無能待予以友講文析道爲益之厚二十九年不知其久兄以疾休我病臥室三來視我笑語窮日何荒不耕會之以一人心樂生皆惡言凶兄之在病則齊其終順化以盡靡惑於中欲別千古意如不窮臨喪大號決裂肝胸老聃言壽死而

不忘兄名之垂星斗之光我譔兄行下於太常聲殫天地誰云不長喪車來東我刺廬江君命有嚴不見兄喪遣使奠斝百酸攪腸音容若在曷日而忘嗚呼哀哉

歐陽修祭資政范公文

嗚呼公乎學古居今持方入員邱軻之艱其道則然公曰彼惡謂公好訐公曰彼善謂公樹朋公所勇爲謂公躁進公有退讓謂公近名讒人之言其何可聽先事而斥羣譏衆排有事而思雖仇謂材毀不吾傷譽不吾喜進退有儀夷行險止嗚呼公乎舉世之善誰非公徒讒人豈多公志不舒善不勝惡豈其然乎成難毀易理又然歟嗚呼公乎欲壞其棟先摧桷榱傾巢破鷇披折旁枝害一損百人誰不懼誰爲黨論是不仁哉嗚呼公乎易名諡行君子之榮生也何毀沒也何稱好死惡生殆非人情豈其生有所嫉而死無所爭自公云亡謗不待辨愈久愈明由今可見始屈終伸公其無憾寫懷平生寓此薄奠

歐陽修祭尹師魯文

嗟乎師魯辯足以窮萬物而不能當一獄吏志可以狹四海而無所措其一身窮山之崖野水之濱猿猱之窟麋鹿之羣猶不容於其間兮遂即萬鬼而爲鄰嗟乎師魯世之惡子之多未必若愛子者之衆而其窮而至此兮得非命在乎天而不在乎人方其奔顛斥逐困厄艱屯舉世皆寃而語言未嘗以自及以窮至死而妻子不見其悲忻用舍進退屈伸語默夫何能然乃學之力至其握手爲訣隱几待終顏色不變笑言從容死生之間既已能通於性命憂患之至宜其不累於心胸自子云逝善人宜哀子能自達余又何悲惟其師友之益平生之舊情之難忘言不可究嗟乎師魯自古有死皆歸無物惟聖與賢雖埋不沒尤於文章焯若星日子之所爲後世師法雖嗣子尚幼未足以付子而世人藏之庶可無憂於墜失子於衆人最愛余文寓辭千里侑此一尊冀以慰子聞乎不聞尚饗

歐陽修祭石曼卿文

嗚呼曼卿生而爲英死而爲靈其同乎萬物生死而復歸於無物者暫聚之形

不與萬物共盡而卓然其不朽者後世之名此自古聖賢莫不皆然而著在簡冊者昭如日星嗚呼曼卿吾不見子久矣猶能髣髴子之平生其軒昂磊落突兀崢嶸而埋藏於地下者意其不化爲朽壤而爲金玉之精不然生長松之千尺產靈芝而九莖奈何荒煙野蔓荊棘縱橫風淒露下走燐飛螢但見牧童樵叟歌吟而上下與夫驚禽駭獸悲鳴躑躅而咿嚶今固如此更千秋而萬歲兮安知其不穴藏狐貉與鼯鼪此自古聖賢亦皆然兮獨不見夫纍纍乎曠野與荒城嗚呼曼卿盛衰之理吾固知其如此而感念疇昔悲涼悽愴不覺臨風而隕涕者有愧乎太上之忘情尚饗

歐陽修祭蘇子美文

哀哀子美命止斯邪小人之幸君子之嗟子之心胸蟠屈龍蛇風雲變化雨雹交加忽然揮斧霹靂轟車人有遭之心驚膽落震仆如麻須臾霽止而四顧百里山川草木開發萌芽子於文章雄豪放肆有如此者吁可怪邪嗟乎世人知此而已貪悅其外不窺其內欲知子心窮達之際金石雖堅尚可破壞子於窮

達始終仁義惟人不知乃窮至此蘊而不見遂以沒地獨留文章照耀後世嗟世之愚掩抑毀傷譬如磨鑑不滅愈光一世之短萬世之長其間得失不待較量哀哀子美來舉予觴尚饗

歐陽修祭梅聖俞文

昔始見子伊川之上予仕方初子年亦壯讀書飲酒握手相歡談辯鋒出賢豪滿前謂言仕宦所至皆然但當行樂何有憂患子去河南余貶山峽三十年間乖離會合晚被選擢濫官朝廷薦子學舍吟哦六經余才過分可愧非榮子雖窮阨日有聲名予狷而剛中遭多難氣血先耗髮鬢早變子心寬易在險如夷年實加我其顏不衰謂子仁人自宜多壽予譬膏火煎熬豈久事今反此理固難知況於富貴又可必期念昔河南同時一輩零落之餘惟予子在子又去我余存兀然凡今之遊皆莫余先紀行琢辭子宜余責送終恤孤則有衆力惟聲與淚獨出余臆

蘇軾祭歐陽文忠公文

嗚呼哀哉，公之生於世六十有六年，民有父母，國有蓍龜，斯文有傳，學者有師，君子有所恃而不恐，小人有所畏而不爲。譬如大川喬嶽，不見其運動，而功利之及於物者，蓋不可以數計而周知。今公之沒也，赤子無所仰芘，朝廷無所稽疑。斯文化爲異端。而學者至於用夷。君子以爲無爲爲善。而小人沛然自以爲得時。譬如深淵大澤。龍亡而虎逝。則變怪雜出。舞鰌鱓而號狐狸。昔其未用也。天下以爲病。而其旣用也。則又以爲遲。及其釋位而去也。莫不冀其復用。至其請老而歸也，莫不惆悵失望，而猶庶幾於萬一者，幸公之未衰。孰謂公無復有意於斯世也。奄一去而莫予追，豈厭世溷濁，絜身而逝乎，將民之無祿，而天莫之遺，昔我先君懷寶遯世。非公則莫能致。而不肖無狀，因緣出入。受教於門下者，十有六年，於茲聞公之喪，義當匍匐往救。而懷祿不去，愧古人以忸怩。緘詞千里。以寓一哀而已矣。蓋上以爲天下慟。而下以哭其私。嗚呼哀哉，

蘇軾祭柳子玉文

猗歟子玉，南國之秀，甚敏而文，聲發自幼，從橫武庫，炳蔚文囿，獨以詩鳴。天錫

雄咮元輕白俗郊寒島瘦嘹然一吟衆作卑陋凡今卿相伊昔朋舊平視青雲
可到甯驟孰云坎軻白髮垂脰才高絕俗性疏來詬謫居窮山遂侶猩狖夜衾
不絮朝甑絕鐺慨然懷歸投棄纓綬潛山之麓往事神后道味自飴世芬莫齅
凡世所欲有避無就謂當乘除併畀之壽云何不淑命也誰咎頃在錢塘惠然
我覯相從半歲日飲醇酎朝遊南屏莫宿靈鷲雪窗飢坐清闋閒奏沙河夜歸
霜月如晝綸巾鶴氅驚笑吳婦會合之難如次組繡翻然失去覆水何救維子
耆老名德俱茂嗟我後來匪友惟媾子有令子將大子後頎然二孫則謂我舅
念子永歸涕如懸霤歌此奠詩一樽往侑

蘇轍代三省祭司馬丞相文

嗚呼元豐末命震驚四方號令所從帷幄是望公來自西會哭於庭搢紳咨嗟
復見老成太任在位成王在左曰予惸惸誰恤予禍白髮蒼顏三世之臣不留
相予孰左右民公出於道民聚而呼皆曰吾父歸歟歸歟公畏莫當遄返洛師
授之宛邱實將用之公之來思岌然特立身如槁木心如金石時當宅憂恭默

不言。一二卿士。代天斡旋。事棼如絲。衆比如櫛。治亂之幾。間不容髮。公身當之。所恃惟誠。吾民苟安。吾君則甯。以順得天。以信得人。鉏去太甚。復其本原。白叟黃童。織婦耕夫。庶幾休焉。日月以須。公乘安輿。入見延和。裕民之言。之死靡他。將享合宮。百辟咸事。公病於家。臥不時起。明日當齋。公訃暮聞。天以雨泣。都人酸辛。禮成不賀。人識君意。龍袞蟬冠。遂以往襚。公之初來。民執弓矛。逮公永歸。既耕且耰。公雖云亡。其志則存。國有成法。朝有正人。持而守之。有一毋隕。匪以報公。維以報君。天子聖明。神母萬年。民不告勤。公志則然。死者復生。信我此言。嗚呼哀哉。

王安石祭范潁州文

嗚呼我公。一世之師。由初迄終。名節無疵。明肅之盛。身危志殖。瑤華失位。又隨以斥。治功亟聞。尹帝之都。閉姦興良。稚子歌呼。赫赫之家。萬首俯趨。獨繩其私。以走江湖。士爭留公。蹈禍不慄。有危其辭。謁與俱出。風俗之衰。駭正怡邪。蹇蹇我初。人以疑嗟。力行不回。慕者興起。儒先酋酋。以節相侈。公之在貶。愈勇爲忠。

稽前引古誼不營躬外更三州施有餘澤如釃河江以灌尋尺宿贓自解不以刑加猾盜涵仁終老無邪講藝弦歌慕來千里溝川鄣澤田桑有喜戎孽猘狂敢齮我疆鑄印刻符公屏一方取將於伍後常名顯收士至佐維邦之彥聲之所加虜不敢瀕以其餘威走敵完鄰昔也始至瘡痍滿道藥之養之內外完好旣其無爲飲酒笑歌百城晏眠吏士委蛇上嘉曰材以副樞密稽首辭讓至于六七遂參宰相釐我典常扶賢贊傑亂宄除荒官更於朝士變於鄉百治具修偷墮勉強彼閔不遂歸侍帝側卒屏於外身屯道塞謂宜耇老尚有以爲神乎孰忍使至於斯蓋公之才猶不盡試肆其經綸功孰與計自公之貴廄庫逾空和其色辭傲訐以容化于婦妾不靡珠玉翼翼公子敝綈惡粟閔死憐窮惟是之奢孤女以嫁男成厥家孰堙于深孰鍥乎厚其傳其詳以法永久碩人今亡邦國之憂矧鄙不肖辱公知尤承凶萬里不往而留涕哭馳辭以贊醪羞倔強酷似

韓公特詠詭天然之趣不及爾

王安石祭歐陽文忠公文

夫事有人力之可致。猶不可期。況乎天理之溟溟。又安可得而推。惟公生有聞于當時。死有傳於後世。苟能如此足矣。而亦又何悲。如公器質之深厚，智識之高遠，而輔學術之精微，故充於文章，見於議論，豪健俊偉，怪巧瑰琦，其積於中者，浩如江河之停蓄，其發於外者，爛如日星之光輝，其清音幽韻，淒如飄風急雨之驟至，其雄辭閎辯，快如輕車駿馬之奔馳，世之學者，無問乎識與不識，而讀其文，則其人可知，嗚呼，自公仕宦四十年，上下往復，感世路之崎嶇，雖屯遭困躓，竄斥流離，而終不可掩者，以其公議之是非，既壓復起，遂顯于世，果敢之氣，剛正之節，至晚而不衰，方仁宗皇帝臨朝之末年，顧念後事，謂如公者可寄以社稷之安危，及夫發謀決策，從容指顧，立定大計，謂千載而一時，功名成就，不居而去，其出處進退，又庶乎英魄靈氣，不隨異物腐散，而長在乎箕山之側與潁水之湄，然天下之無賢不肖，且猶為涕泣而歔欷，而況朝士大夫，平昔游從，又予心之所嚮慕而瞻依，嗚呼，盛衰興廢之理，自古如此，而臨風想望不能忘情者，念公之不可復見，而其誰與歸，

王安石祭丁元珍學士文

我初閉門屈首書詩一出涉世茫無所知援挈覆護免於阽危雖培浸灌使有華滋徽吾元珍我殆弗殖如何棄我隕命一昔以忠出怨以信行仁至於白首困阨窮屯又從擠之使以躓死豈伊人尤天實爲此有槃彼石可誌於邱雖不屬我我其徂求請著君德銘之九幽以馳我哀不在醪羞

王安石祭王回深甫文

嗟嗟深甫真棄我而先乎孰謂深甫之壯以死而吾可以長年乎雖吾昔日孰子之手歸言子之所爲實受命于吾母曰如此人乃與爲友吾母知子過於予初終子成德多吾不如嗚呼天乎既喪吾母又奪吾友雖不卽死吾何能久摶胸一痛心摧志朽泣涕爲文以薦食酒嗟嗟深甫子尚知否

王安石祭高師雄主簿文

我始寄此與君往還於時康定慶曆之間愛我勤我急我所難日月一世疾於跳丸南北幾時相見悲歡去歲憂除追尋陳迹淮水之上冶城之側握手笑語

有如一昔屈指數日待君歸舲安知彌年乃見哭庭維君家行可謂修飭如其智能亦豈多得垂老一命終於遠域豈惟故人所爲歎惜撫棺一奠以告心惻

王安石祭曾博士易占文

嗚呼公以罪廢實以不幸卒困以夭亦惟其命命與才違人實知之名之不幸知者爲誰公之閭里宗親黨友知公之名於實無有嗚呼公初公志如何孰云不諧而厄孔多地大天穹有時而毀星日脫敗山傾谷圮人居其間萬物一偏固有窮通世數之然至其壽夭尙何憂喜要之百年一蛻以死方其生時窘若囚拘其死以歸混合空虛以生易死死者不祈惟其不見生者之悲公今有子能隆公後惟彼生者可無甚悼嗟理則然其情難忘哭泣馳辭往侑奠觴

王安石祭李省副文

嗚呼君謂死者必先氣索而神零孰謂君氣足以薄雲漢兮神昭晰乎日星而忽隕背乎不能保百年之康甯惟君別我往祠太一笑言從容愈於平日既至即事升降孔秩歸鞍在塗不返其室訃聞士夫環視太息矧我於君情何可極

具茲醪羞以告哀惻

王安石祭周幾道文

初我見君皆童而幘意氣豪悍崩山決澤弱冠相視隱憂困窮貌則侔年心頹如翁俛仰悲歡超然一世皓髮黧鹹分當先獎孰知君子赴我稱孤發封涕洟舉屋驚呼行與世乖惟君繾綣弔禍問疾書猶在眼序銘於石以報德音設辭雖褊義不愧心君實愛我祭其知歆

王安石祭東向原道文

嗚呼東君其信然耶奚仇友朋奚怨室家堂堂去之我始疑嗟惟昔見君田子之自我欲疾走哭諸田氏吾縻不赴田疾不知今乃獨哭誰同我悲始君求仕士莫敢匹洪洪其聲碩碩其實霜落之林豪鷹儁鶚萬鳥避逃直摩蒼天躓焉僅仕后愈以困洗藏銷塞動輒失分如羈駿馬以駕柴車側身隤首與蹇同芻命又不祥不能中壽百不一出孰知其有能知君者世孰予多學則同游仕則同科出作揚官君實其鄉傾心倒肝迹斥形忘君於壽食我飲鄞水豈無此朋

念不去彼既來自東乃臨君喪閟閟陰宮梗野榛荒東門之行不幾日月孰云於今萬世之別嗟屯怨窮閔命不長世人皆然君子則亡予其何言君尚有知具此酒食以陳我悲

王安石祭張安國檢正文

嗚呼善之不必福其已久矣豈今於君始悼歎其如此自君喪除知必顧予怪久不至豈其病歟今也君弟哭而來赴天不姑釋一士以爲予助何生之艱而死之遽君始從我與吾兒遊言動視聽正而不偷樂於飢寒惟道之謀既掾司法議爭讞失中書大理再爲君屈遂升宰屬能撓彊倔辯正獄訟又常精出豈君刑名爲獨窮深直諒明清靡所不任人恍莫知乃惻我心君仁至矣勇施而忘己君孝至矣孺慕以至死能人所難可謂君子嗚呼吾兒逝矣君又隨之我留在世其與幾時酒食之哀侑以言辭

經史百家雜鈔卷十七目錄

傳誌之屬上編一

經史百家雜鈔卷十七

湘鄉曾國藩纂　　合肥李鴻章校刊

傳誌之屬上編一

史記項羽本紀

項籍者下相人也字羽初起時年二十四其季父項梁梁父卽楚將項燕爲秦將王翦所戮者也項氏世世爲楚將封於項故姓項氏項籍少時學書不成去學劍又不成項梁怒之籍曰書足以記名姓而已劍一人敵不足學學萬人敵於是項梁乃教籍兵法籍大喜略知其意又不肯竟學項梁嘗有櫟陽逮乃請蘄獄掾曹咎書抵櫟陽獄掾司馬欣以故事得已項梁殺人與籍避仇於吳中吳中賢士大夫皆出項梁下每吳中有大繇役及喪項梁常爲主辦陰以兵法部勒賓客及子弟以是知其能秦始皇帝游會稽渡浙江梁與籍俱觀籍曰彼可取而代也梁掩其口曰毋妄言族矣梁以此奇籍籍長八尺餘力能扛鼎才氣過人雖吳中子弟皆已憚籍矣（以上籍微時事）秦二世元年七月陳涉等起大澤中

其九月會稽守通謂梁曰江西皆反此亦天亡秦之時也吾聞先即制人後則爲人所制吾欲發兵使公及桓楚將是時桓楚亡在澤中梁曰桓楚亡人莫知其處獨籍知之耳梁乃出誡籍持劍居外待梁復入與守坐曰請召籍使受命召桓楚守曰諾梁召籍入須臾梁眴籍曰可行矣於是籍遂拔劍斬守頭項梁持守頭佩其印綬門下大驚擾亂籍所擊殺數十百人一府中皆慴伏莫敢起梁乃召故所知豪吏諭以所爲起大事遂舉吳中兵使人收下縣得精兵八千人梁部署吳中豪傑爲校尉候司馬有一人不得用自言於梁梁曰前時某喪使公主某事不能辦以此不任用公衆乃皆伏於是梁爲會稽守籍爲裨將徇下縣廣陵人召平於是爲陳王徇廣陵未能下聞陳王敗走秦兵又且至乃渡江矯陳王命拜梁爲楚王上柱國曰江東已定急引兵西擊秦項梁乃以八千人渡江而西（以上梁籍殺會稽守舉兵吳中渡江而西）聞陳嬰已下東陽使使欲與連和俱西陳嬰者故東陽令史居縣中素信謹稱爲長者東陽少年殺其令相聚數千人欲置長無適用乃請陳嬰嬰謝不能遂彊立嬰爲長縣中從者得二萬人少年欲立

嬰便爲王異軍蒼頭特起陳嬰母謂嬰曰自我爲汝家婦未嘗聞汝先古之有貴者今暴得大名不祥不如有所屬事成猶得封侯事敗易以亡非世所指名也嬰乃不敢爲王謂其軍吏曰項氏世世將家有名於楚今欲舉大事將非其人不可我倚名族亡秦必矣於是衆從其言以兵屬項梁項梁渡淮黥布蒲將軍亦以兵屬焉凡六七萬人軍下邳當是時秦嘉已立景駒爲楚王軍彭城東欲距項梁項梁謂軍吏曰陳王先首事戰不利未聞所在今秦嘉倍陳王而立景駒逆無道乃進兵擊秦嘉秦嘉軍敗走追之至胡陵嘉還戰一日嘉死軍降景駒走死梁地項梁已幷秦嘉軍軍胡陵將引軍而西以上項梁幷有陳嬰黥布蒲將軍秦嘉等軍

章邯軍至栗項梁使別將朱雞石餘樊君與戰餘樊君死朱雞石軍敗亡走胡陵項梁乃引兵入薛誅雞石項梁前使項羽別攻襄城襄城堅守不下已拔皆阬之還報項梁項梁聞陳王定死召諸別將會薛計事此時沛公亦起沛往焉居鄛人范增年七十素居家好奇計往說項梁曰陳勝敗固當夫秦滅六國楚最無罪自懷王入秦不反楚人憐之至今故楚南公曰楚雖三戶亡秦必楚也

今陳勝首事不立楚後而自立其勢不長今君起江東楚蠭午之將皆爭附君者以君世世楚將為能復立楚之後也於是項梁然其言乃求楚懷王孫心民閒為人牧羊立以為楚懷王從民所望也陳嬰為楚上柱國封五縣與懷王都盱台項梁自號為武信君（以上項氏立楚懷王）居數月引兵攻亢父與齊田榮司馬龍且軍救東阿大破秦軍於東阿田榮卽引兵歸逐其王假假亡走楚假相田角亡走趙角弟田閒故齊將居趙不敢歸田榮立田儋子市為齊王項梁已破東阿下軍遂追秦軍數使使趣齊兵欲與俱西田榮曰楚殺田假趙殺田角田閒乃發兵項梁曰田假為與國之王窮來從我不忍殺之趙亦不殺田角田閒以市於齊齊遂不肯發兵助楚項梁使沛公及項羽別攻城陽屠之西破秦軍濮陽東秦兵收入濮陽沛公項羽乃攻定陶定陶未下去西略地至雝邱大破秦軍斬李由還攻外黃外黃未下項梁起東阿西北至定陶再破秦軍項羽等又斬李由益輕秦有驕色宋義乃諫項梁曰戰勝而將驕卒惰者敗今卒少惰矣秦兵日益臣為君畏之項梁弗聽乃使宋義使於齊道遇齊使者高陵君顯曰公

將見武信君乎曰然曰臣論武信君軍必敗公徐行卽免死疾行則及禍秦果悉起兵益章邯擊楚軍大破之定陶項梁死沛公項羽去外黃攻陳留陳留堅守不能下沛公項羽相與謀曰今項梁軍破士卒恐乃與呂臣軍俱引兵而東呂臣軍彭城東項羽軍彭城西沛公軍碭章邯已破項梁軍則以爲楚地兵不足憂乃渡河擊趙大破之（以上齊不助楚項梁敗死）當此時趙歇爲王陳餘爲將張耳爲相皆走入鉅鹿城章邯令王離涉閒圍鉅鹿章邯軍其南築甬道而輸之粟陳餘爲將將卒數萬人而軍鉅鹿之北此所謂河北之軍也楚兵已破於定陶懷王恐從盱台之彭城并項羽呂臣軍自將之以呂臣爲司徒以其父呂青爲令尹以沛公爲碭郡長封爲武安侯將碭郡兵初宋義所遇齊使者高陵君顯在楚軍見楚王曰宋義論武信君之軍必敗居數日軍果敗兵未戰而先見敗徵此可謂知兵矣王召宋義與計事而大說之因置以爲上將軍項羽爲魯公爲次將范增爲末將救趙諸別將皆屬宋義號爲卿子冠軍行至安陽留四十六日不進項羽曰吾聞秦軍圍趙王鉅鹿疾引兵渡河楚擊其外趙應其內破秦軍

必矣宋義曰不然夫搏牛之蝱不可以破蟣蝨今秦攻趙戰勝則兵罷我承其敝不勝則我引兵鼓行而西必舉秦矣故不如先鬬秦趙夫被堅執銳義不如公坐而運策公不如義因下令軍中曰猛如虎很如羊貪如狼彊不可使者皆斬之乃遣其子宋襄相齊身送之至無鹽飲酒高會天寒大雨士卒凍飢項羽曰將戮力而攻秦久留不行今歲饑民貧士卒食芋菽軍無見糧乃飲酒高會不引兵渡河因趙食與趙幷力攻秦乃曰承其敝夫以秦之彊攻新造之趙其勢必舉趙趙舉而秦彊何敝之承且國兵新破王坐不安席埽境內而專屬於將軍國家安危在此一舉今不恤士卒而徇其私非社稷之臣項羽晨朝上將軍宋義卽其帳中斬宋義頭出令軍中曰宋義與齊謀反楚楚王陰令羽誅之當是時諸將皆慴服莫敢枝梧皆曰首立楚者將軍家也今將軍誅亂乃相與共立羽爲假上將軍使人追宋義子及之齊殺之使桓楚報命於懷王懷王因使項羽爲上將軍當陽君蒲將軍皆屬項羽項羽已殺卿子冠軍威震楚國名聞諸侯乃遣當陽君蒲將軍將卒二萬渡河救鉅鹿戰少利陳餘復請兵項羽

乃悉引兵渡河皆沈船破釜甑燒廬舍持三日糧以示士卒必死無一還心於是至則圍王離與秦軍遇九戰絕其甬道大破之殺蘇角虜王離涉閒不降楚自燒殺當是時楚兵冠諸侯諸侯軍救鉅鹿下者十餘壁莫敢縱兵及楚擊秦諸將皆從壁上觀楚戰士無不一以當十楚兵呼聲動天諸侯軍無不人人惴恐於是已破秦軍項羽召見諸侯將入轅門無不膝行而前莫敢仰視項羽由是始爲諸侯上將軍諸侯皆屬焉以上項羽殺宋義破秦兵於鉅鹿爲諸侯上將軍章邯軍棘原項羽軍漳南相持未戰秦軍數卻二世使人讓章邯章邯恐使長史欣請事至咸陽留司馬門三日趙高不見有不信之心長史欣恐還走其軍不敢出故道趙高果使人追之不及欣至軍報曰趙高用事於中下無可爲者今戰能勝高必疾妒吾功戰不能勝不免於死願將軍孰計之陳餘亦遺章邯書曰白起爲秦將南征鄢郢北阬馬服攻城略地不可勝計而竟賜死蒙恬爲秦將北逐戎人開榆中地數千里竟斬陽周何者功多秦不能盡封因以法誅之今將軍爲秦將三歲矣所亡失以十萬數而諸侯並起滋益多彼趙高素諛日久今事急亦恐

二世誅之・故欲以法誅將軍以塞責・使人更代將軍以脫其禍・夫將軍居外久多內郤・有功亦誅・無功亦誅・且天之亡秦・無愚智皆知之・今將軍內不能直諫・外為亡國將・孤特獨立而欲常存・豈不哀哉・將軍何不還兵與諸侯為從・約共攻秦・分王其地・南面稱孤・此孰與身伏鈇質・妻子為僇乎・章邯狐疑・陰使候始成使項羽・欲約・約未成・項羽使蒲將軍日夜引兵度三戶・軍漳南・與秦戰・再破之・項羽悉引兵擊秦軍汙水上・大破之・章邯使人見項羽・欲約・項羽召軍吏謀曰・糧少・欲聽其約・軍吏皆曰善・項羽乃與期洹水南殷虛上・已盟・章邯見項羽而流涕・為言趙高・項羽乃立章邯為雍王・置楚軍中・使長史欣為上將軍・將秦軍為前行・到新安・諸侯吏卒異時故繇使屯戍過秦中・秦中吏卒遇之多無狀・及秦軍降諸侯・諸侯吏卒乘勝多奴虜使之・輕折辱秦吏卒・秦吏卒多竊言曰・章將軍等詐吾屬降諸侯・今能入關破秦・大善・即不能・諸侯虜吾屬而東・秦必盡誅吾父母妻子・諸將微聞其計・以告項羽・項羽乃召黥布蒲將軍計曰・秦吏卒尚眾・其心不服・至關中不聽・事必危・不如擊殺之・而獨與章邯長史欣都尉

鷙入秦。於是楚軍夜擊阬秦卒二十餘萬人新安城南。以上項羽受章邯之降阬秦降卒行略定秦地函谷關有兵守關不得入。又聞沛公已破咸陽。項羽大怒使當陽君等擊關。項羽遂入至于戲西。沛公軍霸上。未得與項羽相見。沛公左司馬曹無傷使人言於項羽曰。沛公欲王關中。使子嬰爲相。珍寶盡有之。項羽大怒曰。旦日饗士卒。爲擊破沛公軍。當是時。項羽兵四十萬在新豐鴻門。沛公兵十萬在霸上。范增說項羽曰。沛公居山東時。貪於財貨。好美姬。今入關。財物無所取。婦女無所幸。此其志不在小。吾令人望其氣。皆爲龍虎。成五采。此天子氣也。急擊勿失。楚左尹項伯者。項羽季父也。素善留侯張良。張良是時從沛公。項伯乃夜馳之沛公軍。私見張良。具告以事。欲呼張良與俱去。曰毋從俱死也。張良曰。臣爲韓王送沛公。沛公今事有急。亡去不義。不可不語。良乃入具告沛公。沛公大驚曰。爲之柰何。張良曰。誰爲大王爲此計者。曰。鯫生說我曰。距關毋納諸侯。秦地可盡王也。故聽之。良曰。料大王士卒足以當項王乎。沛公默然曰。固不如也。且爲之柰何。張良曰。請往謂項伯。言沛公不敢背項王也。沛公曰。君安與項伯有故張良曰秦時與臣游項伯殺人臣活之今事有急故幸來告良沛公曰孰與君少長良曰長於臣沛公曰君爲我呼入吾得兄事之張良出要項伯項伯卽入見沛公沛公奉卮酒爲壽約爲婚姻曰吾入關秋豪不敢有所近籍吏民封府庫而待將軍所以遣將守關者備他盜之出入與非常也日夜望將軍至豈敢反乎願伯具言臣之不敢倍德也項伯許諾謂沛公曰旦日不可不蚤自來謝項王沛公曰諾於是項伯復夜去至軍中具以沛公言報項王因言曰沛公不先破關中公豈敢入乎今人有大功而擊之不義也不如因善遇之項王許諾沛公旦日從百餘騎來見項王至鴻門謝曰臣與將軍勠力而攻秦將軍戰河北臣戰河南然不自意能先入關破秦得復見將軍於此今者有小人之言令將軍與臣有郤項王曰此沛公左司馬曹無傷言之不然籍何以至此項王卽日因留沛公與飲項王項伯東嚮坐亞父南嚮坐亞父者范增也沛公北嚮坐張良西嚮侍范增數目項王舉所佩玉玦以示之者三項王默然不應范增起出召項莊謂曰君王爲人不忍若入前爲壽壽畢請以劍舞因擊沛公於坐

殺之不者若屬皆且爲所虜莊則入爲壽壽畢曰君王與沛公飲軍中無以爲樂請以劍舞項王曰諾項莊拔劍起舞項伯亦拔劍起舞常以身翼蔽沛公莊不得擊於是張良至軍門見樊噲樊噲曰今日之事何如良曰甚急今者項莊拔劍舞其意常在沛公也噲曰此迫矣臣請入與之同命噲卽帶劍擁盾入軍門交戟之衛士欲止不內樊噲側其盾以撞衛士仆地噲遂入披帷西向立瞋目視項王頭髮上指目眦盡裂項王按劍而跽曰客何爲者張良曰沛公之驂乘樊噲者也項王曰壯士賜之巵酒則與斗巵酒噲拜謝起立而飲之項王曰賜之彘肩則與一生彘肩樊噲覆其盾於地加彘肩上拔劍切而啗之項王曰壯士能復飲乎樊噲曰臣死且不避巵酒安足辭夫秦王有虎狼之心殺人如不能舉刑人如恐不勝天下皆叛之懷王與諸將約曰先破秦入咸陽者王之今沛公先破秦入咸陽豪毛不敢有所近封閉宮室還軍霸上以待大王來故遣將守關者備他盜出入與非常也勞苦而功高如此未有封侯之賞而聽細說欲誅有功之人此亡秦之續耳竊爲大王不取也項王未有以應曰坐樊噲

從良坐坐須臾沛公起如廁因招樊噲出沛公已出項王使都尉陳平召沛公沛公曰今者出未辭也爲之柰何樊噲曰大行不顧細謹大禮不辭小讓如今人方爲刀俎我爲魚肉何辭爲於是遂去乃令張良留謝良問曰大王來何操曰我持白璧一雙欲獻項王玉斗一雙欲與亞父會其怒不敢獻公爲我獻之張良曰謹諾當是時項王軍在鴻門下沛公軍在霸上相去四十里沛公則置車騎脫身獨騎與樊噲夏侯嬰靳彊紀信等四人持劍盾步走從酈山下道芷陽閒行沛公謂張良曰從此道至吾軍不過二十里耳度我至軍中公乃入沛公已去閒至軍中張良入謝曰沛公不勝桮杓不能辭謹使臣良奉白璧一雙再拜獻大王足下玉斗一雙再拜奉大將軍足下項王曰沛公安在良曰聞大王有意督過之脫身獨去已至軍矣項王則受璧置之坐上亞父受玉斗置之地拔劍撞而破之曰唉豎子不足與謀奪項王天下者必沛公也吾屬今爲之虜矣沛公至軍立誅殺曹無傷（以上項王宴沛公於鴻門）居數日項羽引兵西屠咸陽殺秦降王子嬰燒秦宮室火三月不滅收其貨寶婦女而東人或說項王曰關中阻

山河四塞地肥饒可都以霸項王見秦宮室皆以燒殘破又心懷思欲東歸曰富貴不歸故鄉如衣繡夜行誰知之者說者曰人言楚人沐猴而冠耳果然項王聞之烹說者（以上項王燒秦宮室東歸）項王使人致命懷王懷王曰如約乃尊懷王爲義帝項王欲自王先王諸將相謂曰天下初發難時假立諸侯後以伐秦然身被堅執銳首事暴露於野三年滅秦定天下者皆將相諸君與籍之力也義帝雖無功故當分其地而王之諸將皆曰善乃分天下立諸將爲侯王項王范增疑沛公之有天下業已講解又惡負約恐諸侯叛之乃陰謀曰巴蜀道險秦之遷人皆居蜀乃曰巴蜀亦關中地也故立沛公爲漢王王巴蜀漢中都南鄭而三分關中王秦降將以距塞漢王項王乃立章邯爲雍王王咸陽以西都廢邱長史欣者故爲櫟陽獄掾嘗有德於項梁都尉董翳者本勸章邯降楚故立司馬欣爲塞王王咸陽以東至河都櫟陽立董翳爲翟王王上郡都高奴徙魏王豹爲西魏王王河東都平陽瑕邱申陽者張耳嬖臣也先下河南郡迎楚河上故立申陽爲河南王都雒陽韓王成因故都都陽翟趙將司馬卬定河內數有功

故立卬爲殷王王河內都朝歌徙趙王歇爲代王趙相張耳素賢又從入關故立耳爲常山王王趙地都襄國當陽君黥布爲楚將常冠軍故立布爲九江王都六鄱君吳芮率百越佐諸侯又從入關故立芮爲衡山王都邾義帝柱國共敖將兵擊南郡功多因立敖爲臨江王都江陵徙燕王韓廣爲遼東王燕將臧荼從楚救趙因從入關故立荼爲燕王都薊徙齊王田市爲膠東王齊將田都從共救趙因從入關故立都爲齊王都臨菑故秦所滅齊王建孫田安項羽方渡河救趙田安下濟北數城引其兵降項羽故立安爲濟北王都博陽田榮者數負項梁又不肯將兵從楚擊秦以故不封成安君陳餘棄將印去不從入關然素聞其賢有功於趙聞其在南皮故因環封三縣番君將梅鋗功多故封十萬戶侯項王自立爲西楚霸王王九郡都彭城（以上項王分王諸將自都彭城）漢之元年四月諸侯罷戲下各就國項王出之國使人徙義帝曰古之帝者地方千里必居上游乃使使徙義帝長沙郴縣趣義帝行其羣臣稍稍背叛之乃陰令衡山臨江王擊殺之江中韓王成無軍功項王不使之國與俱至彭城廢以爲侯已又殺

之滅荼之國因逐韓廣之遼東廣弗聽荼擊殺廣無終幷王其地田榮聞項羽徙齊王市膠東而立齊將田都爲齊王乃大怒不肯遣齊王之膠東因以齊反迎擊田都田都走楚齊王市畏項王乃亡之膠東就國田榮怒追擊殺之卽墨榮因自立爲齊王而西擊殺濟北王田安幷王三齊榮與彭越將軍印令反梁地陳餘陰使張同夏說說齊王田榮曰項羽爲天下宰不平今盡王故王於醜地而王其羣臣諸將善地逐其故主趙王乃北居代餘以爲不可聞大王起兵且不聽不義願大王資餘兵請以擊常山以復趙王請以國爲捍蔽齊王許之因遣兵之趙陳餘悉發三縣兵與齊幷力擊常山大破之張耳走歸漢陳餘迎故趙王歇於代反之趙趙王因立陳餘爲代王（以上項王殺義帝韓王齊趙叛項王）是時漢還定三秦項羽聞漢王皆已幷關中且東齊趙叛之大怒乃以故吳令鄭昌爲韓王以距漢令蕭公角等擊彭越彭越敗蕭公角等漢使張良徇韓乃遺項王書曰漢王失職欲得關中如約卽止不敢東又以齊梁反書遺項王曰齊欲與趙幷滅楚楚以此故無西意而北擊齊徵兵九江王布布稱疾不往使將將數千人

行項王由此怨布也漢之二年冬項羽遂北至城陽田榮亦將兵會戰田榮不勝走至平原平原民殺之遂北燒夷齊城郭室屋皆阬田榮降卒係虜其老弱婦女徇齊至北海多所殘滅齊人相聚而叛之於是田榮弟田橫收齊亡卒得數萬人反城陽項王因留連戰未能下（以上項王伐齊敍）春漢王部五諸侯兵凡五十六萬人東伐楚項王聞之卽令諸將擊齊而自以精兵三萬人南從魯出胡陵四月漢皆已入彭城收其貨寶美人日置酒高會項王乃西從蕭晨擊漢軍而東至彭城日中大破漢軍漢軍皆走相隨入穀泗水殺漢卒十餘萬人漢卒皆南走山楚又追擊至靈壁東睢水上漢軍卻爲楚所擠多殺漢卒十餘萬人皆入睢水睢水爲之不流圍漢王三帀於是大風從西北而起折木發屋揚沙石窈冥晝晦逢迎楚軍楚軍大亂壞散而漢王乃得與數十騎遁去欲過沛收家室而西楚亦使人追之沛取漢王家家皆亡不與漢王相見漢王道逢得孝惠魯元乃載行楚騎追漢王漢王急推墮孝惠魯元車下滕公常下收載之如是者三曰雖急不可以驅柰何棄之於是遂得脫求太公呂后不相遇審食其從

太公呂后閒行求漢王反遇楚軍楚軍遂與歸報項王項王常置軍中（以上項王大破漢於彭城睢水）是時呂后兄周呂侯爲漢將兵居下邑漢王閒往從之稍稍收其士卒至滎陽諸敗軍皆會蕭何亦發關中老弱未傅悉詣滎陽復大振楚起於彭城常乘勝逐北與漢戰滎陽南京索閒漢敗楚楚以故不能過滎陽而西項王之救彭城追漢王至滎陽田橫亦得收齊立田榮子廣爲齊王漢王之敗彭城諸侯皆復與楚而背漢漢軍滎陽築甬道屬之河以取敖倉粟漢之三年項王數侵奪漢甬道漢王食乏恐請和割滎陽以西爲漢項王欲聽之歷陽侯范增曰漢易與耳今釋弗取後必悔之項王乃與范增急圍滎陽漢王患之乃用陳平計閒項王項王使者來爲太牢具舉欲進之見使者詳驚愕曰吾以爲亞父使者乃反項王使者更持去以惡食食項王使者使者歸報項王項王乃疑范增與漢有私稍奪之權范增大怒曰天下事大定矣君王自爲之願賜骸骨歸卒伍項王許之行未至彭城疽發背而死漢將紀信說漢王曰事已急矣請爲王誑楚爲王王可以閒出於是漢王夜出女子滎陽東門被甲二千人楚兵四面

擊之紀信乘黃屋車傅左纛曰城中食盡漢王降楚軍皆呼萬歲漢王亦與數十騎從城西門出走成皋項王見紀信問漢王安在信曰漢王已出矣項王燒殺紀信漢王使御史大夫周苛樅公魏豹守滎陽周苛樅公謀曰反國之王難與守城乃共殺魏豹楚下滎陽城生得周苛項王謂周苛曰為我將我以公為上將軍封三萬戶周苛罵曰若不趣降漢漢今虜若若非漢敵也項王怒烹周苛並殺樅公（以上楚破漢於滎陽）漢王之出滎陽南走宛葉得九江王布行收兵復入保成皋漢之四年項王進兵圍成皋漢王逃獨與滕公出成皋北門渡河走修武從張耳韓信軍諸將稍稍得出成皋從漢王楚遂拔成皋欲西漢使兵距之鞏令其不得西是時彭越渡河擊楚東阿殺楚將軍薛公項王乃自東擊彭越漢王得淮陰侯兵欲渡河南鄭忠說漢王乃止壁河內使劉賈將兵佐彭越燒楚積聚項王東擊破之走彭越漢王則引兵渡河復取成皋軍廣武就敖倉食（以上漢王逃至河北楚拔成皋旋復渡河取成皋）項王已定東海來西與漢俱臨廣武而軍相守數月當此時彭越數反梁地絕楚糧食項王患之為高俎置太公其上告漢王曰今不

急下吾烹太公漢王曰吾與項羽俱北面受命懷王曰約爲兄弟吾翁卽若翁必欲烹而翁則幸分我一杯羹項王怒欲殺之項伯曰天下事未可知且爲天下者不顧家雖殺之無益祗益禍耳項王從之楚漢久相持未決丁壯苦軍旅老弱罷轉漕項王謂漢王曰天下匈匈數歲者徒以吾兩人耳願與漢王挑戰決雌雄毋徒苦天下之民父子爲也漢王笑謝曰吾甯鬭智不能鬭力項王令壯士出挑戰漢有善騎射者樓煩楚挑戰三合樓煩輒射殺之項王大怒乃自被甲持戟挑戰樓煩欲射之項王瞋目叱之樓煩目不敢視手不敢發遂走還入壁不敢復出漢王使人閒問之乃項王也漢王大驚於是項王乃卽漢王相與臨廣武閒而語漢王數之項王怒欲一戰漢王不聽項王伏弩射中漢王漢王傷走入成皋（以上楚漢相拒廣武）項王聞淮陰侯已舉河北破齊趙且欲擊楚乃使龍且往擊之淮陰侯與戰騎將灌嬰擊之大破楚軍殺龍且韓信因自立爲齊王項王聞龍且軍破則恐使盱台人武涉往說淮陰侯淮陰侯弗聽是時彭越復反下梁地絕楚糧項王乃謂海春侯大司馬曹咎等曰謹守成皋則漢欲挑戰

慎勿與戰毋令得東而已我十五日必誅彭越定梁地復從將軍乃東行擊陳留外黃外黃不下數日已降項王怒悉令男子年十五已上詣城東欲阬之外黃令舍人兒年十三往說項王曰彭越彊劫外黃外黃恐故且降待大王大王至又皆阬之百姓豈有歸心從此以東梁地十餘城皆恐莫肯下矣項王然其言乃赦外黃當阬者東至睢陽聞之皆爭下項王漢果數挑楚軍戰楚軍不出使人辱之五六日大司馬怒渡兵汜水士卒半渡漢擊之大破楚軍盡得楚國貨賂大司馬咎長史塞王欣皆自剄汜水上大司馬咎者故蘄獄掾長史欣亦故櫟陽獄吏兩人嘗有德於項梁是以項王信任之（以上項王東擊彭越漢破楚軍於汜水）當是時項王在睢陽聞海春侯軍敗則引兵還漢軍方圍鍾離眛於滎陽東項王至漢軍畏楚盡走險阻是時漢兵盛食多項王兵罷食絕漢遣陸賈說項王請太公項王弗聽漢王復使侯公往說項王項王乃與漢約中分天下割鴻溝以西者為漢鴻溝而東者為楚項王許之卽歸漢王父母妻子軍皆呼萬歲漢王乃封侯公為平國君匿弗肯復見曰此天下辯士所居傾國故號為平國君（以上楚漢）

約中分鴻溝東西項王已約。乃引兵解而東歸。漢欲西歸。張良陳平說曰。漢有天下太半。而諸侯皆附之。楚兵罷食盡。此天亡楚之時也。不如因其機而遂取之。今釋弗擊。此所謂養虎自遺患也。漢王聽之。漢五年。漢王乃追項王至陽夏南止軍。與淮陰侯韓信。建成侯彭越期會而擊楚。軍至固陵。而信越之兵不會。楚擊漢軍大破之。漢王復入壁。深塹而自守。謂張子房曰。諸侯不從約。爲之奈何。對曰。楚兵且破。信越未有分地。其不至固宜。君王能與共分天下。今可立致也。即不能。事未可知也。君王能自陳以東傅海。盡與韓信。睢陽以北至穀城。以與彭越。使各自爲戰。則楚易敗也。漢王曰。善。於是乃發使者告韓信彭越曰。并力擊楚。楚破。自陳以東傅海與齊王。睢陽以北至穀城與彭相國。使者至。韓信彭越皆報曰。請今進兵。韓信乃從齊往。劉賈軍從壽春並行。屠城父。至垓下。大司馬周殷叛楚。以舒屠六。舉九江兵。隨劉賈彭越皆會垓下。詣項王。以上諸軍會垓下圍項王項王軍壁垓下。兵少食盡。漢軍及諸侯兵圍之數重。夜聞漢軍四面皆楚歌。項王乃大驚曰。漢皆已得楚乎。是何楚人之多也。項王則夜起飲帳中。有美人名虞常

幸從駿馬名騅常騎之於是項王乃悲歌忼慨自爲詩曰力拔山兮氣蓋世時
不利兮騅不逝騅不逝兮可奈何虞兮虞兮奈若何歌數闋美人和之項王泣
數行下左右皆泣莫能仰視於是項王乃上馬騎麾下壯士騎從者八百餘人
直夜潰圍南出馳走平明漢軍乃覺之令騎將灌嬰以五千騎追之項王渡淮
騎能屬者百餘人耳項王至陰陵迷失道問一田父田父紿曰左左乃陷大澤
中以故漢追及之項王乃復引兵而東至東城乃有二十八騎漢騎追者數千
人項王自度不得脫謂其騎曰吾起兵至今八歲矣身七十餘戰所當者破所
擊者服未嘗敗北遂霸有天下然今卒困於此此天之亡我非戰之罪也今日
固決死願爲諸君快戰必三勝之爲諸君潰圍斬將刈旗令諸君知天亡我非
戰之罪也乃分其騎以爲四隊四嚮漢軍圍之數重項王謂其騎曰吾爲公取
彼一將令四面騎馳下期山東爲三處於是項王大呼馳下漢軍皆披靡遂斬
漢一將是時赤泉侯爲騎將追項王項王瞋目而叱之赤泉侯人馬俱驚辟易
數里與其騎會爲三處漢軍不知項王所在乃分軍爲三復圍之項王乃馳復

斬漢一都尉殺數十百人復聚其騎亡其兩騎耳乃謂其騎曰何如騎皆伏曰如大王言於是項王乃欲東渡烏江烏江亭長檥船待謂項王曰江東雖小地方千里衆數十萬人亦足王也願大王急渡今獨臣有船漢軍至無以渡項王笑曰天之亡我我何渡爲且籍與江東子弟八千人渡江而西今無一人還縱江東父兄憐而王我我何面目見之縱彼不言籍獨不愧於心乎乃謂亭長曰吾知公長者吾騎此馬五歲所當無敵嘗一日行千里不忍殺之以賜公乃令騎皆下馬步行持短兵接戰獨籍所殺漢軍數百人項王身亦被十餘創顧見漢騎司馬呂馬童曰若非吾故人乎馬童面之指王翳曰此項王也項王乃曰吾聞漢購我頭千金邑萬戶吾爲若德乃自刎而死王翳取其頭餘騎相蹂踐爭項王相殺者數十人最其後郎中騎楊喜騎司馬呂馬童郎中呂勝楊武各得其一體五人共會其體皆是故分其地爲五封呂馬童爲中水侯封王翳爲杜衍侯封楊喜爲赤泉侯封楊武爲吳防侯封呂勝爲涅陽侯項王已死楚地皆降漢獨魯不下漢乃引天下兵欲屠之爲其守禮義爲主死節乃持項王頭

示魯魯父兄乃降以上項王亡於烏江始楚懷王初封項籍爲魯公及其死魯最後下故以魯公禮葬項王穀城漢王爲發哀泣之而去諸項氏枝屬漢王皆不誅乃封項伯爲射陽侯桃侯平皋侯玄武侯皆項氏賜姓劉

太史公曰吾聞之周生曰舜目蓋重瞳子又聞項羽亦重瞳子羽豈其苗裔邪何與之暴也夫秦失其政陳涉首難豪傑蠭起相與並爭不可勝數然羽非有尺寸乘埶起隴畝之中三年遂將五諸侯滅秦分裂天下而封王侯政由羽出號爲霸王位雖不終近古以來未嘗有也及羽背關懷楚放逐義帝而自立怨王侯叛己難矣自矜功伐奮其私智而不師古謂霸王之業欲以力征經營天下五年卒亡其國身死東城尚不覺寤而不自責過矣乃引天亡我非用兵之罪也豈不謬哉

史記蕭相國世家

蕭相國何者沛豐人也以文無害爲沛主吏掾高祖爲布衣時何數以吏事護高祖高祖爲亭長常左右之高祖以吏繇咸陽吏皆送奉錢三何獨以五奏御

史監郡者與從事常辨之何乃給泗水卒史事第一秦御史欲入言徵何何固請得毋行以上何微時事及高祖起爲沛公何常爲丞督事沛公至咸陽諸將皆爭走金帛財物之府分之何獨先入收秦丞相御史律令圖書藏之沛公爲漢王以何爲丞相項王與諸侯屠燒咸陽而去漢王所以具知天下阸塞戶口多少彊弱之處民所疾苦者以何具得秦圖書也何進言韓信漢王以信爲大將軍語在淮陰侯事中漢王引兵東定三秦何以丞相留收巴蜀填撫諭告使給軍食漢二年漢王與諸侯擊楚何守關中侍太子治櫟陽爲法令約束立宗廟社稷宮室縣邑輒奏上可許以從事卽不及奏上輒以便宜施行上來以聞關中事計戶口轉漕給軍漢王數失軍遁去何常興關中卒輒補關上以此專屬任何關中事漢三年漢王與項羽相距京索之閒上數使使勞苦丞相鮑生謂丞相曰王暴衣露蓋數使使勞苦君者有疑君心也爲君計莫若遣君子孫昆弟能勝兵者悉詣軍所上必益信君於是何從其計漢王大說以上漢未定天下何守關中漢五年既殺項羽定天下論功行封羣臣爭功歲餘功不決高祖以蕭何功最盛封

為酇侯所食邑多功臣皆曰臣等身被堅執銳多者百餘戰少者數十合攻城略地大小各有差今蕭何未嘗有汗馬之勞徒持文墨議論不戰顧反居臣等上何也高帝曰諸君知獵乎曰知之知獵狗乎曰知之高帝曰夫獵追殺獸兔者狗也而發蹤指示獸處者人也今諸君徒能得走獸耳功狗也至如蕭何發蹤指示功人也且諸君獨以身隨我多者兩三人今蕭何舉宗數十人皆隨我功不可忘也羣臣皆莫敢言列侯畢已受封及奏位次皆曰平陽侯曹參身被七十創攻城略地功最多宜第一上已橈功臣多封蕭何至位次未有以復難之然心欲何第一關內侯鄂君進曰羣臣議皆誤夫曹參雖有野戰略地之功此特一時之事夫上與楚相距五歲常失軍亡衆逃身遁者數矣然蕭何常從關中遣軍補其處非上所詔令召而數萬衆會上之乏絕者數矣夫漢與楚相守滎陽數年軍無見糧蕭何轉漕關中給食不乏陛下雖數亡山東蕭何常全關中以待陛下此萬世之功也今雖亡曹參等百數何缺於漢漢得之不必待以全奈何欲以一旦之功而加萬世之功哉蕭何第一曹參次之高祖曰善於

是乃令蕭何賜帶劍履上殿入朝不趨上曰吾聞進賢受上賞蕭何功雖高得鄂君乃益明於是因鄂君故所食關內侯邑封爲安平侯是日悉封何父子兄弟十餘人皆有食邑乃益封何二千戶以帝嘗繇咸陽時何送我獨贏奉錢二也（以上琁何之功）漢十一年陳豨反高祖自將至邯鄲未罷淮陰侯謀反關中呂后用蕭何計誅淮陰侯語在淮陰事中上已聞淮陰侯誅使使拜丞相何爲相國益封五千戶令卒五百人一都尉爲相國衞諸君皆賀召平獨弔召平者故秦東陵侯秦破爲布衣貧種瓜於長安城東瓜美故世俗謂之東陵瓜從召平以爲名也召平謂相國曰禍自此始矣上暴露於外而君守於中非被矢石之事而益君封置衞者以今者淮陰侯新反於中疑君心矣夫置衞衞君非以寵君也願君讓封勿受悉以家私財佐軍則上心說相國從其計高帝乃大喜漢十二年秋黥布反上自將擊之數使使問相國何爲相國爲上在軍乃拊循勉力百姓悉以所有佐軍如陳豨時客有說相國曰君滅族不久矣夫君位爲相國功第一可復加哉然君初入關中得百姓心十餘年矣皆附君常復孳孳得民和

上所爲數問君者畏君傾動關中今君胡不多買田地賤貰貸以自汙上心乃安於是相國從其計上乃大說上罷布軍歸民道遮行上書言相國賤彊買民田宅數千萬上至相國謁上笑曰夫相國乃利民民所上書皆以與相國曰君自謝民相國因爲民請曰長安地狹上林中多空地弃願令民得入田毋收稿爲禽獸食上大怒曰相國多受賈人財物乃爲請吾苑乃下相國廷尉械繫之數日王衞尉侍前問曰相國何大罪陛下繫之暴也上曰吾聞李斯相秦皇帝有善歸主有惡自與今相國多受賈豎金而爲民請吾苑以自媚於民故繫治之王衞尉曰夫職事苟有便於民而請之真宰相事陛下奈何乃疑相國受賈人錢乎且陛下距楚數歲陳豨黥布反陛下自將而往當是時相國守關中搖足則關以西非陛下有也相國不以此時爲利今乃利賈人之金乎且秦以不聞其過亡天下李斯之分過又何足法哉陛下何疑宰相之淺也高帝不懌是日使使持節赦出相國相國年老素恭謹入徒跣謝高帝曰相國休矣相國爲民請苑吾不許我不過爲桀紂主而相國爲賢相吾故繫相國欲令百姓聞吾

過也。以上召平與客與王衛尉脫何於禍何素不與曹參相能。及何病。孝惠自臨視相國病。因問曰。君即百歲後。誰可代君者。對曰。知臣莫如主。孝惠曰。曹參何如。何頓首曰。帝得之矣。臣死不恨矣。何置田宅必居窮處。為家不治垣屋。曰。後世賢。師吾儉。不賢。毋為勢家所奪。以上將死薦賢誡子孫二事孝惠二年。相國何卒。諡為文終侯。後嗣以罪失侯者四世。絕。天子輒復求何後。封續酇侯。功臣莫得比焉。

太史公曰。蕭相國何於秦時為刀筆吏。錄錄未有奇節。及漢興。依日月之末光。何謹守管籥。因民之疾秦法。順流與之更始。淮陰黥布等皆以誅滅。而何之勳爛焉。位冠羣臣。聲施後世。與閎夭散宜生等爭烈矣。

史記曹相國世家

平陽侯曹參者。沛人也。秦時為沛獄掾。而蕭何為主吏。居縣為豪吏矣。高祖為沛公而初起也。參以中涓從。將擊胡陵方與。攻秦監公軍。大破之。東下薛。擊泗水守軍薛郭西。復攻胡陵。取之。徙守方與。方與反為魏。擊之。豐反為魏。攻之。賜爵七大夫。擊秦司馬𡰥軍碭東。破之。取碭狐父祁善置。又攻下邑以西。至虞。擊章邯車騎攻爰戚及亢父先登遷爲五大夫北救阿擊章邯軍陷陳追至濮陽攻定陶取臨濟南救雍丘擊李由軍破之殺李由虜秦侯一人秦將章邯破殺項梁也沛公與項羽引而東楚懷王以沛公爲碭郡長將碭郡兵於是乃封參爲執帛號曰建成君遷爲戚公屬碭郡其後從攻東郡尉軍破之成武南擊王離軍成陽南復攻之杠里大破之追北西至開封擊趙賁軍破之圍趙賁開封城中西擊秦將楊熊軍於曲遇破之虜秦司馬及御史各一人遷爲執珪從攻陽武下轘轅緱氏絶河津還擊趙賁軍尸北破之從南攻犨與南陽守齮戰陽城郭東陷陳取宛虜齮盡定南陽郡從西攻武關嶢關取之前攻秦軍藍田南又夜擊其北秦軍大破遂至咸陽滅秦（以上從高祖初起至入關滅秦）項羽至以沛公爲漢王漢王封參爲建成侯從至漢中遷爲將軍從還定三秦初攻下辯故道雍斄擊章平軍於好時南破之圍好時取壤鄉擊三秦軍壤東及高櫟破之復圍章平章平出好時走因擊趙賁內史保軍破之東取咸陽更名曰新城參將兵守景陵二十日三秦使章平等攻參參出擊大破之賜食邑於甯秦參以將軍引兵

圍章邯於廢邱以中尉從漢王出臨晉關至河內下脩武渡圍津東擊龍且項他定陶破之東取碭蕭彭城擊項籍軍漢軍大敗走參以中尉圍取雍邱王武反於黃程處反於燕往擊盡破之天柱侯反於衍氏又進破取衍氏擊羽嬰於昆陽追至葉還攻武彊因至滎陽（以上從高帝定三秦渡河往返至滎陽）參自漢中爲將軍中尉從擊諸侯及項羽敗還至滎陽凡二歲高祖三年拜爲假左丞相入屯兵關中月餘魏王豹反以假左丞相別與韓信東攻魏將軍孫遬軍東張大破之因攻安邑得魏將王襄擊魏王於曲陽追至武垣生得魏王豹取平陽得魏王母妻子盡定魏地凡五十二城賜食邑平陽因從韓信擊趙相國夏說軍於鄔東大破之斬夏說韓信與故常山王張耳引兵下井陘擊成安君而令參還圍趙別將戚將軍於鄔城中戚將軍出走追斬之乃引兵詣敖倉漢王之所韓信已破趙爲相國東擊齊參以右丞相屬韓信攻破齊歷下軍遂取臨菑還定濟北郡攻著漯陰平原鬲盧已而從韓信擊龍且軍於上假密大破之斬龍且虜其將軍周蘭定齊凡得七十餘縣得故齊王田廣相田光其守相許章及故齊膠東

將軍田既。(以上從韓信破魏破趙破齊)韓信爲齊王。引兵詣陳與漢王共破項羽。而參留平齊未服者。項籍已死天下定。漢王爲皇帝。韓信徙爲楚王。齊爲郡。參歸漢相印。高帝以長子肥爲齊王。而以參爲齊相國。以高祖六年賜爵列侯與諸侯剖符。世世勿絕。食邑平陽萬六百三十戶。號曰平陽侯。除前所食邑。以齊相國擊陳豨將張春軍破之。黥布反。參以齊相國從悼惠王將兵車騎十二萬人與高祖會擊黥布軍。大破之。南至蘄。還定竹邑相蕭留。(以上留齊相齊)參功。凡下二國。縣一百二十二。得王二人。相三人。將軍六人。大莫敖郡守司馬侯御史各一人。(總敘參功)孝惠帝元年。除諸侯相國法。更以參爲齊丞相。參之相齊。齊七十城。天下初定。悼惠王富於春秋。參盡召長老諸生。問所以安集百姓。如齊故俗。諸儒以百數。言人人殊。參未知所定。聞膠西有蓋公。善治黃老言。使人厚幣請之。既見蓋公。蓋公爲言治道貴清靜而民自定。推此類具言之。參於是避正堂。舍蓋公焉。其治要用黃老術。故相齊九年。齊國安集。大稱賢相。(以上爲齊相事)惠帝二年。蕭何卒。參聞之。告舍人趣治行。吾將入相。居無何。使者果召參。參去。屬其後相曰。以齊獄市爲寄愼勿擾也後相曰治無大於此者乎參曰不然夫獄市者所以幷容也今君擾之姦人安所容也吾是以先之參始微時與蕭何善及爲將相有郤至何且死所推賢惟參（以上去齊入爲漢相）參代何爲漢相國舉事無所變更一遵蕭何約束擇郡國吏木詘於文辭重厚長者卽召除爲丞相史吏之言文刻深欲務聲名者輒斥去之日夜飮醇酒卿大夫已下吏及賓客見參不事事來者皆欲有言至者參輒飮以醇酒閒之欲有所言復飮之醉而後去終莫得開說以爲常相舍後園近吏舍吏舍日飮歌呼從吏惡之無如之何乃請參遊園中聞吏醉歌呼從吏幸相國召案之乃反取酒張坐飮亦歌呼與相應和參見人之有細過專掩匿覆蓋之府中無事參子窋爲中大夫惠帝怪相國不治事以爲豈少朕與乃謂窋曰若歸試私從容問而父曰高帝新弃羣臣帝富於春秋君爲相日飮無所請事何以憂天下乎然無言吾告若也窋既洗沐歸閒侍自從其所諫參參怒而笞窋二百曰趣入侍天下事非若所當言也至朝時惠帝讓參曰與窋胡治乎乃者我使諫君也參免冠謝曰陛下自察聖武孰與高帝上曰朕乃

安敢望先帝乎曰陛下觀臣能孰與蕭何賢上曰君似不及也參曰陛下言之是也且高帝與蕭何定天下法令既明今陛下垂拱參等守職遵而勿失不亦可乎惠帝曰善君休矣參爲漢相國出入三年卒謚懿侯子窋代侯百姓歌之曰蕭何爲法顜若畫一曹參代之守而勿失載其淸淨民以甯一（以上爲丞相時事）平陽侯窋高后時爲御史大夫孝文帝立免爲侯立二十九年卒謚爲靜侯子奇代侯立七年卒謚爲簡侯子時代侯時尚平陽公主生子襄時病癘歸國立二十三年卒謚夷侯子襄代侯襄尚衛長公主生子宗立十六年卒謚爲共侯子宗代侯征和二年中宗坐太子死國除（以上子孫）

太史公曰曹相國參攻城野戰之功所以能多若此者以與淮陰侯俱及信已滅而列侯成功唯獨參擅其名參爲漢相國淸靜極言合道然百姓離秦之酷後參與休息無爲故天下俱稱其美矣

史記五宗世家

孝景皇帝子凡十三人爲王而母五人同母者爲宗親栗姬子曰榮德閼于程

姬子曰餘非端賈夫人子曰彭祖勝唐姬子曰發王夫人兒姁子曰越寄乘舜

河間獻王德以孝景帝前二年用皇子爲河閒王好儒學被服造次必於儒者山東諸儒多從之遊二十六年卒子共王不害立四年卒子剛王基代立十二年卒子頃王授代立

臨江哀王閼于以孝景帝前二年用皇子爲臨江王三年卒無後國除爲郡

臨江閔王榮以孝景前四年爲皇太子四歲廢用故太子爲臨江王四年坐侵廟壖垣爲宮上徵榮榮行祖於江陵北門既已上車軸折車廢江陵父老流涕竊言曰吾王不反矣榮至詣中尉府簿中尉郅都責訊王王恐自殺葬藍田燕數萬銜土置冢上百姓憐之榮最長死無後國除地入于漢爲南郡

右三國本王皆栗姬之子也

魯共王餘以孝景前二年用皇子爲淮陽王二年吳楚反破後以孝景前三年徙爲魯王好治宮室苑囿狗馬季年好音不喜辭辯爲人吃二十六年卒子光代爲王初好音輿馬晚節嗇惟恐不足於財

江都易王非以孝景前二年用皇子爲汝南王吳楚反時非年十五有材力上書願擊吳景帝賜非將軍印擊吳吳已破二歲徙爲江都王治吳故國以軍功賜天子旌旗元光五年匈奴大入漢爲賊非上書願擊匈奴上不許非好氣力治宮觀招四方豪傑驕奢甚立二十六年卒子建立爲王七年自殺淮南衡山謀反時建頗聞其謀自以爲國近淮南恐一日發爲所幷卽陰作兵器而時佩其父所賜將軍印載天子旗以出易王死未葬建有所說易王寵美人淖姬夜使人迎與姧服舍中及淮南事發治黨與頗及江都王建建恐因使人多持金錢事絕其獄而又信巫祝使人禱祠妄言建又盡與其姊弟姦事既聞漢公卿請捕治建天子不忍使大臣卽訊王王服所犯遂自殺國除地入于漢爲廣陵郡

膠西于王端以孝景前三年吳楚七國反破後端用皇子爲膠西王端爲人賊戾又陰痿一近婦人病之數月而有愛幸少年爲郎爲郎者頃之與後宮亂端禽滅之及殺其子母數犯上法漢公卿數請誅端天子爲兄弟之故不忍而端

所爲滋甚。有司再請削其國。去大半。端心慍。遂爲無訾省。府庫壞漏。盡腐財物以巨萬計。終不得收徙。令吏無得收租賦。端皆去衞。封其宮門。從一門出遊。數變名姓。爲布衣。之他郡國。相二千石往者。奉漢法以治。端輒求其罪告之。無罪者。詐藥殺之。所以設詐究變。彊足以距諫。智足以飾非。相二千石從王治。則漢繩以法。故膠西小國。而所殺傷二千石甚衆。立四十七年卒。竟無男代後。國除。地入于漢。爲膠西郡。

右三國本王皆程姬之子也。

趙王彭祖以孝景前二年用皇子爲廣川王。趙王遂反破後。彭祖王廣川四年。徙爲趙王。十五年。孝景帝崩。彭祖爲人巧佞卑諂。足恭而心刻深。好法律。持詭辯以中人。彭祖多內寵姬及子孫。相二千石欲奉漢法以治。則害於王家。是以每相二千石至。彭祖衣皁布衣。自行迎除。二千石舍。多設疑事以作動之。得二千石失言。中忌諱。輒書之。二千石欲治者。則以此迫劫。不聽。乃上書告及汙以姦利事。彭祖立五十餘年。相二千石無能滿二歲。輒以罪去。大者死。小者刑。以故二千石莫敢治。而趙王擅權。使使即縣爲賈人榷會。入多於國經租稅。以是趙王家多金錢。然所賜姬諸子亦盡之矣。彭祖取故江都易王寵姬王建所盜與姦淖姬者爲姬。甚愛之。彭祖不好治宮室禨祥。好爲吏事。上書願督國中盜賊。常夜從走卒行徼邯鄲中。諸使過客以彭祖險陂。莫敢留邯鄲。其太子丹與其女及同產姊姦。與其客江充有郤。充告丹。丹以故廢。趙更立太子。

中山靖王勝。以孝景前三年用皇子爲中山王。十四年。孝景帝崩。勝爲人樂酒好內。有子枝屬百二十餘人。常與兄趙王相非。曰兄爲王專代吏治事。王者當日聽音樂聲色。趙王亦非之。曰中山王徒日淫。不佐天子拊循百姓。何以稱爲藩臣。立四十二年卒。子哀王昌立。一年卒。子昆侈代爲中山王。

右二國本王皆賈夫人之子也。

長沙定王發。發之母唐姬。故程姬侍者。景帝召程姬。程姬有所辟。不願進。而飾侍者唐兒使夜進。上醉不知。以爲程姬而幸之。遂有身。已乃覺非程姬也。及生子。因命曰發。以孝景前二年用皇子爲長沙王。以其母微。無寵。故王卑溼貧國。

立二十七年卒子康王庸立二十八年卒子鮒鮈立爲長沙王

右一國本王唐姬之子也

廣川惠王越以孝景中二年用皇子爲廣川王十二年卒子齊立爲王齊有幸臣桑距已而有罪欲誅之距亡王因禽其宗族距怨王乃上書告王齊與同產姦自是之後王齊數上書告言漢公卿及幸臣所忠等

膠東康王寄以孝景中二年用皇子爲膠東王二十八年卒淮南王謀反時寄微聞其事私作樓車鏃矢戰守備候淮南之起及吏治淮南之事辭出之寄於上最親意傷之發病而死不敢置後於是上聞寄有長子者名賢母無寵少子名慶母愛幸寄常欲立之爲不次因有過遂無言上憐之乃以賢爲膠東王奉康王嗣而封慶於故衡山地爲六安王膠東王賢立十四年卒諡爲哀王子慶爲王六安王慶以元狩二年用膠東康王子爲六安王

清河哀王乘以孝景中三年用皇子爲清河王十二年卒無後國除地入于漢爲清河郡

常山憲王舜以孝景中五年用皇子爲常山王舜最親景帝少子驕怠多淫數犯禁上常寬釋之立三十二年卒太子勃代立爲王初憲王舜有所不愛姬生長男梲梲以母無寵故亦不得幸於王王后脩生太子勃王內多所幸姬生子平子商王后希得幸及憲王病甚諸幸姬常侍病故王后亦以妒媢不常侍病輒歸舍醫進藥太子勃不自嘗藥又不宿留侍病及王薨王后太子乃至憲王雅不以長子梲爲人數及薨又不分與財物郎或說太子王后令諸子與長子梲共分財物太子王后不聽太子代立又不收恤梲梲怨王后太子漢使者視憲王喪梲自言憲王病時王后太子不侍及薨六日出舍太子勃私姦飲酒博戲擊筑與女子載馳環城過市入牢視囚天子遣大行騫驗王后及問王勃請逮勃所與姦諸證左王又匿之吏求捕勃大急使人致擊笞掠擅出漢所疑囚者有司請誅憲王后脩及王勃上以脩素無行使梲陷之罪勃無良師傅不忍誅有司請廢王后脩徙王勃以家屬處房陵上許之勃王數月遷于房陵國絕月餘天子爲最親乃詔有司曰常山憲王蚤夭后妾不和適孽誣爭陷于不義

以滅國朕甚閔焉其封憲王子平三萬戶為真定王封子商三萬戶為泗水王真定王平元鼎四年用常山憲王子為真定王泗水思王商以元鼎四年用常山憲王子為泗水王十一年卒子哀王安世立十一年卒無子於是上憐泗水王絕乃立安世弟賀為泗水王

右四國本王皆王夫人兒姁子也其後漢益封其支子為六安王泗水王二國凡兒姁子孫於今為六王

太史公曰高祖時諸侯皆賦得自除內史以下漢獨為置丞相黃金印諸侯自除御史廷尉正博士擬於天子自吳楚反後五宗王世漢為置二千石去丞相曰相銀印諸侯獨得食租稅奪之權其後諸侯貧者或乘牛車也

史記伯夷列傳

夫學者載籍極博猶考信於六藝詩書雖缺然虞夏之文可知也堯將遜位讓於虞舜舜禹之閒岳牧咸薦乃試之於位典職數十年功用既興然後授政示天下重器王者大統傳天下若斯之難也而說者曰堯讓天下於許由許由不

受恥之逃隱及夏之時有卞隨務光者此何以稱焉太史公曰余登箕山其上蓋有許由冢云孔子序列古之仁聖賢人如吳太伯伯夷之倫詳矣余以所聞由光義至高其文辭不少概見何哉以上言學者當考信於六藝許由卞隨務光之說不可信孔子曰伯夷叔齊不念舊惡怨是用希求仁得仁又何怨乎余悲伯夷之意睹軼詩可異焉其傳曰伯夷叔齊孤竹君之二子也父欲立叔齊及父卒叔齊讓伯夷伯夷曰父命也遂逃去叔齊亦不肯立而逃之國人立其中子於是伯夷叔齊聞西伯昌善養老盍往歸焉及至西伯卒武王載木主號爲文王東伐紂伯夷叔齊叩馬而諫曰父死不葬爰及干戈可謂孝乎以臣弒君可謂仁乎左右欲兵之太公曰此義人也扶而去之武王已平殷亂天下宗周而伯夷叔齊恥之義不食周粟隱於首陽山采薇而食之及餓且死作歌其辭曰登彼西山兮采其薇矣以暴易暴兮不知其非矣神農虞夏忽焉沒兮我安適歸矣于嗟徂兮命之衰矣遂餓死於首陽山由此觀之怨邪非邪以上言伯夷事當徵諸孔子之言傳及軼詩不可信或曰天道無親常與善人若伯夷叔齊可謂善人者非邪積仁絜行如此而餓死且七十

子之徒，仲尼獨薦顏淵為好學。然回也屢空，糟糠不厭，而卒蚤夭。天之報施善人，其何如哉？盜蹠日殺不辜，肝人之肉，暴戾恣睢，聚黨數千人，橫行天下，竟以壽終。是遵何德哉？此其尤大彰明較著者也。若至近世，操行不軌，專犯忌諱，而終身逸樂，富厚累世不絕。或擇地而蹈之，時然後出言，行不由徑，非公正不發憤，而遇禍災者，不可勝數也。余甚惑焉，儻所謂天道，是邪非邪？以上悲伯夷之餓死而自寓不平之意

子曰：道不同，不相為謀。亦各從其志也。故曰：富貴如可求，雖執鞭之士，吾亦為之；如不可求，從吾所好。歲寒，然後知松柏之後凋。舉世混濁，清士乃見。豈以其重若彼，其輕若此哉？君子疾沒世而名不稱焉。以上言士當立後世之名不爭一時之榮與解嘲賓戲等篇同自況之意

賈子曰：貪夫徇財，烈士徇名，夸者死權，眾庶馮生。同明相照，同類相求。雲從龍，風從虎，聖人作而萬物覩。伯夷叔齊雖賢，得夫子而名益彰；顏淵雖篤學，附驥尾而行益顯。巖穴之士，趣舍有時，若此類名堙滅而不稱，悲夫！閭巷之人，欲砥行立名者，非附青雲之士，惡能施于後世哉？以上羨伯夷得孔子而名彰憾己不得聖人以為依歸

史記孟子荀卿列傳

太史公曰余讀孟子書至梁惠王問何以利吾國未嘗不廢書而歎也曰嗟乎利誠亂之始也夫子罕言利者常防其原也故曰放於利而行多怨自天子至於庶人好利之弊何以異哉孟軻鄒人也受業子思之門人道既通游事齊宣王宣王不能用適梁梁惠王不果所言則見以爲迂遠而闊於事情當是之時秦用商君富國彊兵楚魏用吳起戰勝弱敵齊威王宣王用孫子田忌之徒而諸侯東面朝齊天下方務於合從連衡以攻伐爲賢而孟軻乃述唐虞三代之德是以所如者不合退而與萬章之徒序詩書述仲尼之意作孟子七篇（以上孟子）

其後有騶子之屬齊有三騶子其前騶忌以鼓琴干威王因及國政封爲成侯而受相印先孟子其次騶衍後孟子騶衍睹有國者益淫侈不能尚德若大雅整之於身施及黎庶矣乃深觀陰陽消息而作怪迂之變終始大聖之篇十餘萬言其語閎大不經必先驗小物推而大之至於無垠先序今以上至黃帝學者所共術大並世盛衰因載其禨祥度制推而遠之至天地未生窈冥不可考

而原也先列中國名山大川通谷禽獸水土所殖物類所珍因而推之及海外人之所不能睹稱引天地剖判以來五德轉移治各有宜而符應若茲以爲儒者所謂中國者於天下乃八十一分居其一分耳中國名曰赤縣神州赤縣神州內自有九州禹之序九州是也不得爲州數中國外如赤縣神州者九乃所謂九州也於是有裨海環之人民禽獸莫能相通者如一區中者乃爲一州如此者九乃有大瀛海環其外天地之際焉其術皆此類也然要其歸必止乎仁義節儉君臣上下六親之施始也濫耳王公大人初見其術懼然顧化其後不能行之是以騶子重於齊適梁惠王郊迎執賓主之禮適趙平原君側行襒席如燕昭王擁彗先驅請列弟子之座而受業築碣石宮身親往師之作主運其游諸侯見尊禮如此豈與仲尼菜色陳蔡孟軻困於齊梁同乎哉故武王以仁義伐紂而王伯夷餓不食周粟衞靈公問陳而孔子不答梁惠王謀欲攻趙孟軻稱太王去邠此豈有意阿世俗苟合而已哉持方枘欲內圜鑿其能入乎或曰伊尹負鼎而勉湯以王百里奚飯牛車下而繆公用霸作先合然後引之大

道騶衍其言雖不軌儻亦有牛鼎之意乎以上騶衍自騶衍與齊之稷下先生如淳
于髡慎到環淵接子田駢騶奭之徒各著書言治亂之事以干世主豈可勝道
哉淳于髡齊人也博聞彊記學無所主其諫說慕晏嬰之爲人也然而承意觀
色爲務客有見髡於梁惠王惠王屏左右獨坐而再見之終無言也惠王怪之
以讓客曰子之稱淳于先生管晏不及及見寡人寡人未有得也豈寡人不足
爲言邪何故哉客以謂髡髡曰固也吾前見王王志在驅逐後復見王王志在
音聲吾是以默然客具以報王王大駭曰嗟乎淳于先生誠聖人也前淳于先
生之來人有獻善馬者寡人未及視會先生至後先生之來人有獻謳者未及
試亦會先生來寡人雖屏人然私心在彼有之後淳于髡見壹語連三日三夜
無倦惠王欲以卿相位待之髡因謝去於是送以安車駕駟束帛加璧黃金百
鎰終身不仕慎到趙人田駢接子齊人環淵楚人皆學黃老道德之術因發明
序其指意故慎到著十二論環淵著上下篇而田駢接子皆有所論焉騶奭者
齊諸騶子亦頗采騶衍之術以紀文於是齊王嘉之自如淳于髡以下皆命曰

列大夫爲開第康莊之衢高門大屋尊寵之覽天下諸侯賓客言齊能致天下賢士也（以上淳于髡至騶奭等六人）荀卿趙人年五十始來游學於齊騶衍之術迂大而閎辯奭也文具難施淳于髡久與處時有得善言故齊人頌曰談天衍雕龍奭炙轂過髡田駢之屬皆已死齊襄王時而荀卿最爲老師齊尚脩列大夫之缺而荀卿三爲祭酒焉齊人或讒荀卿荀卿乃適楚而春申君以爲蘭陵令春申君死而荀卿廢因家蘭陵李斯嘗爲弟子已而相秦荀卿嫉濁世之政亡國亂君相屬不遂大道而營於巫祝信禨祥鄙儒小拘如莊周等又滑稽亂俗於是推儒墨道德之行事興壞序列著數萬言而卒因葬蘭陵（以上荀卿）而趙亦有公孫龍爲堅白同異之辯劇子之言魏有李悝盡地力之教楚有尸子長盧阿之吁子焉自如孟子至于吁子世多有其書故不論其傳云蓋墨翟宋之大夫善守禦爲節用或曰並孔子時或曰在其後（以上公孫龍至墨翟等七人）

史記廉頗藺相如列傳

廉頗者趙之良將也趙惠文王十六年廉頗爲趙將伐齊大破之取陽晉拜爲

上卿以勇氣聞於諸侯藺相如者趙人也為趙宦者令繆賢舍人趙惠文王時得楚和氏璧秦昭王聞之使人遺趙王書願以十五城請易璧趙王與大將軍廉頗諸大臣謀欲予秦秦城恐不可得徒見欺欲勿予即患秦兵之來計未定求人可使報秦者未得宦者令繆賢曰臣舍人藺相如可使王問何以知之對曰臣嘗有罪竊計欲亡走燕臣舍人相如止臣曰君何以知燕王臣語曰臣嘗從大王與燕王會境上燕王私握臣手曰願結友以此知之故欲往相如謂臣曰夫趙彊而燕弱而君幸於趙王故燕王欲結於君今君乃亡趙走燕燕畏趙其勢必不敢留君而束君歸趙矣君不如肉袒伏斧質請罪則幸得脫矣臣從其計大王亦幸赦臣臣竊以為其人勇士有智謀宜可使於是王召見問藺相如曰秦王以十五城請易寡人之璧可予不相如曰秦彊而趙弱不可不許王曰取吾璧不予我城奈何相如曰秦以城求璧而趙不許曲在趙趙予璧而秦不予趙城曲在秦均之二策甯許以負秦曲王曰誰可使者相如曰王必無人臣願奉璧往使城入趙而璧留秦城不入臣請完璧歸趙趙王於是遂遣相如

奉璧西入秦秦王坐章臺見相如相如奉璧奏秦王秦王大喜傳以示美人及左右左右皆呼萬歲相如視秦王無意償趙城乃前曰璧有瑕請指示王王授璧相如因持璧卻立倚柱怒髮上衝冠謂秦王曰大王欲得璧使人發書至趙王趙王悉召羣臣議皆曰秦貪負其彊以空言求璧償城恐不可得議不欲予秦璧臣以爲布衣之交尚不相欺況大國乎且以一璧之故逆彊秦之驩不可於是趙王乃齋戒五日使臣奉璧拜送書於庭何者嚴大國之威以修敬也今臣至大王見臣列觀禮節甚倨得璧傳之美人以戲弄臣臣觀大王無意償趙王城邑故臣復取璧大王必欲急臣臣頭今與璧俱碎於柱矣相如持其璧睨柱欲以擊柱秦王恐其破璧乃辭謝固請召有司案圖指從此以往十五都予趙相如度秦王特以詐詳爲予趙城實不可得乃謂秦王曰和氏璧天下所共傳寶也趙王恐不敢不獻趙王送璧時齋戒五日今大王亦宜齋戒五日設九賓於廷臣乃敢上璧秦王度之終不可彊奪遂許齋五日舍相如廣成傳舍相如度秦王雖齋決負約不償城乃使其從者衣褐懷其璧從徑道亡歸璧于趙

秦王齋五日後乃設九賓禮於廷引趙使者藺相如相如至謂秦王曰秦自繆公以來二十餘君未嘗有堅明約束者也臣誠恐見欺於王而負趙故令人持璧歸閒至趙矣且秦彊而趙弱大王遣一介之使至趙趙立奉璧來今以秦之彊而先割十五都予趙趙豈敢留璧而得罪於大王乎臣知欺大王之罪當誅臣請就湯鑊惟大王與羣臣孰計議之秦王與羣臣相視而嘻左右或欲引相如去秦王因曰今殺相如終不能得璧也而絕秦趙之驩不如因而厚遇之使歸趙趙王豈以一璧之故欺秦邪卒廷見相如畢禮而歸之相如既歸趙王以爲賢大夫使不辱於諸侯拜相如爲上大夫秦亦不以城予趙趙亦終不予秦璧（以上持璧使秦完璧而歸）其後秦伐趙拔石城明年復攻趙殺二萬人秦王使使者告趙王欲與王爲好會於西河外澠池趙王畏秦欲毋行廉頗藺相如計曰王不行示趙弱且怯也趙王遂行相如從廉頗送至境與王訣曰王行度道里會遇之禮畢還不過三十日三十日不還則請立太子爲王以絕秦望王許之遂與秦王會澠池秦王飲酒酣曰寡人竊聞趙王好音請奏瑟趙王鼓瑟秦御史前書

曰某年月日秦王與趙王會飲令趙王鼓瑟藺相如前曰趙王竊聞秦王善爲秦聲請奏盆缻秦王以相娛樂秦王怒不許於是相如前進缻因跪請秦王秦王不肯擊缻相如曰五步之內相如請得以頸血濺大王矣左右欲刃相如相如張目叱之左右皆靡於是秦王不懌爲一擊缻相如顧召趙御史書曰某年月日秦王爲趙王擊缻秦之羣臣曰請以趙十五城爲秦王壽藺相如亦曰請以秦之咸陽爲趙王壽秦王竟酒終不能加勝於趙趙亦盛設兵以待秦秦不敢動既罷歸國以相如功大拜爲上卿位在廉頗之右以上從趙王會秦於澠池廉頗曰我爲趙將有攻城野戰之大功而藺相如徒以口舌爲勞而位居我上且相如素賤人吾羞不忍爲之下宣言曰我見相如必辱之相如聞不肯與會相如每朝時常稱病不欲與廉頗爭列已而相如出望見廉頗相如引車避匿於是舍人相與諫曰臣所以去親戚而事君者徒慕君之高義也今君與廉頗同列廉君宣惡言而君畏匿之恐懼殊甚且庸人尚羞之況於將相乎臣等不肖請辭去藺相如固止之曰公之視廉將軍孰與秦王曰不若也相如曰夫以秦王之威

而相如廷叱之辱其羣臣相如雖駑獨畏廉將軍哉顧吾念之彊秦之所以不敢加兵於趙者徒以吾兩人在也今兩虎共鬬其勢不俱生吾所以爲此者以先國家之急而後私讎也廉頗聞之肉袒負荊因賓客至藺相如門謝罪曰鄙賤之人不知將軍寬之至此也卒相與驩爲刎頸之交（以上避讓廉頗）是歲廉頗東攻齊破其一軍居二年廉頗復伐齊幾拔之後三年廉頗攻魏之防陵安陽拔之後四年藺相如將而攻齊至平邑而罷其明年趙奢破秦軍閼與下

趙奢者趙之田部吏也收租稅而平原君家不肯出租奢以法治之殺平原君用事者九人平原君怒將殺奢奢因說曰君於趙爲貴公子今縱君家而不奉公則法削法削則國弱國弱則諸侯加兵諸侯加兵是無趙也君安得有此富乎以君之貴奉公如法則上下平上下平則國彊國彊則趙固而君爲貴戚豈輕於天下邪平原君以爲賢言之於王王用之治國賦國賦大平民富而府庫實（以上收租稅治國賦）秦伐韓軍於閼與王召廉頗而問曰可救不對曰道遠險狹難救又召樂乘而問焉樂乘對如廉頗言又召問趙奢奢對曰其道遠險狹譬之猶

兩鼠鬭於穴中將勇者勝王乃令趙奢將救之兵去邯鄲三十里而令軍中曰有以軍事諫者死秦軍軍武安西秦軍鼓譟勒兵武安屋瓦盡振軍中候有一人言急救武安趙奢立斬之堅壁留二十八日不行復益增壘秦閒來入趙奢善食而遣之閒以報秦將秦將大喜曰夫去國三十里而軍不行乃增壘閼與非趙地也趙奢既已遣秦閒乃卷甲而趨之二日一夜至令善射者去閼與五十里而軍軍壘成秦人聞之悉甲而至軍士許歷請以軍事諫趙奢曰內之許歷曰秦人不意趙師至此其來氣盛將軍必厚集其陣以待之不然必敗趙奢曰請受令許歷曰請就鈇質之誅趙奢曰胥後令邯鄲許歷復請諫曰先據北山上者勝後至者敗趙奢許諾卽發萬人趨之秦兵後至爭山不得上趙奢縱兵擊之大破秦軍秦軍解而走遂解閼與之圍而歸趙惠文王賜奢號爲馬服君以許歷爲國尉趙奢於是與廉頗藺相如同位以上解閼與之圍後四年趙惠文王卒子孝成王立七年秦與趙兵相距長平時趙奢已死而藺相如病篤趙使廉頗將攻秦秦數敗趙軍趙軍固壁不戰秦數挑戰廉頗不肯趙王信秦之閒秦

之閼言曰秦之所惡獨畏馬服君趙奢之子趙括爲將耳趙王因以括爲將代廉頗藺相如曰王以名使括若膠柱而鼓瑟耳括徒能讀其父書傳不知合變也趙王不聽遂將之趙括自少時學兵法言兵事以天下莫能當嘗與其父奢言兵事奢不能難然不謂善括母問奢其故奢曰兵死地也而括易言之使趙不將括卽已若必將之破趙軍者必括也及括將行其母上書言於王曰括不可使將王曰何以對曰始妾事其父時爲將身所奉飯飲而進食者以十數所友者以百數大王及宗室所賞賜者盡以予軍吏士大夫受命之日不問家事今括一旦爲將東向而朝軍吏無敢仰視之者王所賜金帛歸藏於家而日視便利田宅可買者買之王以爲何如其父父子異心願王勿遣王曰母置之吾已決矣括母因曰王終遣之卽有如不稱妾得無隨坐乎王許諾趙括既代廉頗悉更約束易置軍吏秦將白起聞之縱奇兵詳敗走而絕其糧道分斷其軍爲二士卒離心四十餘日軍餓趙括出銳卒自搏戰秦軍射殺趙括括軍敗數十萬之衆遂降秦秦悉阬之趙前後所亡凡四十五萬明年秦兵遂圍邯鄲歲

餘幾不得脫賴楚魏諸侯來救迺得解邯鄲之圍趙王亦以括母先言竟不誅也（以上趙括長平之敗）自邯鄲圍解五年而燕用栗腹之謀曰趙壯者盡於長平其孤未壯舉兵擊趙趙使廉頗將擊大破燕軍於鄗殺栗腹遂圍燕燕割五城請和乃聽之趙以尉文封廉頗爲信平君爲假相國廉頗之免長平歸也失勢之時賓客盡去及復用爲將客又復至廉頗曰客退矣客曰吁君何見之晚也夫天下以市道交君有勢我則從君君無勢則去此固其理也有何怨乎居六年趙使廉頗伐魏之繁陽拔之趙孝成王卒子悼襄王立使樂乘代廉頗廉頗怒攻樂乘樂乘走廉頗遂奔魏之大梁（以上廉頗破燕後去趙入魏）其明年趙乃以李牧爲將而攻燕拔武遂方城廉頗居梁久之魏不能信用趙以數困於秦兵趙王思復得廉頗廉頗亦思復用於趙趙王使使者視廉頗尚可用否廉頗之仇郭開多與使者金令毀之趙使者既見廉頗廉頗爲之一飯斗米肉十斤被甲上馬以示尚可用趙使還報王曰廉將軍雖老尚善飯然與臣坐頃之三遺矢矣趙王以爲老遂不召楚聞廉頗在魏陰使人迎之廉頗一爲楚將無功曰我思用趙人廉

頗卒死于壽春。以上廉頗思復用趙

李牧者。趙之北邊良將也。常居代雁門。備匈奴。以便宜置吏。市租皆輸入莫府。爲士卒費。日擊數牛饗士。習射騎。謹烽火。多閒諜。厚遇戰士。爲約曰。匈奴卽入盜。急入收保。有敢捕虜者斬。匈奴每入。烽火謹。輒入收保。不敢戰。如是數歲。亦不亡失。然匈奴以李牧爲怯。雖趙邊兵亦以爲吾將怯。趙王讓李牧。李牧如故。趙王怒。召之。使他人代將。歲餘。匈奴每來出戰。出戰數不利。失亡多。邊不得田畜。復請李牧。牧杜門不出。固稱疾。趙王乃復彊起使將兵。牧曰。王必用臣。臣如前。乃敢奉令。王許之。李牧至。如故約。匈奴數歲無所得。終以爲怯。邊士日得賞賜而不用。皆願一戰。於是乃具選車得千三百乘。選騎得萬三千匹。百金之士五萬人。彀者十萬人。悉勒習戰。大縱畜牧。人民滿野。匈奴小入。詳北不勝。以數千人委之。單于聞之。大率衆來入。李牧多爲奇陳。張左右翼擊之。大破殺匈奴十餘萬騎。滅襜襤。破東胡。降林胡。單于奔走。其後十餘歲。匈奴不敢近趙邊城。以上李牧破匈奴

趙悼襄王元年。廉頗既亡入魏。趙使李牧攻燕。拔武遂方城。居二年。

龐煖破燕軍殺劇辛後七年秦破殺趙將扈輒於武遂斬首十萬趙乃以李牧爲大將軍擊秦軍於宜安大破秦軍走秦將桓齮封李牧爲武安君居三年秦攻番吾李牧擊破秦軍南拒韓魏趙王遷七年秦使王翦攻趙趙使李牧司馬尚禦之秦多與趙王寵臣郭開金爲反閒言李牧司馬尚欲反趙王乃使趙蔥及齊將顏聚代李牧李牧不受命趙使人微捕得李牧斬之廢司馬尚後三月王翦因急擊趙大破殺趙蔥虜趙王遷及其將顏聚遂滅趙以上李牧破秦後以讒廢

太史公曰知死必勇非死者難也處死者難方藺相如引璧睨柱及叱秦王左右勢不過誅然士或怯懦而不敢發相如一奮其氣威信敵國退而讓頗名重太山其處智勇可謂兼之矣

史記田單列傳

田單者齊諸田疏屬也湣王時單爲臨菑市掾不見知及燕使樂毅伐破齊齊湣王出奔已而保莒城燕師長驅平齊而田單走安平令其宗人盡斷其車軸末而傅鐵籠已而燕軍攻安平城壞齊人走爭塗以轊折車敗爲燕所虜惟田

單宗人以鐵籠故得脫。東保即墨。以上保田宗得出安平　燕既盡降齊城。惟獨莒即墨不下。燕軍聞齊王在莒。并兵攻之。淖齒既殺湣王於莒。因堅守距燕軍數年不下。燕引兵東圍即墨。即墨大夫出與戰敗死。城中相與推田單曰。安平之戰田單宗人以鐵籠得全。習兵。立以爲將軍。以即墨距燕。頃之。燕昭王卒。惠王立。與樂毅有隙。田單聞之。乃縱反閒於燕。宣言曰。齊王已死。城之不拔者二耳。樂毅畏誅而不敢歸。以伐齊爲名。實欲連兵南面而王齊。齊人未附。故且緩攻即墨以待其事。齊人所懼。惟恐他將之來。即墨殘矣。燕王以爲然。使騎劫代樂毅。樂毅因歸趙。以上守即墨　燕人士卒忿。而田單乃令城中人食必祭其先祖於庭。飛鳥悉翔舞城中下食。燕人怪之。田單因宣言曰。神來下教我。乃令城中人曰。當有神人爲我師。有一卒曰。臣可以爲師乎。因反走。田單乃起引還。東鄉坐。師事之。卒曰。臣欺君。誠無能也。田單曰。子勿言也。因師之。每出約束。必稱神師。乃宣言曰。吾惟懼燕軍之劓所得齊卒。置之前行。與我戰。即墨敗矣。燕人聞之。如其言。城中人見齊諸降者盡劓。皆怒堅守。惟恐見得。單又縱反閒曰。吾懼燕人掘吾城

珍倣宋版印

外冢墓僇先人可爲寒心燕軍盡掘壟墓燒死人卽墨人從城上望見皆涕泣俱欲出戰怒自十倍田單知士卒之可用乃身操版插與士卒分功妻妾編於行伍之閒盡散飲食饗士令甲卒皆伏使老弱女子乘城遣使約降於燕燕軍皆呼萬歲田單又收民金得千鎰令卽墨富豪遺燕將曰卽墨卽降願無虜掠吾族家妻妾令安堵燕將大喜許之燕軍由此益懈田單乃收城中得千餘牛爲絳繒衣畫以五彩龍文束兵刃於其角而灌脂束葦於尾燒其端鑿城數十穴夜縱牛壯士五千人隨其後牛尾熱怒而奔燕軍燕軍夜大驚牛尾炬火光明炫燿燕軍視之皆龍文所觸盡死傷五千人因銜枚擊之而城中鼓譟從之老弱皆擊銅器爲聲聲動天地燕軍大駭敗走齊人遂夷殺其將騎劫燕軍擾亂奔走齊人追亡逐北所過城邑皆叛燕而歸田單兵日益多乘勝燕日敗亡卒至河上而齊七十餘城皆復爲齊乃迎襄王於莒入臨菑而聽政襄王封田單號曰安平君（以上大破燕）

太史公曰兵以正合以奇勝善之者出奇無窮奇正還相生如環之無端夫始

如處女適人開戶後如脫兔適不及距其田單之謂邪初淖齒之殺湣王也莒人求湣王子法章得之太史嬓之家爲人灌園嬓女憐而善遇之後法章私以情告女女遂與通及莒人共立法章爲齊王以莒距燕而太史氏女遂爲后所謂君王后也燕之初入齊聞畫邑人王蠋賢命軍中曰環畫邑三十里無入以王蠋之故已而使人謂蠋曰齊人多高子之義吾以子爲將封子萬家蠋固謝燕人曰子不聽吾引三軍而屠畫邑王蠋曰忠臣不事二君貞女不更二夫齊王不聽吾諫故退而耕於野國既破亡吾不能存今又劫之以兵爲君將是助桀爲暴也與其生而無義固不如烹遂經其頸於樹枝自奮絶脰而死齊亡大夫聞之曰王蠋布衣也義不北面於燕況在位食祿者乎乃相聚如莒求諸子立爲襄王

史記平原君虞卿列傳

平原君趙勝者趙之諸公子也諸子中勝最賢喜賓客賓客蓋至者數千人平原君相趙惠文王及孝成王三去相三復位封於東武城（以上總敘數語）平原君家樓

臨民家民家有躄者槃散行汲平原君美人居樓上臨見大笑之明日躄者至平原君門請曰臣聞君之喜士士不遠千里而至者以君能貴士而賤妾也臣不幸有罷癃之病而君之後宮臨而笑臣臣願得笑臣者頭平原君笑應曰諾躄者去平原君笑曰觀此豎子乃欲以一笑之故殺吾美人不亦甚乎終不殺居歲餘賓客門下舍人稍稍引去者過半平原君怪之曰勝所以待諸君者未嘗敢失禮而去者何多也門下一人前對曰以君之不殺笑躄者以君爲愛色而賤士士卽去耳於是平原君乃斬笑躄者美人頭自造門進躄者因謝焉其後門下乃復稍稍來（以上斬美人謝躄者）是時齊有孟嘗魏有信陵楚有春申故爭相傾以待士秦之圍邯鄲趙使平原君求救合從於楚約與食客門下有勇力文武備具者二十人偕平原君曰使文能取勝則善矣文不能取勝則歃血於華屋之下必得定從而還士不外索取於食客門下足矣得十九人餘無可取者無以滿二十人門下有毛遂者前自贊於平原君曰遂聞君將合從於楚約與食客門下二十人偕不外索今少一人願君卽以遂備員而行矣平原君曰先生

處勝之門下幾年於此矣・毛遂曰・三年於此矣・平原君曰・夫賢士之處世也・譬若錐之處囊中・其末立見・今先生處勝之門下三年於此矣・左右未有所稱誦・勝未有所聞・是先生無所有也・先生不能・先生留・毛遂曰・臣乃今日請處囊中耳・使遂蚤得處囊中・乃穎脫而出・非特其末見而已・平原君竟與毛遂偕・十九人相與目笑之而未廢也・毛遂比至楚・與十九人論議・十九人皆服・平原君與楚合從・言其利害・日出而言之・日中不決・十九人謂毛遂曰・先生上・毛遂按劍歷階而上・謂平原君曰・從之利害・兩言而決耳・今日出而言從・日中不決・何也・楚王謂平原君曰・客何為者也・平原君曰・是勝之舍人也・楚王叱曰・胡不下・吾乃與而君言・汝何為者也・毛遂按劍而前曰・王之所以叱遂者・以楚國之衆也・今十步之內・王不得恃楚國之衆也・王之命懸於遂手・吾君在前・叱者何也・且遂聞湯以七十里之地王天下・文王以百里之壤而臣諸侯・豈其士卒衆多哉・誠能據其勢而奮其威・今楚地方五千里・持戟百萬・此霸王之資也・以楚之彊・天下弗能當・白起小豎子耳・率數萬之衆・興師以與楚戰・一戰而舉鄢郢・再戰

而燒夷陵。三戰而辱王之先人此百世之怨而趙之所羞而王弗知惡焉。合從者爲楚非爲趙也。吾君在前叱者何也。楚王曰唯唯誠若先生之言謹奉社稷而以從毛遂曰從定乎楚王曰定矣毛遂謂楚王之左右曰取雞狗馬之血來。毛遂奉銅槃而跪進之楚王曰王當歃血而定從次者吾君次者遂遂定從於殿上毛遂左手持槃血而右手招十九人曰公相與歃此血於堂下公等錄錄所謂因人成事者也。平原君已定從而歸歸至於趙曰勝不敢復相士勝相士多者千人寡者百數自以爲不失天下之士今乃於毛先生而失之也毛先生一至楚而使趙重於九鼎大呂毛先生以三寸之舌彊於百萬之師勝不敢復相士遂以爲上客以上毛遂定從於楚平原君既返趙楚使春申君將兵赴救趙魏信陵君亦矯奪晉鄙軍往救趙皆未至秦急圍邯鄲邯鄲急且降平原君甚患之邯鄲傳舍吏子李同說平原君曰君不憂趙亡邪平原君曰趙亡則勝爲虜何爲不憂乎李同曰邯鄲之民炊骨易子而食可謂急矣而君之後宮以百數婢妾被綺縠餘粱肉而民褐衣不完糟糠不厭民困兵盡或剡木爲矛矢而君器物鐘磬自若使秦破趙君安得有此使趙得全君何患無有今君誠能令夫人以下編於士卒之閒分功而作家之所有盡散以饗士士方其危苦之時易德耳於是平原君從之得敢死之士三千人李同遂與三千人赴秦軍秦軍為之卻三十里亦會楚魏救至秦兵遂罷邯鄲復存李同戰死封其父為李侯以上李同說出家資饗士

虞卿欲以信陵君之存邯鄲為平原君請封公孫龍聞之夜駕見平原君曰龍聞虞卿欲以信陵君之存邯鄲為君請封有之乎平原君曰然龍曰此甚不可且王舉君而相趙者非以君之智能為趙國無有也割東武城而封君者非以君為有功也而以國人無勳乃以君為親戚故也君受相印不辭無能割地不言無功者亦自以為親戚故也今信陵君存邯鄲而請封是親戚受城而國人計功也此甚不可且虞卿操其兩權事成操右券以責事不成以虛名德君君必勿聽也平原君遂不聽虞卿以上公孫龍說不受封

平原君以趙孝成王十五年卒子孫代後竟與趙俱亡平原君厚待公孫龍公孫龍善為堅白之辯及鄒衍過趙言至道乃絀公孫龍

虞卿者游說之士也躡蹻擔簦說趙孝成王一見賜黃金百鎰白璧一雙再見爲趙上卿故號爲虞卿秦趙戰於長平趙不勝亡一都尉趙王召樓昌與虞卿曰軍戰不勝尉復死寡人使束甲而趨之何如樓昌曰無益也不如發重使爲媾虞卿曰昌言媾者以爲不媾軍必破也而制媾者在秦且王之論秦也欲破趙之軍乎不邪王曰秦不遺餘力矣必且欲破趙軍虞卿曰王聽臣發使出重寶以附楚魏楚魏欲得王之重寶必納吾使趙使入楚魏秦必疑天下之合從且必恐如此則媾乃可爲也趙王不聽與平陽君爲媾發鄭朱入秦秦內之趙王召虞卿曰寡人使平陽君爲媾於秦秦已納鄭朱矣卿以爲奚如虞卿對曰王不得媾軍必破矣天下賀戰勝者皆在秦矣鄭朱貴人也入秦秦王與應侯必顯重以示天下楚魏以趙爲媾必不救王秦知天下不救王則媾不可得成也應侯果顯鄭朱以示天下賀戰勝者終不肯媾長平大敗遂圍邯鄲爲天下笑（以上與樓昌爭論趙之不宜與秦媾）秦既解邯鄲圍而趙王入朝使趙郝約事於秦割六縣而媾虞卿謂趙王曰秦之攻趙也倦而歸乎王以其力尚能進愛王而弗攻乎王

曰。秦之攻我也。不遺餘力矣。必以倦而歸也。虞卿曰。秦以其力攻其所不能取。倦而歸。王又以其力之所不能取以送之。是助秦自攻也。來年秦復攻王。王無救矣。王以虞卿之言告趙郝。趙郝曰。虞卿誠能盡秦力之所至乎。誠知秦力之所不能進。此彈丸之地弗予。令秦來年復攻王。王得無割其內而媾乎。王曰。請聽子割矣。子能必使來年秦之不復攻我乎。趙郝對曰。此非臣之所敢任也。他日三晉之交於秦相善也。今秦善韓魏而攻王。王之所以事秦必不如韓魏也。今臣爲足下解負親之攻。開關通幣。齊交韓魏。至來年而王獨取攻於秦。此王之所以事秦必在韓魏之後也。此非臣之所敢任也。王以告虞卿。虞卿對曰。郝言不媾。來年秦復攻王。王得無割其內而媾乎。今媾。郝又以不能必秦之不復攻也。今雖割六城。何益。來年復攻。又割其力之所不能取而媾。此自盡之術也。不如無媾。秦雖善攻。不能取六縣。趙雖不能守。終不失六城。秦倦而歸。兵必罷。我以六城收天下以攻罷秦。是我失之於天下而取償於秦也。吾國尚利。孰與坐而割地自弱以彊秦哉。今郝曰。秦善韓魏而攻趙者。必以爲韓魏不救趙也。

而王之軍必孤又以王之事秦不如韓魏也是使王歲以六城事秦也卽坐而城盡來年秦復求割地王將與之乎弗與是弃前功而挑秦禍也與之則無地而給之語曰彊者善攻弱者不能守今坐而聽秦秦兵不弊而多得地是彊秦而弱趙也以益彊之秦而割愈弱之趙其計故不止矣且王之地有盡而秦之求無已以有盡之地而給無已之求其勢必無趙矣以上與趙郝爭論趙不宜割六城媾秦趙王計未定樓緩從秦來趙王與樓緩計之曰予秦地何如毋予孰吉緩辭讓曰此非臣之所能知也王曰雖然試言公之私樓緩對曰王亦聞夫公甫文伯母乎公甫文伯仕於魯病死女子爲自殺於房中者二人其母聞之弗哭也其相室曰焉有子死而弗哭者乎其母曰孔子賢人也逐於魯而是人不隨也今死而婦人爲之自殺者二人若是者必其於長者薄而於婦人厚也故從母言之是爲賢母從妻言之是必不免爲妒妻故其言一也言者異則人心變矣今臣新從秦來而言勿予則非計也言予之恐王以臣爲爲秦也故不敢對使臣得爲大王計不如予之王曰諾虞卿聞之入見王曰此飾說也王昚勿予樓緩聞之

往見王王又以虞卿之言告樓緩樓緩對曰不然虞卿得其一不得其二夫秦趙構難而天下皆說何也曰吾且因彊而乘弱矣今趙兵困於秦天下之賀戰勝者則必盡在於秦矣故不如亟割地爲和以疑天下而慰秦之心不然天下將因秦之彊怒乘趙之獘瓜分之趙且亡何秦之圖乎故曰虞卿得其一不得其二願王以此決之勿復計也虞卿聞之往見王曰危哉樓子之所以爲秦者是愈疑天下而何慰秦之心哉獨不言其示天下弱乎且臣言勿予者非固勿予而已也秦索六城於王而王以六城賂齊齊秦之深讎也得王之六城并力西擊秦齊之聽王不待辭之畢也則是王失之於齊而取償於秦也而齊趙之深讎可以報矣而示天下有能爲也王以此發聲兵未窺於境臣見秦之重賂至趙而反媾於王也從秦爲媾韓魏聞之必盡重王重王必出重寶以先於王則是王一舉而結三國之親而與秦易道也趙王曰善則使虞卿東見齊王與之謀秦虞卿未返秦使者已在趙矣樓緩聞之亡去趙於是封虞卿以一城（以上與樓緩爭言趙宜賂齊不宜媾秦）

居頃之而魏請爲從趙孝成王召虞卿謀過平原君平原君

曰願卿之論從也虞卿入見王王曰魏請爲從對曰魏過王曰寡人固未之許對曰王過王曰魏請從卿曰魏過寡人未之許又曰寡人過然則從終不可乎對曰臣聞小國之與大國從事也有利則大國受其福有敗則小國受其禍今魏以小國請其禍而王以大國辭其福臣故曰王過魏亦過竊以爲從便王曰善乃合魏爲從（以上與趙王言宜與魏從）虞卿既以魏齊之故不重萬戶侯卿相之印與魏齊閒行卒去趙困於梁魏齊已死不得意乃著書上採春秋下觀近世曰節義稱號揣摩政謀凡八篇以刺譏國家得失世傳之曰虞氏春秋

太史公曰平原君翩翩濁世之佳公子也然未睹大體鄙語曰利令智昏平原君貪馮亭邪說使趙陷長平兵四十餘萬衆邯鄲幾亡虞卿料事揣情爲趙畫策何其工也及不忍魏齊卒困於大梁庸夫且知其不可況賢人乎然虞卿非窮愁亦不能著書以自見於後世云

史記魏公子列傳

魏公子無忌者魏昭王少子而魏安釐王異母弟也昭王薨安釐王即位封公

子爲信陵君是時范雎亡魏相秦以怨魏齊故秦兵圍大梁破魏華陽下軍走芒卯魏王及公子患之公子爲人仁而下士士無賢不肖皆謙而禮交之不敢以其富貴驕士士以此方數千里爭往歸之致食客三千人當是時諸侯以公子賢多客不敢加兵謀魏十餘年公子與魏王博而北境傳舉烽言趙寇至且入界魏王釋博欲召大臣謀公子止王曰趙王田獵耳非爲寇也復博如故王恐心不在博居頃復從北方來傳言曰趙王獵耳非爲寇也魏王大驚曰公子何以知之公子曰臣之客有能深得趙王陰事者趙王所爲客輒以報臣臣以此知之是後魏王畏公子之賢能不敢任公子以國政（以上公子好客能探鄰國陰事）魏有隱士曰侯嬴年七十家貧爲大梁夷門監者公子聞之往請欲厚遺之不肯受曰臣修身絜行數十年終不以監門困故而受公子財公子於是乃置酒大會賓客坐定公子從車騎虛左自迎夷門侯生侯生攝敝衣冠直上載公子上坐不讓欲以觀公子公子執轡愈恭侯生又謂公子曰臣有客在市屠中願枉車騎過之公子引車入市侯生下見其客朱亥俾倪故久立與其客語微察公子公

子顏色愈和。當是時。魏將相宗室賓客滿堂待公子舉酒。市人皆觀公子執轡。從騎皆竊罵侯生。侯生視公子色終不變。乃謝客就車。至家。公子引侯生坐上坐。徧贊賓客。賓客皆驚。酒酣。公子起爲壽侯生前。侯生因謂公子曰。今日嬴之爲公子亦足矣。嬴乃夷門抱關者也。而公子親枉車騎。自迎嬴於衆人廣坐之中。不宜有所過。今公子故過之。然嬴欲就公子之名。故久立公子車騎市中。過客以觀公子。公子愈恭。市人皆以嬴爲小人。而以公子爲長者能下士也。於是罷酒。侯生遂爲上客。侯生謂公子曰。臣所過屠者朱亥。此子賢者。世莫能知。故隱屠閒耳。公子往數請之。朱亥故不復謝。公子怪之。以上請迎侯生魏安釐王二十年。秦昭王已破趙長平軍。又進兵圍邯鄲。公子姊爲趙惠文王弟平原君夫人。數遺魏王及公子書。請救於魏。魏王使將軍晉鄙將十萬衆救趙。秦王使使者告魏王曰。吾攻趙旦暮且下。而諸侯敢救者。已拔趙。必移兵先擊之。魏王恐。使人止晉鄙。留軍壁鄴。名爲救趙。實持兩端以觀望。平原君使者冠蓋相屬於魏。讓魏公子曰。勝所以自附爲婚姻者。以公子之高義。爲能急人之困。今邯鄲旦暮降秦而魏救不至安在公子能急人之困也且公子縱輕勝弃之降秦獨不憐公子姊邪公子患之數請魏王及賓客辯士說王萬端魏王畏秦終不聽公子公子自度終不能得之於王計不獨生而令趙亡乃請賓客約車騎百餘乘欲以客往赴秦軍與趙俱死行過夷門見侯生具告所以欲死秦軍狀辭決而行侯生曰公子勉之矣老臣不能從公子行數里心不快曰吾所以待侯生者備矣天下莫不聞今吾且死而侯生曾無一言半辭送我我豈有所失哉復引車還問侯生侯生笑曰臣固知公子之還也曰公子喜士名聞天下今有難無他端而欲赴秦軍譬若以肉投餒虎何功之有哉尚安事客然公子遇臣厚公子往而臣不送以是知公子恨之復返也公子再拜因問侯生乃屏人閒語曰嬴聞晉鄙之兵符常在王臥內而如姬最幸出入王臥內力能竊之嬴聞如姬父爲人所殺如姬資之三年自王以下欲求報其父仇莫能得如姬爲公子泣公子使客斬其仇頭敬進如姬如姬之欲爲公子死無所辭顧未有路耳公子誠一開口請如姬如姬必許諾則得虎符奪晉鄙軍北救趙而西卻秦此五霸之

伐也公子從其計請如姬如姬果盜晉鄙兵符與公子公子行侯生曰將在外主令有所不受以便國家公子卽合符而晉鄙不授公子兵而復請之事必危矣臣客屠者朱亥可與俱此人力士晉鄙聽大善不聽可使擊之於是公子泣侯生曰公子畏死邪何泣也公子曰晉鄙嚄唶宿將往恐不聽必當殺之是以泣耳豈畏死哉於是公子請朱亥朱亥笑曰臣迺市井鼓刀屠者而公子親數存之所以不報謝者以爲小禮無所用今公子有急此乃臣效命之秋也遂與公子俱公子過謝侯生侯生曰臣宜從老不能請數公子行日以至晉鄙軍之日北鄉自剄以送公子公子遂行至鄴矯魏王令代晉鄙晉鄙合符疑之舉手視公子曰今吾擁十萬之衆屯於境上國之重任今單車來代之何如哉欲無聽朱亥袖四十斤鐵椎椎殺晉鄙公子遂將晉鄙軍勒兵下令軍中曰父子俱在軍中父歸兄弟俱在軍中兄歸獨子無兄弟歸養得選兵八萬人進兵擊秦軍秦軍解去遂救邯鄲存趙以上奪晉鄙軍救趙趙王及平原君自迎公子於界平原君負韊矢爲公子先引趙王再拜曰自古賢人未有及公子者也當此之時平原

君不敢自比於人。公子與侯生決至軍。侯生果北鄉自剄。魏王怒公子之盜其兵符。矯殺晉鄙。公子亦自知也。已卻秦存趙。使將將其軍歸魏。而公子獨與客留趙。趙孝成王德公子之矯奪晉鄙兵而存趙。乃與平原君計以五城封公子。公子聞之。意驕矜而有自功之色。客有說公子曰。物有不可忘。或有不可不忘。夫人有德於公子。公子不可忘也。公子有德於人。願公子忘之也。且矯魏王令奪晉鄙兵以救趙。於趙則有功矣。於魏則未爲忠臣也。公子乃自驕而功之。竊爲公子不取也。於是公子立自責。似若無所容者。趙王埽除自迎。執主人之禮。引公子就西階。公子側行辭讓。從東階上。自言辠過。以負於魏。無功於趙。趙王侍酒至暮。口不忍獻五城。以公子退讓也。公子竟留趙。趙王以鄗爲公子湯沐邑。魏亦復以信陵奉公子。(以上留趙不受封)

公子留趙。公子聞趙有處士毛公藏於博徒。薛公藏於賣漿家。公子欲見兩人。兩人自匿不肯見公子。公子聞所在。乃閒步往從此兩人游。甚歡。平原君聞之。謂其夫人曰。始吾聞夫人弟公子天下無雙。今吾聞之。乃妄從博徒賣漿者游。公子妄人耳。夫人以告公子。公子乃謝夫人去曰始吾聞平原君賢故負魏王而救趙以稱平原君平原君之游徒豪舉耳不求士也無忌自在大梁時常聞此兩人賢至趙恐不得見以無忌從之游尚恐其不我欲也今平原君乃以爲羞其不足從游乃裝爲去夫人具以語平原君平原君乃免冠謝固留公子平原君門下聞之半去平原君歸公子天下士復往歸公子公子傾平原君客公子留趙十年不歸秦聞公子在趙日夜出兵東伐魏魏王患之使使往請公子公子恐其怒之乃誡門下有敢爲魏王使通者死賓客皆背魏之趙莫敢勸公子歸毛公薛公兩人往見公子曰公子所以重於趙名聞諸侯者徒以有魏也今秦攻魏魏急而公子不恤使秦破大梁而夷先王之宗廟公子當何面目立天下乎語未及卒公子立變色告車趣駕歸救魏魏王見公子相與泣而以上將軍印授公子公子遂將以上納毛公薛公言歸魏魏安釐王三十年公子使使遍告諸侯諸侯聞公子將各遣將將兵救魏公子率五國之兵破秦軍於河外走蒙驁遂乘勝逐秦軍至函谷關抑秦兵秦兵不敢出當是時公子威振天下諸侯之客進兵法公子皆名之故世俗稱魏公子兵

法秦王患之乃行金萬斤於魏求晉鄙客令毀公子於魏王曰公子亡在外十年矣今爲魏將諸侯將皆屬諸侯徒聞魏公子不聞魏王公子亦欲因此時定南面而王諸侯畏公子之威方欲共立之秦數使反閒僞賀公子得立爲魏王未也魏王日聞其毀不能不信後果使人代公子將公子自知再以毀廢乃謝病不朝與賓客爲長夜飲飲醇酒多近婦女日夜爲樂飲者四歲竟病酒而卒其歲魏安釐王亦薨（以上再以毀廢而卒）秦聞公子死使蒙驁攻魏拔二十城初置東郡其後秦稍蠶食魏十八歲而虜魏王屠大梁高祖始微少時數聞公子賢及即天子位每過大梁常祠公子高祖十二年從擊黥布還爲公子置守冢五家世世歲以四時奉祠公子

太史公曰吾過大梁之墟求問其所謂夷門夷門者城之東門也天下諸公子亦有喜士者矣然信陵君之接巖穴隱者不恥下交有以也名冠諸侯不虛耳高祖每過之而令民奉祠不絕也

史記屈原賈生列傳

屈原者名平楚之同姓也爲楚懷王左徒博聞彊志明於治亂嫻於辭令入則與王圖議國事以出號令出則接遇賓客應對諸侯王甚任之上官大夫與之同列爭寵而心害其能懷王使屈原造爲憲令屈平屬草稿未定上官大夫見而欲奪之屈平不與因讒之曰王使屈平爲令衆莫不知每一令出平伐其功曰以爲非我莫能爲也王怒而疏屈平屈平疾王聽之不聰也讒諂之蔽明也邪曲之害公也方正之不容也故憂愁幽思而作離騷離騷者猶離憂也夫天者人之始也父母者人之本也人窮則反本故勞苦倦極未嘗不呼天也疾痛慘怛未嘗不呼父母也屈平正道直行竭忠盡智以事其君讒人閒之可謂窮矣信而見疑忠而被謗能無怨乎屈平之作離騷蓋自怨生也國風好色而不淫小雅怨誹而不亂若離騷者可謂兼之矣上稱帝嚳下道齊桓中述湯武以刺世事明道德之廣崇治亂之條貫靡不畢見其文約其辭微其志絜其行廉其稱文小而其指極大舉類邇而見義遠其志絜故其稱物芳其行廉故死而不容自疏濯淖汙泥之中蟬蛻於濁穢以浮游塵埃之外不獲世之滋垢皭然

泥而不滓者也。推此志也。雖與日月爭光可也。屈平既絀。其後秦欲伐齊。齊與楚從親。惠王患之。乃令張儀詳去秦。厚幣委質事楚。曰秦甚憎齊。齊與楚從親。楚誠能絕齊。秦願獻商於之地六百里。楚懷王貪而信張儀。遂絕齊。使使如秦受地。張儀詐之曰。儀與王約六里。不聞六百里。楚使怒去。歸告懷王。懷王怒。大興師伐秦。秦發兵擊之。大破楚師於丹淅。斬首八萬。虜楚將屈匄。遂取楚之漢中地。懷王乃悉發國中兵以深入擊秦。戰於藍田。魏聞之。襲楚至鄧。楚兵懼。自秦歸。而齊竟怒不救楚。楚大困。明年。秦割漢中地與楚以和。楚王曰。不願得地。願得張儀而甘心焉。張儀聞。乃曰。以一儀而當漢中地。臣請往如楚。如楚。又因厚幣用事者臣靳尚。而設詭辯於懷王之寵姬鄭袖。懷王竟聽鄭袖。復釋去張儀。是時屈平既疏。不復在位。使於齊。顧反。諫懷王曰。何不殺張儀。懷王悔。追張儀不及。其後諸侯共擊楚。大破之。殺其將唐眛。時秦昭王與楚婚。欲與懷王會。懷王欲行。屈平曰。秦虎狼之國。不可信。不如毋行。懷王稚子子蘭勸王行。奈何絕秦歡。懷王卒行。入武關。秦伏兵絕其後。因留懷王。以求割地。懷王怒。不聽。亡走趙。趙不內復之秦。竟死於秦而歸葬。長子頃襄王立。以其弟子蘭爲令尹。楚人既咎子蘭以勸懷王入秦而不反也。屈平既嫉之。雖放流。睠顧楚國。繫心懷王。不忘欲反。冀幸君之一悟。俗之一改也。其存君興國而欲反覆之。一篇之中三致志焉。然終無可奈何。故不可以反。卒以此見懷王之終不悟也。人君無愚智賢不肖。莫不欲求忠以自爲。舉賢以自佐。然亡國破家相隨屬。而聖君治國累世而不見者。其所謂忠者不忠。而所謂賢者不賢也。懷王以不知忠臣之分。故內惑於鄭袖。外欺於張儀。疏屈平而信上官大夫令尹子蘭。兵挫地削。亡其六郡。身客死於秦。爲天下笑。此不知人之禍也。易曰。井泄不食。爲我心惻。可以汲。王明。並受其福。王之不明。豈足福哉。令尹子蘭聞之大怒。卒使上官大夫短屈原於頃襄王。頃襄王怒而遷之。聞之聞屈平作離騷屈原至於江濱。被髮行吟澤畔。顏色憔悴。形容枯槁。漁父見而問之曰。子非三閭大夫歟。何故而至此。屈原曰。舉世混濁而我獨清。衆人皆醉而我獨醒。是以見放。漁父曰。夫聖人者。不凝滯於物。而能與世推移。舉世混濁。何不隨其流而揚其波。衆人皆醉。何不餔其糟而啜其醨何故懷瑾握瑜而自令見放爲屈原曰吾聞之新沐者必彈冠新浴者必振衣人又誰能以身之察察受物之汶汶者乎寧赴常流而葬乎江魚腹中耳又安能以皓皓之白而蒙世俗之溫蠖乎乃作懷沙之賦於是懷石遂自投汨羅以死屈原既死之後楚有宋玉唐勒景差之徒者皆好辭而以賦見稱然皆祖屈原之從容辭令終莫敢直諫其後楚日以削數十年竟爲秦所滅自屈原沈汨羅後百有餘年漢有賈生爲長沙王太傅過湘水投書以弔屈原

賈生名誼雒陽人也年十八以能誦詩屬書聞於郡中吳廷尉爲河南守聞其秀才召置門下甚幸愛孝文皇帝初立聞河南守吳公治平爲天下第一故與李斯同邑而常學事焉乃徵爲廷尉廷尉乃言賈生年少頗通諸子百家之書文帝召以爲博士是時賈生年二十餘最爲少每詔令議下諸老先生不能言賈生盡爲之對人人各如其意所欲出諸生於是乃以爲能不及也孝文帝說之超遷一歲中至太中大夫賈生以爲漢興至孝文二十餘年天下和洽而固當改正朔易服色法制度定官名興禮樂乃悉草具其事儀法色尚黃數用五

爲官名悉更秦之法孝文帝初卽位謙讓未遑也諸律令所更定及列侯悉就國其說皆自賈生發之於是天子議以爲賈生任公卿之位絳灌東陽侯馮敬之屬盡害之乃短賈生曰雒陽之人年少初學專欲擅權紛亂諸事於是天子後亦疏之不用其議乃以賈生爲長沙王太傅賈生旣辭往行聞長沙卑溼自以壽不得長又以適去意不自得及渡湘水爲賦以弔屈原爲長沙王太傅三年有鵩飛入賈生舍止于坐隅楚人命鵩曰服賈生旣以適居長沙長沙卑溼自以爲壽不得長傷悼之乃爲賦以自廣後歲餘賈生徵見孝文帝方受釐坐宣室上因感鬼神事而問鬼神之本賈生因具道所以然之狀至夜半文帝前席旣罷曰吾久不見賈生自以爲過之今不及也居頃之拜賈生爲梁懷王太傅梁懷王文帝之少子愛而好書故令賈生傅之文帝復封淮南厲王子四人皆爲列侯賈生諫以爲患之興自此起矣賈生數上疏言諸侯或連數郡非古之制可稍削之文帝不聽居數年懷王騎墮馬而死無後賈生自傷爲傅無狀哭泣歲餘亦死賈生之死時年三十三矣及孝文崩孝武皇帝立舉賈生之孫

二人至郡守而賈嘉最好學世其家與余通書至孝昭時列為九卿

太史公曰余讀離騷天問招魂哀郢悲其志適長沙觀屈原所自沈淵未嘗不垂涕想見其為人及見賈生弔之又怪屈原以彼其材游諸侯何國不容而自令若是讀服鳥賦同死生輕去就又爽然自失矣雒申謹按屈原傳中懷沙賦鈔入詞賦上編依楚辭九章

賈生傳中弔屈原賦鈔入哀祭類服鳥賦鈔入詞賦上編故此處不更錄

經史百家雜鈔卷十七

經史百家雜鈔卷十八目錄

傳誌之屬上編二

經史百家雜鈔卷十八

湘鄉曾國藩纂　　合肥李鴻章校刊

傳誌之屬上編二

史記刺客列傳

曹沫者。魯人也。以勇力事魯莊公。莊公好力。曹沫爲魯將。與齊戰。三敗北。魯莊公懼。乃獻遂邑之地以和。猶復以爲將。齊桓公許與魯會於柯而盟。桓公與莊公既盟於壇上。曹沫執匕首劫齊桓公。桓公左右莫敢動。而問曰。子將何欲。曹沫曰。齊強魯弱。而大國侵魯亦以甚矣。今魯城壞卽壓齊境。君其圖之。桓公乃許盡歸魯之侵地。既已言。曹沫投其匕首。下壇。北面就羣臣之位。顏色不變。辭令如故。桓公怒。欲倍其約。管仲曰。不可。夫貪小利以自快。棄信於諸侯。失天下之援。不如與之。於是桓公乃遂割魯侵地。曹沫三戰所亡地盡復予魯。其後百六十有七年。而吳有專諸之事。

專諸者。吳堂邑人也。伍子胥之亡楚而如吳也。知專諸之能。伍子胥既見吳王僚說以伐楚之利吳公子光曰彼伍員父兄皆死於楚而員言伐楚欲自爲報私讎也非能爲吳吳王乃止伍子胥知公子光之欲殺吳王僚乃曰彼光將有內志未可說以外事乃進專諸於公子光光之父曰吳王諸樊諸樊弟三人次曰餘祭次曰夷眛次曰季子札諸樊知季子札賢而不立太子以次傳三弟欲卒致國於季子札諸樊旣死傳餘祭餘祭死傳夷眛夷眛死當傳季子札季子札逃不肯立吳人乃立夷眛之子僚爲王公子光曰使以兄弟次邪季子當立必以子乎則光真適嗣當立故嘗陰養謀臣以求立光旣得專諸善客待之九年而楚平王死春吳王僚欲因楚喪使其二弟公子蓋餘屬庸將兵圍楚之灊使延陵季子於晉以觀諸侯之變楚發兵絕吳將蓋餘屬庸路吳兵不得還於是公子光謂專諸曰此時不可失不求何獲且光真王嗣當立季子雖來不吾廢也專諸曰王僚可殺也母老子弱而兩弟將兵伐楚楚絕其後方今吳外困於楚而內空無骨鯁之臣是無如我何公子光頓首曰光之身子之身也四月丙子光伏甲士於窟室中而具酒請王僚王僚使兵陳自宮至光之家門戶階

陛左右皆王僚之親戚也夾立侍皆持長鈹酒既酣公子光詳爲足疾入窟室中使專諸置匕首魚炙之腹中而進之既至王前專諸擘魚因以匕首刺王僚王僚立死左右亦殺專諸王人擾亂公子光出其伏甲以攻王僚之徒盡滅之遂自立爲王是爲闔閭闔閭乃封專諸之子以爲上卿其後七十餘年而晉有豫讓之事

豫讓者晉人也故嘗事范氏及中行氏而無所知名去而事智伯智伯甚尊寵之及智伯伐趙襄子趙襄子與韓魏合謀滅智伯滅智伯之後而三分其地趙襄子最怨智伯漆其頭以爲飲器豫讓遁逃山中曰嗟乎士爲知己者死女爲說己者容今智伯知我我必爲報讎而死以報智伯則吾魂魄不愧矣乃變名姓爲刑人入宮塗廁中挾匕首欲以刺襄子襄子如廁心動執問塗廁之刑人則豫讓內持刀兵曰欲爲智伯報仇左右欲誅之襄子曰彼義人也吾謹避之耳且智伯亡無後而其臣欲爲報仇此天下之賢人也卒醳去之居頃之豫讓又漆身爲厲吞炭爲啞使形狀不可知行乞於市其妻不識也行見其友其友

識之曰汝非豫讓邪曰我是也其友爲泣曰以子之才委質而臣事襄子襄子必近幸子近幸子乃爲所欲顧不易邪何乃殘身苦形欲以求報襄子不亦難乎豫讓曰既已委質臣事人而求殺之是懷二心以事其君也且吾所爲者極難耳然所以爲此者將以愧天下後世之爲人臣懷二心以事其君者也既去頃之襄子當出豫讓伏於所當過之橋下襄子至橋馬驚襄子曰此必是豫讓也使人問之果豫讓也於是襄子乃數豫讓曰子不嘗事范中行氏乎智伯盡滅之而子不爲報讎而反委質臣於智伯智伯亦已死矣而子獨何以爲之報讎之深也豫讓曰臣事范中行氏范中行氏皆衆人遇我我故衆人報之至於智伯國士遇我我故國士報之襄子喟然歎息而泣曰嗟乎豫子子之爲智伯名既成矣而寡人赦子亦已足矣子其自爲計寡人不復釋子使兵圍之豫讓曰臣聞明主不掩人之美而忠臣有死名之義前君已寬赦臣天下莫不稱君之賢今日之事臣固伏誅然願請君之衣而擊之焉以致報讎之意則雖死不恨非所敢望也敢布腹心於是襄子大義之乃使使持衣與豫讓豫讓拔劍三

躍而擊之曰吾可以下報智伯矣遂伏劍自殺死之日趙國志士聞之皆爲涕泣其後四十餘年而軹有聶政之事

聶政者軹深井里人也殺人避仇與母姊如齊以屠爲事久之濮陽嚴仲子事韓哀侯與韓相俠累有郤嚴仲子恐誅亡去游求人可以報俠累者至齊齊人或言聶政勇敢士也避仇隱於屠者之閒嚴仲子至門請數反然後具酒自暢聶政母前酒酣嚴仲子奉黃金百鎰前爲聶政母壽聶政驚怪其厚固謝嚴仲子嚴仲子固進而聶政謝曰臣幸有老母家貧客游以爲狗屠可以旦夕得甘毳以養親親供養備不敢當仲子之賜嚴仲子辟人因爲聶政言曰臣有仇而行游諸侯衆矣然至齊竊聞足下義甚高故進百金者將用爲大人麤糲之費得以交足下之驩豈敢以有求望邪聶政曰臣所以降志辱身居市井屠者徒幸以養老母老母在政身未敢以許人也嚴仲子固讓聶政竟不肯受也然嚴仲子卒備賓主之禮而去久之聶政母死既已葬除服聶政曰嗟乎政乃市井之人鼓刀以屠而嚴仲子乃諸侯之卿相也不遠千里枉車騎而交臣臣之所

以待之至淺鮮矣未有大功可以稱者而嚴仲子奉百金爲親壽我雖不受然是者徒深知政也夫賢者以感忿睚眦之意而親信窮僻之人而政獨安得嘿然而已乎且前日要政政徒以老母老母今以天年終政將爲知己者用乃遂西至濮陽見嚴仲子曰前日所以不許仲子者徒以親在今不幸而母以天年終仲子所欲報仇者爲誰請得從事焉嚴仲子具告曰臣之仇韓相俠累俠累又韓君之季父也宗族盛多居處兵衛甚設臣欲使人刺之衆終莫能就今足下幸而不棄請益其車騎壯士可爲足下輔翼者聶政曰韓之與衛相去中間不甚遠今殺人之相相又國君之親此其勢不可以多人多人不能無生得失生得失則語泄語泄是韓舉國而與仲子爲讎豈不殆哉遂謝車騎人徒聶政乃辭獨行杖劍至韓韓相俠累方坐府上持兵戟而衛侍者甚衆聶政直入上階刺殺俠累左右大亂聶政大呼所擊殺者數十人因自披面決眼自屠出腸遂以死韓取聶政屍暴於市購問莫知誰子於是韓購縣之有能言殺相俠累者予千金久之莫知也政姊榮聞人有刺殺韓相者賊不得國不知其名姓暴

其屍而縣之千金。乃於邑曰。其是吾弟與。嗟乎。嚴仲子知吾弟。立起如韓之市。而死者果政也。伏屍哭極哀。曰。是軹深井里所謂聶政者也。市行者諸衆人皆曰。此人暴虐吾國相。王縣購其名姓千金。夫人不聞與。何敢來識之也。榮應之曰。聞之。然政所以蒙汙辱自棄於市販之閒者。爲老母幸無恙。妾未嫁也。親既以天年下世。妾已嫁夫。嚴仲子乃察舉吾弟困污之中而交之。澤厚矣。可奈何。士固爲知己者死。今乃以妾尚在之故。重自刑以絶從。妾其奈何畏歿身之誅。終滅賢弟之名。大驚韓市人。乃大呼天者三。卒於邑悲哀而死政之旁。晉楚齊衞聞之。皆曰。非獨政能也。乃其姊亦烈女也。鄉使政誠知其姊無濡忍之志。不重暴骸之難。必絶險千里以列其名。姊弟俱僇於韓市者。亦未必敢以身許嚴仲子也。嚴仲子亦可謂知人能得士矣。其後二百二十餘年。秦有荊軻之事。

荊軻者。衞人也。其先乃齊人。徙於衞。衞人謂之慶卿。而之燕。燕人謂之荊卿。荊卿好讀書擊劍。以術說衞元君。衞元君不用。其後秦伐魏。置東郡。徙衞元君之支屬於野王。荊軻嘗游過榆次。與蓋聶論劍。蓋聶怒而目之。荊軻出。人或言復召荊卿蓋聶曰曩者吾與論劍有不稱者吾目之試往是宜去不敢留使使往之主人荊卿則已駕而去榆次矣使者還報蓋聶曰固去也吾曩者目攝之荊軻游於邯鄲魯句踐與荊軻博爭道魯句踐怒而叱之荊軻嘿而逃去遂不復會荊軻既至燕愛燕之狗屠及善擊筑者高漸離荊軻嗜酒日與狗屠及高漸離飲於燕市酒酣以往高漸離擊筑荊軻和而歌於市中相樂也已而相泣旁若無人者荊軻雖游於酒人乎然其爲人沈深好書其所游諸侯盡與其賢豪長者相結其之燕燕之處士田光先生亦善待之知其非庸人也（以上荊軻交遊蹤跡）居頃之會燕太子丹質秦亡歸燕燕太子丹者故嘗質於趙而秦王政生於趙其少時與丹驩及政立爲秦王而丹質於秦秦王之遇燕太子丹不善故丹怨而亡歸歸而求爲報秦王者國小力不能其後秦日出兵山東以伐齊楚三晉稍蠶食諸侯且至於燕燕君臣皆恐禍之至太子丹患之問其傅鞠武武對曰秦地徧天下威脅韓魏趙氏北有甘泉谷口之固南有涇渭之沃擅巴漢之饒右隴蜀之山左關殽之險民衆而士厲兵革有餘意有所出則長城之南易水以

北未有所定也奈何以見陵之怨欲批其逆鱗哉丹曰然則何由對曰請入圖之居有閒秦將樊於期得罪於秦王亡之燕太子受而舍之鞫武諫曰不可夫以秦王之暴而積怒於燕足爲寒心又況聞樊將軍之所在乎是謂委肉當餓虎之蹊也禍必不振矣雖有管晏不能爲之謀也願太子疾遣樊將軍入匈奴以滅口請西約三晉南連齊楚北購於單于其後迺可圖也太子曰太傅之計曠日彌久心惛然恐不能須臾且非獨於此也夫樊將軍窮困於天下歸身於丹丹終不以迫於彊秦而棄所哀憐之交置之匈奴是固丹命卒之時也願太傅更慮之鞫武曰夫行危欲求安造禍而求福計淺而怨深連結一人之後交不顧國家之大害此所謂資怨而助禍矣夫以鴻毛燎於爐炭之上必無事矣且以鵰鷙之秦行怨暴之怒豈足道哉以上燕丹與鞫武謀秦

燕有田光先生其爲人知深而勇沈可與謀太子曰願因太傅而得交於田先生可乎鞫武曰敬諾出見田先生道太子願圖國事於先生也田光曰敬奉教乃造焉太子逢迎卻行爲導跪而蔽席田光坐定左右無人太子避席而請曰燕秦不兩立願先生留意

也田光曰臣聞騏驥盛壯之時一日而馳千里至其衰老駑馬先之今太子聞光盛壯之時不知臣精已消亡矣雖然光不敢以圖國事所善荊卿可使也太子曰願因先生得結交於荊卿可乎田光曰敬諾即起趨出太子送至門戒曰丹所報先生所言者國之大事也願先生勿泄也田光俛而笑曰諾僂行見荊卿曰光與子相善燕國莫不知今太子聞光壯盛之時不知吾形已不逮也幸而教之曰燕秦不兩立願先生留意也光竊不自外言足下於太子也願足下過太子於宮荊軻曰謹奉教田光曰吾聞之長者爲行不使人疑之今太子告光曰所言者國之大事也願先生勿泄是太子疑光也夫爲行而使人疑之非節俠也欲自殺以激荊卿曰願足下急過太子言光已死明不言也因遂自刎而死荊軻遂見太子言田光已死致光之言太子再拜而跪膝行流涕有頃而後言曰丹所以誠田先生毋言者欲以成大事之謀也今田先生以死明不言豈丹之心哉（以上田光薦荊軻見燕丹）荊軻坐定太子避席頓首曰田先生不知丹之不肖使得至前敢有所道此天之所以哀燕而不棄其孤也今秦有貪利之心而欲

不可足也非盡天下之地臣海內之王者其意不厭今秦已虜韓王盡納其地又舉兵南伐楚北臨趙王翦將數十萬之衆距漳鄴而李信出太原雲中趙不能支秦必入臣入臣則禍至燕燕小弱數困於兵今計舉國不足以當秦諸侯服秦莫敢合從丹之私計愚以爲誠得天下之勇士使於秦闚以重利秦王貪其勢必得所願矣誠得劫秦王使悉反諸侯侵地若曹沫之與齊桓公則大善矣則不可因而刺殺之彼秦大將擅兵於外而內有亂則君臣相疑以其閒諸侯得合從其破秦必矣此丹之上願而不知所委命惟荆卿留意焉久之荆軻曰此國之大事也臣駑下恐不足任使太子前頓首固請毋讓然後許諾於是尊荆卿爲上卿舍上舍太子日造門下供太牢具異物閒進車騎美女恣荆軻所欲以順適其意以上燕丹與荆軻謀刺秦王久之荆軻未有行意秦將王翦破趙虜趙王盡收入其地進兵北略地至燕南界太子丹恐懼乃請荆軻曰秦兵旦暮渡易水則雖欲長侍足下豈可得哉荆軻曰微太子言臣願謁之今行而無信則秦未可親也夫樊將軍秦王購之金千斤邑萬家誠得樊將軍首與燕督亢之地

圖奉獻秦王秦王必說見臣臣乃得有以報太子曰樊將軍窮困來歸丹丹不忍以己之私而傷長者之意願足下更慮之荊軻知太子不忍乃遂私見樊於期曰秦之遇將軍可謂深矣父母宗族皆爲戮沒今聞購將軍首金千斤邑萬家將奈何於期仰天太息流涕曰於期每念之常痛於骨髓顧計不知所出耳荊軻曰今有一言可以解燕國之患報將軍之仇者何如於期乃前曰爲之奈何荊軻曰願得將軍之首以獻秦王秦王必喜而見臣臣左手把其袖右手揕其匈然則將軍之仇報而燕見陵之愧除矣將軍豈有意乎樊於期偏袒搤捥而進曰此臣之日夜切齒腐心也乃今得聞教遂自刭太子聞之馳往伏屍而哭極哀既已不可奈何乃遂盛樊於期首函封之(以上取樊於期之首)於是太子豫求天下之利匕首得趙人徐夫人匕首取之百金使工以藥焠之以試人血濡縷人無不立死者乃裝爲遣荊卿燕國有勇士秦舞陽年十三殺人人不敢忤視乃令秦舞陽爲副荊軻有所待欲與俱其人居遠未來而爲治行頃之未發太子遲之疑其改悔乃復請曰日已盡矣荊卿豈有意哉丹請得先遣秦舞陽荊軻

怒叱太子曰何太子之遣往而不反者豎子也且提一匕首入不測之彊秦僕所以留者待吾客與俱今太子遲之請辭決矣（以上求匕首秦舞陽爲副）及遂發太子及賓客知其事者皆白衣冠以送之至易水之上既祖取道高漸離擊筑荆軻和而歌爲變徵之聲士皆垂淚涕泣又前而爲歌曰風蕭蕭兮易水寒壯士一去兮不復還復爲羽聲忼慨士皆瞋目髮盡上指冠於是荆軻就車而去終已不顧遂至秦持千金之資幣物厚遺秦王寵臣中庶子蒙嘉嘉爲先言於秦王曰燕王誠振怖大王之威不敢舉兵以逆軍吏願舉國爲內臣比諸侯之列給貢職如郡縣而得奉守先王之宗廟恐懼不敢自陳謹斬樊於期之頭及獻燕督亢之地圖函封燕王拜送於庭使使以聞大王惟大王命之秦王聞之大喜乃朝服設九賓見燕使者咸陽宮（以上荆軻入秦）荆軻奉樊於期頭函而秦舞陽奉地圖柙以次進至陛秦舞陽色變振恐羣臣怪之荆軻顧笑舞陽前謝曰北蕃蠻夷之鄙人未嘗見天子故振慴願大王少假借之使得畢使於前秦王謂軻曰取舞陽所持地圖軻既取圖奏之秦王發圖圖窮而匕首見因左手把秦王之袖而

右手持匕首揕之未至身秦王驚自引而起袖絶拔劍劍長操其室時惶急劍堅故不可立拔荊軻逐秦王秦王環柱而走羣臣皆愕卒起不意盡失其度而秦法羣臣侍殿上者不得持尺寸之兵諸郎中執兵皆陳殿下非有詔召不得上方急時不及詔下兵以故荊軻乃逐秦王而卒惶急無以擊軻而以手共搏之是時侍醫夏無且以其所奉藥囊提荊軻也秦王方環柱走卒惶急不知所爲左右乃曰王負劍負劍遂拔以擊荊軻斷其左股荊軻廢乃引其匕首以擿秦王不中中銅柱秦王復擊軻軻被八創軻自知事不就倚柱而笑箕踞以罵曰事所以不成者以欲生刼之必得約契以報太子也於是左右旣前殺軻秦王不怡者良久已而論功賞羣臣及當坐者各有差而賜夏無且黃金二百鎰曰無且愛我乃以藥囊提荊軻也（以上荊軻刺秦王不中）於是秦王大怒益發兵詣趙詔王翦軍以伐燕十月而拔薊城燕王喜太子丹等盡率其精兵東保於遼東秦將李信追擊燕王急代王嘉乃遺燕王喜書曰秦所以尤追燕急者以太子丹故也今王誠殺丹獻之秦王秦王必解而社稷幸得血食其後李信追丹丹匿

衍水中燕王乃使使斬太子丹欲獻之秦秦復進兵攻之後五年秦卒滅燕虜燕王喜（以上秦滅燕）其明年秦幷天下立號爲皇帝於是秦逐太子丹荆軻之客皆亡高漸離變名姓爲人庸保匿作於宋子久之作苦聞其家堂上客擊筑傍徨不能去每出言曰彼有善有不善從者以告其主曰彼庸乃知音竊言是非家丈人召使前擊筑一坐稱善賜酒而高漸離念久隱畏約無窮時乃退出其裝匣中筑與其善衣更容貌而前舉坐客皆驚下與抗禮以爲上客使擊筑而歌客無不流涕而去者宋子傳客之聞於秦始皇秦始皇召見人有識者乃曰高漸離也秦皇帝惜其善擊筑重赦之乃矐其目使擊筑未嘗不稱善稍益近之高漸離乃以鉛置筑中復進得近舉筑扑秦皇帝不中於是遂誅高漸離終身不復近諸侯之人魯句踐已聞荆軻之刺秦王私曰嗟乎惜哉其不講於刺劍之術也甚矣吾不知人也曩者吾叱之彼乃以我爲非人也（以上高漸離魯句踐事）

太史公曰世言荆軻其稱太子丹之命天雨粟馬生角也太過又言荆軻傷秦王皆非也始公孫季功董生與夏無且游具知其事爲余道之如是自曹沫至

荆軻五人此其義或成或不成然其立意較然不欺其志名垂後世豈妄也哉

史記魏其武安侯列傳

魏其侯竇嬰者孝文后從兄子也父世觀津人喜賓客孝文時嬰爲吳相病免孝景初卽位爲詹事梁孝王者孝景弟也其母竇太后愛之梁孝王朝因昆弟燕飲是時上未立太子酒酣從容言曰千秋之後傳梁王太后驩竇嬰引卮酒進上曰天下者高祖天下父子相傳此漢之約也上何以得擅傳梁王太后由此憎竇嬰竇嬰亦薄其官因病免太后除竇嬰門籍不得入朝請以上魏其因抑梁孝王見疏廢孝景三年吳楚反上察宗室諸竇毋如竇嬰賢乃召嬰嬰入見固辭謝病不足任太后亦慙於是上曰天下方有急王孫甯可以讓邪乃拜嬰爲大將軍賜金千斤嬰乃言袁盎欒布諸名將賢士在家者進之所賜金陳之廊廡下軍吏過輒令財取爲用金無入家者竇嬰守滎陽監齊趙兵七國兵已盡破封嬰爲魏其侯諸游士賓客爭歸魏其侯孝景時每朝議大事條侯魏其侯諸列侯莫敢與亢禮以上魏其因破七國後貴盛孝景四年立栗太子使魏其侯爲太子傅孝景七年

栗太子廢。魏其數爭不能得。魏其謝病。屏居藍田南山之下。數月。諸賓客辯士說之莫能來。梁人高遂乃說魏其曰。能富貴將軍者上也。能親將軍者太后也。今將軍傅太子。太子廢而不能爭。爭不能得。又弗能死。自引謝病。擁趙女。屏閒處而不朝。相提而論。是自明揚主上之過。有如兩宮螫將軍。則妻子毋類矣。魏其侯然之。乃遂起。朝請如故。桃侯免相。竇太后數言魏其侯。孝景帝曰。太后豈以爲臣有愛不相魏其。魏其者。沾沾自喜耳。多易難以爲相持重。遂不用。用建陵侯衛綰爲丞相。（以上魏其因諫栗太子事復見疏）

武安侯田蚡者。孝景后同母弟也。生長陵。魏其已爲大將軍後。方盛。蚡爲諸郎未貴。往來侍酒魏其。跪起如子姪。及孝景晚節。蚡益貴幸。爲太中大夫。蚡辯有口。學槃盂諸書。王太后賢之。孝景崩。卽日太子立。稱制。所鎭撫多有田蚡賓客計筴。蚡弟田勝。皆以太后弟。孝景後三年。封蚡爲武安侯。勝爲周陽侯。武安侯新欲用事爲相。卑下賓客。進名士家居者貴之。欲以傾魏其諸將相。（以上武安初封侯貴盛）

建元元年。丞相綰病免。上議置丞相太尉。籍福說武安侯曰。魏其貴久矣。天下士素歸之、今將軍初興、未如魏其、即上以將軍爲丞相、必讓魏其、魏其爲丞相、將軍必爲太尉、太尉丞相尊等耳、又有讓賢名、武安侯乃微言太后風上、於是乃以魏其侯爲丞相、武安侯爲太尉、籍福賀魏其侯、因弔曰、君侯資性喜善疾惡、方今善人譽君侯、故至丞相、然君侯且疾惡、惡人衆亦且毀君侯、君侯能兼容則幸久、不能、今以毀去矣、魏其不聽、以上魏其爲丞相 魏其武安俱好儒術、推轂趙綰爲御史大夫。王臧爲郎中令。迎魯申公。欲設明堂。令列侯就國。除關以禮爲服制。以興太平。舉適諸竇宗室毋節行者。除其屬籍。時諸外家爲列侯。列侯多尚公主。皆不欲就國。以故毀日至竇太后。太后好黃老之言。而魏其武安趙綰王臧等務隆推儒術。貶道家言。是以竇太后滋不說魏其等。及建元二年。御史大夫趙綰請無奏事東宮。竇太后大怒。乃罷逐趙綰王臧等。而免丞相太尉。以柏至侯許昌爲丞相。武彊侯莊青翟爲御史大夫。魏其武安由此以侯家居。以上魏其武安皆以儒術罷絀 武安侯雖不任職。以王太后故親幸。數言事多效。天下吏士趨勢利者、皆去魏其歸武安、武安日益橫、建元六年、竇太后崩、丞相昌、御史大夫青翟坐喪事不辦免以武安侯蚡爲丞相以大司農韓安國爲御史大夫天下士郡國諸侯愈益附武安武安者貌侵生貴甚又以爲諸侯王多長上初卽位富於春秋蚡以肺腑爲京師相非痛折節以禮詘之天下不肅當是時丞相入奏事坐語移日所言皆聽薦人或起家至二千石權移主上上乃曰君除吏已盡未吾亦欲除吏嘗請考工地益宅上怒曰君何不遂取武庫是後乃退嘗召客飲坐其兄蓋侯南鄉自坐東鄉以爲漢相尊不可以兄故私橈武安由此滋驕治宅甲諸第田園極膏腴而市買郡縣器物相屬於道前堂羅鐘鼓立曲旃後房婦女以百數諸侯奉金玉狗馬玩好不可勝數魏其失竇太后益疏不用無勢諸客稍稍自引而怠傲惟灌將軍獨不失故魏其日默默不得志而獨厚遇灌將軍（以上武安爲丞相鼎盛魏其日疏）

灌將軍夫者潁陰人也夫父張孟嘗爲潁陰侯嬰舍人得幸因進之至二千石故蒙灌氏姓爲灌孟吳楚反時潁陰侯灌何爲將軍屬太尉請灌孟爲校尉夫以千人與父俱灌孟年老潁陰侯彊請之鬱鬱不得意故戰常陷堅遂死吳軍

中軍法父子俱從軍有死事得與喪歸灌夫不肯隨喪歸奮曰願取吳王若將軍頭以報父之仇於是灌夫被甲持戟募軍中壯士所善願從者數十人及出壁門莫敢前獨二人及從奴十數騎馳入吳軍至吳將麾下所殺傷數十人不得前復馳還走入漢壁皆亡其奴獨與一騎歸夫身中大創十餘適有萬金良藥故得無死夫創少瘳又復請將軍曰吾益知吳壁中曲折請復往將軍壯義之恐亡夫乃言太尉太尉乃固止之吳已破灌夫以此名聞天下（以上灌夫因破吳軍知名）

潁陰侯言之上上以夫爲中郎將數月坐法去後家居長安長安中諸公莫弗稱之孝景時至代相孝景崩今上初卽位以爲淮陽天下交勁兵處故徙夫爲淮陽太守建元元年入爲太僕二年夫與長樂衛尉竇甫飲輕重不得夫醉搏甫甫竇太后昆弟也上恐太后誅夫徙爲燕相數歲坐法去官家居長安（以上灌夫歷官及兩次失職家居）

灌夫爲人剛直使酒不好面諛貴戚諸有勢在己之右不欲加禮必陵之諸士在己之左愈貧賤尤益敬與鈞稱人廣衆薦寵下輩士亦以此多之夫不喜文學好任俠已然諾諸所與交通無非豪桀大猾家累數千萬食客

日數十百人陂池田園宗族賓客爲權利横於潁川潁川兒乃歌之曰潁水清灌氏寧潁水濁灌氏族灌夫家居雖富然失勢卿相侍中賓客益衰及魏其侯失勢亦欲倚灌夫引繩批根生平慕之後棄之者灌夫亦倚魏其而通列侯宗室爲名高兩人相爲引重其游如父子然相得驩甚無厭恨相知晚也（以上灌夫家）（及失勢後與魏其相得）灌夫有服過丞相丞相從容曰吾欲與仲孺過魏其侯會仲孺有服灌夫曰將軍乃肯幸臨況魏其侯夫安敢以服爲解請語魏其侯帳具將軍旦日蚤臨武安許諾灌夫具語魏其侯如所謂武安侯魏其與其夫人益市牛酒夜灑埽早帳具至旦平明令門下候伺至日中丞相不來魏其謂灌夫曰丞相豈忘之哉灌夫不懌曰夫以服請宜往乃駕自往迎丞相丞相特前戲許灌夫殊無意往及夫至門丞相尚臥於是夫入見曰將軍昨日幸許過魏其魏其夫妻治具自旦至今未敢嘗食武安鄂謝曰吾昨日醉忽忘與仲孺言乃駕往又徐行灌夫愈益怒及飲酒酣夫起舞屬丞相丞相不起夫從坐上語侵之魏其乃扶灌夫去謝丞相丞相卒飲至夜極驩而去（以上武安飲魏其家）丞相嘗使籍福請

魏其城南田．魏其大望曰．老僕雖棄．將軍雖貴．甯可以勢奪乎．不許．灌夫聞怒

罵籍福．籍福惡兩人有郄．乃謾自好謝丞相曰．魏其老且死．易忍且待之．已而

武安聞魏其灌夫實怒不予田．亦怒曰．魏其子嘗殺人．蚡活之．蚡事魏其無所

不可．何愛數頃田．且灌夫何與也．吾不敢復求田武安由此大怨灌夫魏其．元

光四年春丞相言灌夫家在潁川橫甚民苦之．請案．上曰此丞相事何請．灌夫

亦持丞相陰事．爲姦利受淮南王金與語言．賓客居閒．遂止．俱解．以上灌夫與武安搆衅

夏．丞相取燕王女爲夫人有太后詔召列侯宗室皆往賀魏其侯過灌夫欲與

俱．夫謝曰．夫數以酒失得過丞相．丞相今者又與夫有郄．魏其曰事已解．彊與

俱．飲酒酣．武安起爲壽．坐皆避席伏．已魏其侯爲壽．獨故人避席．耳餘半膝席．

灌夫不悅．起行酒．至武安．武安膝席曰．不能滿觴．夫怒因嘻笑曰．將軍貴人也．

屬之．時武安不肯行酒．次至臨汝侯．臨汝侯方與程不識耳語．又不避席．夫無

所發怒．乃罵臨汝侯曰．生平毀程不識不直一錢．今日長者爲壽．乃效女兒呫

囁耳語．武安謂灌夫曰．程李俱東西宮衛尉．今衆辱程將軍．仲孺獨不爲李將

軍地乎灌夫曰今日斬頭陷匈何知程李乎坐乃起更衣稍稍去魏其侯去麾灌夫出武安遂怒曰此吾驕灌夫罪乃令騎留灌夫灌夫欲出不得籍福起爲謝案灌夫項令謝夫愈怒不肯謝武安乃麾騎縛夫置傳舍召長史曰今日召宗室有詔劾灌夫罵坐不敬繫居室遂按其前事遣吏分曹逐捕諸灌氏支屬皆得棄市罪（以上灌夫罵坐）魏其侯大媿爲資使賓客請莫能解武安吏皆爲耳目諸灌氏皆亡匿夫繫遂不得告言武安陰事魏其銳身爲救灌夫夫人諫魏其曰灌將軍得罪丞相與太后家忤寗可救邪魏其侯曰侯自我得之自我捐之無所恨且終不令灌仲孺獨死嬰獨生乃匿其家竊出上書立召入具言灌夫醉飽事不足誅上然之賜魏其食曰東朝廷辯之（以上魏其出救灌夫）魏其之東朝盛推灌夫之善言其醉飽得過乃丞相以他事誣罪之武安又盛毀灌夫所爲橫恣罪逆不道魏其度不可奈何因言丞相短武安曰天下幸而安樂無事蚡得爲肺腑所好音樂狗馬田宅蚡所愛倡優巧匠之屬不如魏其灌夫日夜招聚天下豪桀壯士與論議腹誹而心謗不仰視天而俯畫地辟倪兩宮閒幸天下有變

而欲有大功臣乃不知魏其等所爲於是上問朝臣兩人孰是御史大夫韓安國曰魏其言灌夫父死事身荷戟馳入不測之吳軍身被數十創名冠三軍此天下壯士非有大惡爭杯酒不足引他過以誅也魏其言是也丞相亦言灌夫通姦猾侵細民家累巨萬橫恣潁川淩轢宗室侵犯骨肉此所謂枝大於本脛大於股不折必披丞相言亦是惟明主裁之主爵都尉汲黯是魏其內史鄭當時是魏其後不敢堅對餘皆莫敢對上怒內史曰公平生數言魏其武安長短今日廷論局趣效轅下駒吾并斬若屬矣卽罷起入上食太后太后亦已使人候伺具以告太后太后怒不食曰今我在也而人皆藉吾弟令我百歲後皆魚肉之矣且帝寧能爲石人邪此特帝在卽錄錄設百歲後是屬寧有可信者乎上謝曰俱宗室外家故廷辯之不然此一獄吏所決耳是時郎中令石建爲上分別言兩人事武安已罷朝出止車門召韓御史大夫載怒曰與長孺共一老禿翁何爲首鼠兩端韓御史良久謂丞相曰君何不自喜夫魏其毀君君當免冠解印綬歸曰臣以肺腑幸得待罪固非其任魏其言皆是如此上必多君有

讓不廢君魏其必內愧杜門齰舌自殺今人毀君君亦毀人譬如賈豎女子爭言何其無大體也武安謝罪曰爭時急不知出此（以上魏其武安廷辯）於是上使御史簿責魏其所言灌夫頗不讎欺謾劾繫都司空孝景時魏其常受遺詔曰事有不便以便宜論上及繫灌夫罪至族事日急諸公莫敢復明言於上魏其乃使昆弟子上書言之幸得復召見書奏上而案尚書大行無遺詔詔書獨藏魏其家家丞封乃劾魏其矯先帝詔罪當棄市五年十月悉論灌夫及家屬魏其良久乃聞聞卽恚病痱不食欲死或聞上無意殺魏其魏其復食治病議定不死矣乃有蜚語爲惡言聞上故以十二月晦論棄市渭城（以上灌夫族誅魏其棄市）其春武安侯病專呼服謝罪使巫視鬼者視之見魏其灌夫共守欲殺之竟死子恬嗣元朔三年武安侯坐衣襜褕入宮不敬淮南王安謀反覺治王前朝武安侯爲太尉時迎王至霸上謂王曰上未有太子大王最賢高祖孫卽宮車晏駕非大王立當誰哉淮南王大喜厚遺金財物上自魏其時不直武安特爲太后故耳及聞淮南王金事上曰使武安侯在者族矣

太史公曰。魏其武安皆以外戚重。灌夫用一時決筴而名顯。魏其之舉以吳楚。武安之貴在日月之際。然魏其誠不知時變。灌夫無術而不遜。兩人相翼。乃成禍亂。武安負貴而好權。杯酒責望。陷彼兩賢。嗚呼哀哉。遷怒及人。命亦不延。衆庶不載。竟被惡言。嗚呼哀哉。禍所從來矣。

史記游俠列傳

韓子曰。儒以文亂法。而俠以武犯禁。二者皆譏。而學士多稱於世云。至如以術取宰相卿大夫。輔翼其世主。功名俱著於春秋。固無可言者。及若季次原憲。閭巷人也。讀書懷獨行君子之德。義不苟合當世。當世亦笑之。故季次原憲終身空室蓬戶。褐衣疏食不厭。死而已四百餘年。而弟子志之不倦。今游俠其行雖不軌於正義。然其言必信。其行必果。已諾必誠。不愛其軀。赴士之阸困。既已存亡死生矣。而不矜其能。羞伐其德。蓋亦有足多者焉。且緩急人之所時有也。太史公曰。昔者虞舜窘於井廩。伊尹負於鼎俎。傅說匿於傅險。呂尚困於棘津。夷吾桎梏。百里飯牛。仲尼畏匡。菜色陳蔡。此皆學士所謂有道仁人也。猶然遭此菑況以中材而涉亂世之末流乎其遇害何可勝道哉鄙人有言曰何知仁義已饗其利者爲有德故伯夷醜周餓死首陽山而文武不以其故貶王跖蹻暴戾其徒誦義無窮由此觀之竊鉤者誅竊國者侯侯之門仁義存非虛言也今拘學或抱咫尺之義久孤於世豈若卑論儕俗與世沈浮而取榮名哉而布衣之徒設取予然諾千里誦義爲死不顧世此亦有所長非苟而已也故士窮窘而得委命此豈非人之所謂賢豪閒者耶誠使鄉曲之俠予季次原憲比權量力效功於當世不同日而論矣要以功見言信俠客之義又曷可少哉古布衣之俠靡得而聞已近世延陵孟嘗春申平原信陵之徒皆因王者親屬藉於有土卿相之富厚招天下賢者顯名諸侯不可謂不賢者矣比如順風而呼聲非加疾其勢激也至如閭巷之俠修行砥名聲施於天下莫不稱賢是爲難耳然儒墨皆排擯不載自秦以前匹夫之俠湮滅不見余甚恨之以余所聞漢興有朱家田仲王公劇孟郭解之徒雖時扞當世之文罔然其私義廉絜退讓有足稱者名不虛立士不虛附至如朋黨宗彊比周設財役貧豪暴侵淩孤弱恣欲

自快游俠亦醜之余悲世俗不察其意而猥以朱家郭解等令與暴豪之徒同類而共笑之也

魯朱家者與高祖同時魯人皆以儒教而朱家用俠聞所藏活豪士以百數其餘庸人不可勝言然終不伐其能歆其德諸所嘗施惟恐見之振人不贍先從貧賤始家無餘財衣不完采食不重味乘不過軥牛專趨人之急甚己之私既陰脫季布將軍之阸及布尊貴終身不見也自關以東莫不延頸願交焉楚田仲以俠聞喜劍父事朱家自以爲行弗及田仲已死而雒陽有劇孟周人以商賈爲資而劇孟以任俠顯諸侯吳楚反時條侯爲太尉乘傳車將至河南得劇孟喜曰吳楚舉大事而不求孟吾知其無能爲已矣天下騷動宰相得之若得一敵國云劇孟行大類朱家而好博多少年之戲然劇孟母死自遠方送喪蓋千乘及劇孟死家無餘十金之財而符離人王孟亦以俠稱江淮之閒是時濟南瞷氏陳周庸亦以豪聞景帝聞之使使盡誅此屬其後代諸白梁韓無辟陽翟薛兄陝韓孺紛紛復出焉

郭解軹人也字翁伯善相人者許負外孫也解父以任俠孝文時誅死解爲人短小精悍不飲酒少時陰賊慨不快意身所殺甚衆以軀借交報仇藏命作姦剽攻不休及鑄錢掘冢固不可勝數適有天幸窘急常得脫若遇赦及解年長更折節爲儉以德報怨厚施而薄望然其自喜爲俠益甚既已振人之命不矜其功其陰賊著於心卒發於睚眦如故云而少年慕其行亦輒爲報仇不使知也解姊子負解之勢與人飲使之嚼非其任彊必灌之人怒拔刀刺殺解姊子亡去解姊怒曰以翁伯之義人殺吾子賊不得棄其尸於道弗葬欲以辱解解使人微知賊處賊窘自歸具以實告解解曰公殺之固當吾兒不直遂去其賊罪其姊子乃收而葬之諸公聞之皆多解之義益附焉解出入人皆避之有一人獨箕踞視之解遣人問其名姓客欲殺之解曰居邑屋至不見敬是吾德不修也彼何罪乃陰屬尉史曰是人吾所急也至踐更時脫之每至踐更數過吏弗求怪之問其故乃解使脫之箕踞者乃肉袒謝罪少年聞之愈益慕解之行雒陽人有相仇者邑中賢豪居間者以十數終不聽客乃見郭解解夜見仇家

仇家曲聽解・解乃謂仇家曰・吾聞雒陽諸公在此閒・多不聽者・今子幸而聽解・解奈何乃從他縣奪人邑中賢大夫權乎・乃夜去・不使人知・曰・且無用待我・待我去・令雒陽豪居其閒・乃聽之・解執恭敬・不敢乘車入其縣廷・之旁郡國・爲人請求事・事可出・出之・不可者・各厭其意・然後乃敢嘗酒食・諸公以故嚴重之・爭爲用・邑中少年及旁近縣賢豪・夜半過門・常十餘車・請得解客舍養之・及徙豪富茂陵也・解家貧・不中訾・吏恐・不敢不徙・衞將軍爲言・郭解家貧・不中徙・上曰・布衣權至使將軍爲言・此其家不貧・解家遂徙・諸公送者出千餘萬・軹人楊季主子爲縣掾・舉徙解・解兄子斷楊掾頭・由此楊氏與郭氏爲仇・解入關・關中賢豪知與不知・聞其聲・爭交驩解・解爲人短小・不飲酒・出未嘗有騎・已又殺楊季主・楊季主家上書・人又殺之闕下・上聞・乃下吏捕解・解亡・置其母家室夏陽・身至臨晉・臨晉籍少公素不知解・解冒・因求出關・籍少公已出解・解轉入太原・所過輒告主人家・吏逐之・跡至籍少公・少公自殺・口絶・久之・乃得解・窮治所犯・爲解所殺・皆在赦前・軹有儒生侍使者坐・客譽郭解・生曰・郭解專以姦犯公法・何

謂賢解客聞殺此生斷其舌吏以此責解解實不知殺者殺者亦竟絶莫知爲誰吏奏解無罪御史大夫公孫弘議曰解布衣爲任俠行權以睚眦殺人解雖弗知此罪甚於解殺之當大逆無道遂族郭解翁伯自是之後爲俠者極衆敖而無足數者然關中長安樊仲子槐里趙王孫長陵高公子西河郭公仲太原鹵公孺臨淮兒長卿東陽田君孺雖爲俠而逡巡有退讓君子之風至若北道姚氏西道諸杜南道仇景東道趙他羽公子南陽趙調之徒此盜跖居民閒者耳曷足道哉此乃鄉者朱家之羞也

太史公曰吾視郭解狀貌不及中人言語不足採者然天下無賢與不肖知與不知皆慕其聲言俠者皆引以爲名諺曰人貌榮名豈有既乎於戲惜哉

序分三等人衞取卿相功名俱著一也季次原憲獨行君子二也游俠三也於游俠中又分三等人布衣閭巷之俠一也有土卿相之富二也暴豪恣欲之徒三也反側錯綜語南意北雖難見其鍼綫之迹

漢書霍光傳

霍光字子孟票騎將軍去病弟也父中孺河東平陽人也以縣吏給事平陽侯

家與侍者衛少兒私通而生去病中孺吏畢歸家娶婦生光因絕不相聞久之少兒女弟子夫得幸於武帝立為皇后去病以皇后姊子貴幸既壯大迺自知父為霍中孺未及求問會為票騎將軍擊匈奴道出河東河東太守郊迎負弩矢先驅至平陽傳舍遣吏迎霍中孺中孺趨入拜謁將軍迎拜因跪曰去病不早自知為大人遺體也中孺扶服叩頭曰老臣得託命將軍此天力也去病大為中孺買田宅奴婢而去還復過焉迺將光西至長安時年十餘歲任光為郎稍遷諸曹侍中去病死後光為奉車都尉光祿大夫出則奉車入侍左右出入禁闥二十餘年小心謹慎未嘗有過甚見親信（以上為郎侍中）征和二年衛太子為江充所敗而燕王旦廣陵王胥皆多過失是時上年老寵姬鉤弋趙倢伃有男上心欲以為嗣命大臣輔之察羣臣惟光任大重可屬社稷上迺使黃門畫者畫周公負成王朝諸侯以賜光後元二年春上游五柞宮病篤光涕泣問曰如有不諱誰當嗣者上曰君未諭前畫意邪立少子君行周公之事光頓首讓曰臣不如金日磾日磾亦曰臣外國人不如光上以光為大司馬大將軍日磾為車

騎將軍及太僕上官桀爲左將軍搜粟都尉桑弘羊爲御史大夫皆拜臥內牀下受遺詔輔少主明日武帝崩太子襲尊號是爲孝昭皇帝帝年八歲政事一決於光（以上受遺詔輔幼主）先是後元年侍中僕射莽何羅與弟重合侯通謀爲逆時光與金日磾上官桀等共誅之功未錄武帝病封璽書曰帝崩發書以從事遺詔封金日磾爲秺侯上官桀爲安陽侯光爲博陸侯皆以前捕反者功封時衞尉王莽子男忽侍中揚語曰帝病忽常在左右安得遺詔封三子事羣兒自相貴耳光聞之切讓王莽莽酖殺忽光爲人沈靜詳審長財七尺三寸白晳疏眉目美須頿每出入下殿門止進有常處郎僕射竊識視之不失尺寸其資性端正如此初輔幼主政自己出天下想聞其風采殿中嘗有怪一夜羣臣相驚光召尚符璽郎郎不肯授光光欲奪之郎按劍曰臣頭可得璽不可得也光甚誼之明日詔增此郎秩二等衆庶莫不多光（以上輔孝昭帝）光與左將軍桀結婚相親光長女爲桀子安妻有女年與帝相配桀因帝姊鄂邑蓋主內安女後宮爲倢伃數月立爲皇后父安爲票騎將軍封桑樂侯光時休沐出桀輒入代光決事桀父

子既尊盛。而德長公主。公主內行不修。近幸河閒丁外人。桀安欲爲外人求封。幸依國家故事以列侯尚公主者。光不許。又爲外人求光祿大夫。欲令得召見。又不許。長主大以是怨光。而桀安數爲外人求官爵弗能得。亦慙。自先帝時。桀已爲九卿。位在光右。及父子並爲將軍。有椒房中宮之重。皇后親安女。光迺其外祖。而顧專制朝事。繇是與光爭權。燕王旦自以昭帝兄。常懷怨望。及御史大夫桑弘羊建造酒榷鹽鐵。爲國興利。伐其功。欲爲子弟得官。亦怨恨光。於是蓋主上官桀安及弘羊皆與燕王旦通謀。詐令人爲燕王上書。言光出都肄郎羽林。道上稱蹕。太官先置。又引蘇武前使匈奴。拘留二十年不降。還迺爲典屬國。而大將軍長史敞亡功。爲搜粟都尉。又擅調益莫府校尉。光專權自恣。疑有非常。臣旦願歸符璽。入宿衛。察姦臣變。候司光出沐日奏之。桀欲從中下其事。桑弘羊當與諸大臣共執退光。書奏。帝不肯下。明旦。光聞之。止畫室中不入。上問大將軍安在。左將軍桀對曰。以燕王告其罪。故不敢入。有詔召大將軍。光入。免冠頓首謝。上曰。將軍冠。朕知是書詐也。將軍亡罪。光曰。陛下何以知之。上曰。將軍之廣明都郎屬耳調校尉以來未能十日燕王何以得知之且將軍爲非不須校尉是時帝年十四尚書左右皆驚而上書者果亡捕之甚急桀等懼白上小事不足遂上不聽後桀黨與有譖光者上輒怒曰大將軍忠臣先帝所屬以輔朕身敢有毀者坐之自是桀等不敢復言迺謀令長公主置酒請光伏兵格殺之因廢帝迎立燕王爲天子事發覺光盡誅桀安弘羊外人宗族燕王蓋主皆自殺（以上誅上官桀丁燕王蓋主）光威震海內昭帝既冠遂委任光訖十三年百姓充實四夷賓服元平元年昭帝崩亡嗣武帝六男獨有廣陵王胥在羣臣議所立咸持廣陵王王本以行失道先帝所不用光內不自安郎有上書言周太王廢太伯立王季文王舍伯邑考立武王惟在所宜雖廢長立少可也廣陵王不可以承宗廟言合光意光以其書視丞相敞等擢郎爲九江太守即日承皇太后詔遣行大鴻臚事少府樂成宗正德光祿大夫吉中郎將利漢迎昌邑王賀（以上光迎立昌邑王賀）賀者武帝孫昌邑哀王子也既至即位行淫亂光憂懣獨以問所親故吏大司農田延年延年曰將軍爲國柱石審此人不可何不建白太后更選賢

而立之光曰今欲如是於古嘗有此否延年曰伊尹相殷廢太甲以安宗廟後世稱其忠將軍若能行此亦漢之伊尹也光迺引延年給事中陰與車騎將軍張安世圖計遂召丞相御史將軍列侯中二千石大夫博士會議未央宮光曰昌邑王行昏亂恐危社稷如何羣臣皆驚鄂失色莫敢發言但唯唯而已田延年前離席按劍曰先帝屬將軍以幼孤寄將軍以天下以將軍忠賢能安劉氏也今羣下鼎沸社稷將傾且漢之傳謚常爲孝者以長有天下令宗廟血食也如令漢家絕祀將軍雖死何面目見先帝於地下乎今日之議不得旋踵羣臣後應者臣請劍斬之光謝曰九卿責光是也天下匈匈不安光當受難於是議者皆叩頭曰萬姓之命在於將軍惟大將軍令光卽與羣臣俱見白太后具陳昌邑王不可以承宗廟狀皇太后迺車駕幸未央承明殿詔諸禁門毋內昌邑羣臣王入朝太后還乘輦欲歸溫室中黃門宦者各持門扇王入門閉昌邑羣臣不得入王曰何爲大將軍跪曰有皇太后詔毋內昌邑羣臣王曰徐之何迺驚人如是光使盡驅出昌邑羣臣置金馬門外車騎將軍安世將羽林騎收縛

二百餘人皆送廷尉詔獄令故昭帝侍中中臣侍守王光敕左右謹宿衞卒有物故自裁令我負天下有殺主名王尚未自知當廢謂左右我故羣臣從官安得罪而大將軍盡繫之乎以上光議廢昌邑王賀頃之有太后詔召王王聞召意恐迺曰我安得罪而召我哉太后被珠襦盛服坐武帳中侍御數百人皆持兵期門武士陛戟陳列殿下羣臣以次上殿召昌邑王伏前聽詔光與羣臣連名奏王尚書令讀奏曰丞相臣敞大司馬大將軍臣光車騎將軍臣安世度遼將軍臣明友前將軍臣增後將軍臣充國御史大夫臣誼宜春侯臣譚當塗侯臣聖隨桃侯臣昌樂杜侯臣屠耆堂太僕臣延年太常臣昌大司農臣延年宗正臣德少府臣樂成廷尉臣光執金吾臣延壽大鴻臚臣賢左馮翊臣廣明右扶風臣德長信少府臣嘉典屬國臣武京輔都尉臣廣漢司隸校尉臣辟兵諸吏文學光祿大夫臣遷臣畸臣吉臣賜臣管臣勝臣梁臣長幸臣夏侯勝大中大夫臣德臣卬昧死言皇太后陛下臣敞等頓首死罪天子所以永保宗廟總壹海內者以慈孝禮誼賞罰爲本孝昭皇帝早棄天下亡嗣臣敞等議禮曰爲人後者爲

之子也昌邑王宜嗣後遣宗正大鴻臚光祿大夫奉節使徵昌邑王典喪服斬縗亡悲哀之心廢禮誼居道上不素食使從官略女子載衣車內所居傳舍始至謁見立爲皇太子常私買雞豚以食受皇帝信璽行璽大行前就次發璽不封從官更持節引內昌邑從官騶宰官奴二百餘人常與居禁闥內敖戲自之符璽取節十六朝暮臨令從官更持節從爲書曰皇帝問侍中君卿使中御府令高昌奉黃金千斤賜君卿取十妻大行在前殿發樂府樂器引內昌邑樂人擊鼓歌吹作俳倡會下還上前殿擊鐘磬召內泰壹宗廟樂人輦道牟首鼓吹歌舞悉奏眾樂發長安廚三太牢具祠閣室中祀已與從官飲啗駕法駕皮軒鸞旗驅馳北宮桂宮弄彘鬬虎召皇太后御小馬車使官奴騎乘遊戲掖庭中與孝昭皇帝宮人蒙等淫亂詔掖庭令敢泄言要斬太后曰止爲人臣子當悖亂如是邪王離席伏尚書令復讀曰取諸侯王列侯二千石綬及墨綬黃綬以幷佩昌邑郎官者免奴變易節上黃旄以赤發御府金錢刀劍玉器采繒賞賜所與游戲者與從官官奴夜飲湛沔於酒詔太官上乘輿食如故食監奏未釋

服未可御故食復詔太官趣具無關食監太官不敢具即使從官出買雞豚詔殿門內以爲常獨夜設九賓溫室延見姊夫昌邑關內侯祖宗廟祠未舉爲璽書使使者持節以三太牢祠昌邑哀王園廟稱嗣子皇帝受璽以來二十七日使者旁午持節詔諸官署徵發凡千一百二十七事文學光祿大夫夏侯勝等及侍中傅嘉數進諫以過失使人簿責勝縛嘉繫獄荒淫迷惑失帝王禮誼亂漢制度臣敞等數進諫不變更日以益甚恐危社稷天下不安臣敞等謹與博士臣霸臣雋舍臣德臣虞舍臣射臣倉議皆曰高皇帝建功業爲漢太祖孝文皇帝慈仁節儉爲太宗今陛下嗣孝昭皇帝後行淫辟不軌詩云藉曰未知亦既抱子五辟之屬莫大不孝周襄王不能事母春秋曰天王出居于鄭繇不孝出之絶之於天下也宗廟重於君陛下未見命高廟不可以承天序奉祖宗廟子萬姓當廢臣請有司御史大夫臣誼宗正臣德太常臣昌與太祝以一太牢具告祠高廟臣敞等昧死以聞皇太后詔曰可（以上羣臣於太后前宣讀奏書）光令王起拜受詔王曰聞天子有爭臣七人雖亡道不失天下光曰皇太后詔廢安得天子迺

即持其手解脫其璽組奉上太后扶王下殿出金馬門羣臣隨送王西面拜曰愚戇不任漢事起就乘輿副車大將軍光送至昌邑邸光謝曰王行自絕於天臣等駑怯不能殺身報德臣寧負王不敢負社稷願王自愛臣長不復見左右光涕泣而去羣臣奏言古者廢放之人屏於遠方不及以政請徙王賀漢中房陵縣太后詔歸賀昌邑賜湯沐邑二千戶昌邑羣臣坐亡輔導之誼陷王於惡光悉誅殺二百餘人出死號呼市中曰當斷不斷反受其亂(以上王賀歸昌邑)光坐庭中會丞相以下議定所立廣陵王已前不用及燕刺王反誅其子不在議中近親唯有衞太子孫號皇曾孫在民閒咸稱述焉光遂復與丞相敞等上奏曰禮曰人道親親故尊祖尊祖故敬宗大宗亡嗣擇支子孫賢者為嗣孝武皇帝曾孫病已武帝時有詔掖庭養視至今年十八師受詩論語孝經躬行節儉慈仁愛人可以嗣孝昭皇帝後奉承祖宗廟子萬姓臣昧死以聞皇太后詔曰可光遣宗正劉德至曾孫家尚冠里洗沐賜御衣太僕以軨獵車迎曾孫就齋宗正府入未央宮見皇太后封為陽武侯已而光奉上皇帝璽綬謁於高廟是為孝

宣皇帝。以上立宣帝 明年下詔曰。夫褒有德。賞元功。古今通誼也。大司馬大將軍光。宿衛忠正。宣德明恩。守節秉誼。以安宗廟。其以河北東武陽益封光萬七千戶。與故所食凡二萬戶。賞賜前後黃金七千斤。錢六千萬。雜繒三萬疋。奴婢百七十人。馬二千疋。甲第一區。自昭帝時。光子禹及兄孫雲皆中郎將。雲弟山奉車都尉侍中。領胡越兵。光兩女壻為東西宮衛尉。昆弟諸壻外孫皆奉朝請。為諸曹大夫騎都尉給事中。黨親連體。根據於朝廷。光自後元秉持萬機。及上即位。迺歸政。上謙讓不受。諸事皆先關白光。然後奏御天子。光每朝見。上虛己斂容。禮下之已甚。光秉政前後二十年。地節二年春病篤。車駕自臨問光病。上為之涕泣。光上書謝恩曰。願分國邑三千戶。以封兄孫奉車都尉山為列侯。奉兄票騎將軍去病祀。事下丞相御史。即日拜光子禹為右將軍。光薨。上及皇太后親臨光喪。太中大夫任宣與侍御史五人持節護喪事。中二千石治莫府冢上。賜金錢繒絮繡被百領。衣五十篋。璧珠璣玉衣。梓宮便房黃腸題湊各一具。樅木外臧椁十五具。東園溫明。皆如乘輿制度。載光尸柩以輼輬車。黃屋左纛。發材官輕車北軍五校士軍陳至茂陵以送其葬謚曰宣成侯發三河卒穿復土起冢祠堂置園邑三百家長丞奉守如舊法既葬封山爲樂平侯以奉車都尉領尚書事天子思光功德下詔曰故大司馬大將軍博陸侯宿衛孝武皇帝三十有餘年輔孝昭皇帝十有餘年遭大難躬秉誼率三公九卿大夫定萬世冊以安社稷天下蒸庶咸以康寧功德茂盛朕甚嘉之復其後世疇其爵邑世世無有所與功如蕭相國明年夏封太子外祖父許廣漢爲平恩侯復下詔曰宣成侯光宿衛忠正勤勞國家善善及後世其封光兄孫中郎將雲爲冠陽侯(以上光晚年門第之盛)

禹既嗣爲博陸侯太夫人顯改光時所自造塋制而侈大之起三出闕築神道北臨昭靈南出承恩盛飾祠室輦閣通屬永巷而幽良人婢妾守之廣治第室作乘輿輦加畫繡絪馮黃金塗韋絮薦輪侍婢以五采絲輓顯游戲第中初光愛幸監奴馮子都常與計事及顯寡居與子都亂而禹山亦並繕治第宅走馬馳逐平樂館雲當朝請數稱病私出多從賓客張圍獵黃山苑中使蒼頭奴上朝謁莫敢譴者而顯及諸女晝夜出入長信宮殿中亡期度(以上霍氏之驕侈)

宣帝自在民閒聞知霍氏尊盛日久內不能善光薨上始躬親朝政御史大夫魏相給事中顯謂禹雲山女曹不務奉大將軍餘業今大夫給事中他人壹閒女能復自救邪後兩家奴爭道霍氏奴入御史府欲蹋大夫門御史爲叩頭謝迺去人以謂霍氏顯等始知憂會魏大夫爲丞相數燕見言事平恩侯與侍中金安上等徑出入省中時霍山自若領尚書上令吏民得奏封事不關尚書羣臣進見獨往來於是霍氏甚惡之宣帝始立立微時許妃爲皇后顯愛小女成君欲貴之私使乳醫淳于衍行毒藥殺許后因勸光內成君代立爲后語在外戚傳始許后暴崩吏捕諸醫劾衍侍疾亡狀不道下獄吏簿問急顯恐事敗即具以實語光光大驚欲自發舉不忍猶與會奏上因署衍勿論光薨後語稍泄於是上始聞之而未察迺徙光女壻度遼將軍未央衛尉平陵侯范明友爲光祿勳次壻諸吏中郎將羽林監任勝出爲安定太守數月復出光姊壻給事中光祿大夫張朔爲蜀郡太守羣孫壻中郎將王漢爲武威太守頃之復徙光長女壻長樂衛尉鄧廣漢爲少府更以禹爲大司馬冠小冠亡印綬罷其右將軍

屯兵官屬特使禹官名與光俱大司馬者又收范明友度遼將軍印綬但爲光祿勳及光中女壻趙平爲散騎騎都尉光祿大夫將屯兵又收平騎都尉印綬諸領胡越騎羽林及兩宮衛將屯兵悉易以所親信許史子弟代之以上宣帝奪霍氏之權

禹爲大司馬稱病禹故長史任宣候問禹曰我何病縣官非我家將軍不得至是今將軍墳墓未乾盡外我家反任許史奪我印綬令人不省死宣見禹恨望深迺謂曰大將軍時何可復行持國權柄殺生在手中廷尉李种王平左馮翊賈勝胡及車丞相女壻少府徐仁皆坐逆將軍意下獄死使樂成小家子得幸將軍至九卿封侯百官以下但事馮子都王子方等視丞相亡如也各自有時今許史自天子骨肉貴正宜耳大司馬欲用是怨恨愚以爲不可禹默然數日起視事顯及禹山雲自見日侵削數相對啼泣自怨山曰今丞相用事縣官信之盡變易大將軍時法令以公田賦與貧民發揚大將軍過失又諸儒生多窶人子遠客飢寒喜妄說狂言不避忌諱大將軍常讎之今陛下好與諸儒生語人人自使書封事多言我家者嘗有上書言大將軍時主弱臣強專制擅權

今其子孫用事昆弟益驕恣恐危宗廟災異數見盡爲是也其言絶痛山屏不奏其書後上書者益黠盡奏封事輒使中書令出取之不關尚書益不信人顯曰丞相數言我家獨無罪乎山曰丞相廉正安得罪我家昆弟諸壻多不謹又聞民閒讙言霍氏毒殺許皇后寧有是邪顯恐急卽具以實告山雲禹山雲禹驚曰如是何不早告禹等縣官離散斥逐諸壻用是故也此大事誅罰不小柰何於是始有邪謀矣初趙平客石夏善爲天官語平曰熒惑守御星御星太僕奉車都尉也不黜則死平內憂山等雲舅李竟所善張赦見雲家卒卒謂竟曰今丞相與平恩侯用事可令太夫人言太后先誅此兩人移徙陛下在太后耳長安男子張章告之事下廷尉執金吾捕張赦石夏等後有詔止勿捕山等愈恐相謂曰此縣官重太后故不竟也然惡端已見又有弒許后事陛下雖寬仁恐左右不聽久之猶發發卽族矣不如先也遂令諸女各歸報其夫皆曰安所相避以上霍氏怨望私相計議會李竟坐與諸侯王交通辭語及霍氏有詔雲山不宜宿衛免就第光諸女遇太后無禮馮子都數犯法上幷以爲讓山禹等甚恐顯夢第

中井水溢流庭下竈居樹上又夢大將軍謂顯曰知捕兒不亟下捕之第中鼠暴多與人相觸以尾畫地鴞數鳴殿前樹上第門自壞雲尚冠里宅中門亦壞巷端人共見有人居雲屋上徹瓦投地就視亡有大怪之禹夢車騎聲正讙來捕禹舉家憂愁山曰丞相擅減宗廟羔菟鼃可以此罪也謀令太后爲博平君置酒召丞相平恩侯以下使范明友鄧廣漢承太后制引斬之因廢天子而立禹約定未發雲拜爲玄菟太守太中大夫任宣爲代郡太守山又坐寫祕書顯爲上書獻城西第入馬千匹以贖山罪書報聞會事發覺雲山明友自殺顯禹廣漢等捕得禹要斬顯及諸女昆弟皆棄市惟獨霍后廢處昭臺宮與霍氏相連坐誅滅者數千家上迺下詔曰迺者東織室令史張赦使魏郡豪李竟報冠陽侯雲謀爲大逆朕以大將軍故抑而不揚冀其自新今大司馬博陸侯禹與母宣成侯夫人顯及從昆弟子冠陽侯雲樂平侯山諸姊妹壻謀爲大逆欲詿誤百姓賴祖宗神靈先發得咸伏其辜朕甚悼之諸爲霍氏所詿誤事在丙申前未發覺在吏者皆赦除之男子張章先發覺以語期門董忠忠告左曹楊惲

惲告侍中金安上惲召見對狀後章上書以聞侍中史高與金安上建發其事言無入霍氏禁闥卒不得遂其謀皆讎有功封章爲博成侯忠高昌侯惲平通侯安上都成侯高樂陵侯以上霍氏之誅 初霍氏奢侈茂陵徐生曰霍氏必亡夫奢則不遜不遜必侮上侮上者逆道也在人之右衆必害之霍氏秉權日久害之者多矣天下害之而又行以逆道不亡何待迺上疏言霍氏泰盛陛下卽愛厚之宜以時抑制無使至亡書三上輒報聞其後霍氏誅滅而告霍氏者皆封人爲徐生上書曰臣聞客有過主人者見其竈直突傍有積薪客謂主人更爲曲突遠徙其薪不者且有火患主人嘿然不應俄而家果失火鄰里共救之幸而得息於是殺牛置酒謝其鄰人灼爛者在於上行餘各以功次坐而不錄言曲突者人謂主人曰鄉使聽客之言不費牛酒終亡火患今論功而請賓曲突徙薪亡恩澤燋頭爛額爲上客邪主人迺寤而請之今茂陵徐福數上書言霍氏且有變宜防絶之向使福說得行則國亡裂土出爵之費臣亡逆亂誅滅之敗往事既已而福獨不蒙其功唯陛下察之貴徙薪曲突之策使居焦髮灼爛之右

上迺賜福帛十疋後以爲郎以上賞徐福宣帝始立謁見高廟大將軍光從驂乘上內嚴憚之若有芒刺在背後車騎將車張安世代光驂乘天子從容肆體甚安近焉及光身死而宗族竟誅故俗傳之曰威震主者不畜霍氏之禍萌於驂乘至成帝時爲光置守冢百家吏卒奉祠焉元始二年封光從父昆弟曾孫陽爲博陸侯千戶

漢書李廣蘇建傳

李廣隴西成紀人也其先曰李信秦時爲將逐得燕太子丹者也廣世世受射孝文十四年匈奴大入蕭關而廣以良家子從軍擊胡用善射殺首虜多爲郎騎常侍數從射獵格殺猛獸文帝曰惜廣不逢時令當高祖世萬戶侯豈足道哉景帝即位爲騎郎將吳楚反時爲驍騎都尉從太尉亞夫戰昌邑下顯名以梁王授廣將軍印故還賞不行爲上谷太守數與匈奴戰典屬國公孫昆邪爲上泣曰李廣材氣天下亡雙自負其能數與虜确恐亡之上乃徙廣爲上郡太守匈奴入上郡上使中貴人從廣勒習兵擊匈奴中貴人者將數十騎從見匈

奴三人與戰射傷中貴人殺其騎且盡中貴人走廣廣曰是必射鵰者也廣乃從百騎往馳三人三人亡馬步行行數十里廣令其騎張左右翼而廣身自射彼三人者殺其二人生得一人果匈奴射鵰者也已縛之上山望匈奴數千騎見廣以爲誘騎驚上山陳廣之百騎皆大恐欲馳還走廣曰我去大軍數十里今如此走匈奴追射我立盡今我留匈奴必以我爲大軍之誘不我擊廣令曰前未到匈奴陳二里所止令曰皆下馬解鞍騎曰虜多如是解鞍即急奈何廣曰彼虜以我爲走今解鞍以示不去用堅其意有白馬將出護兵廣上馬與十餘騎奔射殺白馬將而復還至其百騎中解鞍縱馬臥時會暮胡兵終怪之弗敢擊夜半胡兵以爲漢有伏軍於旁欲夜取之即引去平旦廣乃歸其大軍後徙爲隴西北地雁門雲中太守（以上景帝時爲上郡上谷隴西等六郡太守）武帝即位左右言廣名將也由是入爲未央衛尉而程不識時亦爲長樂衛尉程不識故與廣俱以邊太守將屯及出擊胡而廣行無部曲行陳就善水草頓舍人人自便不擊刁斗自衛莫府省文書然亦遠斥候未嘗遇害程不識正部曲行伍營陳擊刁斗吏

治軍簿至明軍不得自便不識曰李將軍極簡易然虜卒犯之無以禁而其士亦佚樂爲之死我軍雖煩擾虜亦不得犯我是時漢邊郡李廣程不識爲名將然匈奴畏廣士卒多樂從而苦程不識不識孝景時以數直諫爲太中大夫爲人廉謹於文法（以上與程不識同爲衛尉）後漢誘單于以馬邑城使大軍伏馬邑旁而廣爲驍騎將軍屬護軍將軍單于覺之去漢軍皆無功後四歲廣以衛尉爲將軍出雁門擊匈奴匈奴兵多破廣軍生得廣單于素聞廣賢令曰得李廣必生致之胡騎得廣廣時傷置兩馬閒絡而盛之臥行十餘里廣陽死睨其傍有一兒騎善馬暫騰而上胡兒馬因抱兒鞭馬南馳數十里得其餘軍匈奴騎數百追之廣行取兒弓射殺追騎以故得脫於是至漢漢下廣吏吏當廣亡失多爲虜所生得當斬贖爲庶人數歲與故頴陰侯屏居藍田南山中射獵嘗夜從一騎出從人田閒飲還至亭霸陵尉醉呵止廣廣騎曰故李將軍尉曰今將軍尚不得夜行何故也宿廣亭下（以上爲匈奴所擒屏居藍田南山）居無何匈奴入遼西殺太守敗韓將軍韓將軍後徙居右北平死於是上乃召拜廣爲右北平太守廣請霸陵尉與

俱至軍而斬之上書自陳謝罪上報曰將軍者國之爪牙也司馬法曰登車不式遭喪不服振旅撫師以征不服率三軍之心同戰士之力故怒形則千里竦威振則萬物伏是以名聲暴於夷貉威稜憺乎鄰國夫報忿除害捐殘去殺朕之所圖於將軍也若迺免冠徒跣稽顙請罪豈朕之指哉將軍其率師東轅彌節白檀以臨右北平盛秋廣在郡匈奴號曰漢飛將軍避之數歲不入界廣出獵見草中石以爲虎而射之中石沒矢視之石也他日射之終不能入矣廣所居郡聞有虎常自射之及居右北平射虎虎騰傷廣廣亦射殺之以上爲右北平太守石建卒上召廣代爲郎中令元朔六年廣復爲將軍從大將軍出定襄諸將多中首虜率爲侯者而廣軍無功後三歲廣以郎中令將四千騎出右北平博望侯張騫將萬騎與廣俱異道行數百里匈奴左賢王將四萬騎圍廣廣軍士皆恐廣乃使其子敢往馳之敢從數十騎直貫胡騎出其左右而還報廣曰胡虜易與耳軍士乃安爲圜陳外鄉胡急擊矢下如雨漢兵死者過半漢矢且盡廣乃令持滿毋發而廣身自以大黃射其裨將殺數人胡虜益解會暮吏士無人色

而廣意氣自如益治軍軍中服其勇也明日復力戰而博望侯軍亦至匈奴迺解去漢軍罷弗能追是時廣軍幾沒罷歸漢法博望侯後期當死贖爲庶人廣軍自當亡賞以上從衛青出定襄與張騫出右北平兩次當匈奴無功初廣與從弟李蔡俱爲郎事文帝景帝時蔡積功至二千石武帝元朔中爲輕車將軍從大將軍擊右賢王有功中率封爲樂安侯元狩二年代公孫弘爲丞相蔡爲人在下中名聲出廣下遠甚然廣不得爵邑官不過九卿廣之軍吏及士卒或取封侯廣與望氣王朔語曰自漢擊匈奴廣未嘗不在其中而諸妄校尉已下材能不及中以軍功取侯者數十人廣不爲後人然終無尺寸功以得封邑者何也豈吾相不當侯邪朔曰將軍自念豈嘗有恨者乎廣曰吾爲隴西守羌嘗反吾誘降者八百餘人詐而同日殺之至今恨獨此耳朔曰禍莫大於殺已降此乃將軍所以不得侯者也廣歷七郡太守前後四十餘年得賞賜輒分其戲下飲食與士卒共之家無餘財終不言生產事爲人長爰臂其善射亦天性雖子孫他人學者莫能及廣吶口少言與人居則畫地爲軍陳射闊狹以飲專以射爲戲將兵乏絕處見水士

卒不盡飲不近水不盡餐不嘗食寬緩不苛士以此愛樂爲用其射見敵非在數十步之內度不中不發發卽應弦而倒用此其將數困辱及射猛獸亦數爲所傷云（以上雜序廣生平）元狩四年大將軍票騎將軍大擊匈奴廣數自請行上以爲老不許良久乃許之以爲前將軍大將軍青出塞捕虜知單于所居迺自以精兵走之而令廣幷於右將軍軍出東道東道少回遠大軍行水草少其勢不屯行廣辭曰臣部爲前將軍今大將軍乃徙臣出東道且臣結髮而與匈奴戰迺今一得當單于臣願居前先死單于大將軍陰受上指以爲李廣數奇毋令當單于恐不得所欲是時公孫敖新失侯爲中將軍大將軍亦欲使敖與俱當單于故徙廣廣知之固辭大將軍弗聽令長史封書與廣之莫府曰急詣部如書廣不謝大將軍而起行意象慍怒而就部引兵與右將軍食其合軍出東道惑失道後大將軍大將軍與單于接戰單于遁走弗能得而還南絕幕迺遇兩將軍廣已見大將軍還入軍（以上從衞青出擊匈奴失道後期）大將軍使長史持糒醪遺廣因問廣食其失道狀曰青欲上書報天子失軍曲折廣未對大將軍長史急責廣之

莫府上簿廣曰諸校尉亡罪乃我自失道吾今自上簿至莫府謂其麾下曰廣
結髮與匈奴大小七十餘戰今幸從大將軍出接單于兵而大將軍徙廣部行
回遠又迷失道豈非天哉且廣年六十餘終不能復對刀筆之吏矣遂引刀自
剄百姓聞之知與不知老壯皆為垂泣而右將軍獨下吏當死贖為庶人以上廣不
肯對簿自剄廣三子曰當戶椒敢皆為郎上與韓嫣戲嫣少不遜當戶擊嫣嫣走於
是上以為能當戶蚤死乃拜椒為代郡太守皆先廣死廣死軍中時敢從票騎
將軍廣死明年李蔡以丞相坐詔賜冢地陽陵當得二十畝蔡盜取三頃頗賣
得四十餘萬又盜取神道外壖地一畝葬其中當下獄自殺敢以校尉從票騎
將軍擊胡左賢王力戰奪左賢王旗鼓斬首多賜爵關內侯食邑二百戶代廣
為郎中令頃之怨大將軍青之恨其父迺擊傷大將軍大將軍匿諱之居無何
敢從上雍至甘泉宮獵票騎將軍去病怨敢傷青射殺敢去病時方貴幸上為
諱云鹿觸殺之居歲餘去病死敢有女為太子中人愛幸敢男禹有寵於太子
然好利亦有勇嘗與侍中貴人飲侵陵之莫敢應後愬之上上召禹使刺虎縣

下圈中未至地有詔引出之禹從落中以劍斫絶纍欲刺虎上壯之遂救止焉而當戶有遺腹子陵將兵擊胡兵敗降匈奴後人告禹謀欲亡從陵下吏死（以上廣之子孫）

陵字少卿少爲侍中建章監善騎射愛人謙讓下士甚得名譽武帝以爲有廣之風使將八百騎深入匈奴二千餘里過居延視地形不見虜還拜爲騎都尉將勇敢五千人教射酒泉張掖以備胡數年漢遣貳師將軍伐大宛使陵將五校兵隨後行至塞會貳師還上賜陵書陵留吏士與輕騎五百出敦煌至鹽水迎貳師還復留屯張掖（以上陵居酒泉張掖）天漢二年貳師將三萬騎出酒泉擊右賢王於天山召陵欲使爲貳師將輜重陵召見武臺叩頭自請曰臣所將屯邊者皆荆楚勇士奇材劍客也力扼虎射命中願得自當一隊到蘭干山南以分單于兵毋令專鄉貳師軍上曰將惡相屬邪吾發軍多毋騎予女陵對無所事騎臣願以少擊衆步兵五千人涉單于庭上壯而許之因詔彊弩都尉路博德將兵半道迎陵軍博德故伏波將軍亦羞爲陵後距奏言方秋匈奴馬肥未可與戰

臣願留陵至春俱將酒泉張掖騎各五千人並擊東西浚稽可必擒也書奏上怒疑陵悔不欲出而教博德上書迺詔博德吾欲予李陵騎云欲以少擊衆今虜入西河其引兵走西河遮鉤營之道詔陵以九月發出遮虜鄣至東浚稽山南龍勒水上徘徊觀虜即亡所見從浞野侯趙破奴故道抵受降城休士因騎置以聞所與博德言者云何具以書對（以上詔陵至浚稽山詔博德至西河）陵於是將其步卒五千人出居延北行三十日至浚稽山止營舉圖所過山川地形使麾下騎陳步樂還以聞步樂召見道陵將率得士死力上甚說拜步樂爲郎陵至浚稽山與單于相直騎可三萬圍陵軍軍居兩山閒以大車爲營陵引士出營外爲陳前行持戟盾後行持弓弩令曰聞鼓聲而縱聞金聲而止虜見漢軍少直前就營陵搏戰攻之千弩俱發應弦而倒虜還走上山漢軍追擊殺數千人單于大驚召左右地兵八萬餘騎攻陵陵且戰且引南行數日抵山谷中連戰士卒中矢傷三創者載輦兩創者將車一創者持兵戰陵曰吾士氣少衰而鼓不起者何也軍中豈有女子乎始軍出時關東羣盜妻子徙邊者隨軍爲卒妻婦大匿車

中陵搜得皆劍斬之明日復戰斬首三千餘級引兵東南循故龍城道行四五日抵大澤葭葦中虜從上風縱火陵亦令軍中縱火以自救南行至山下單于在南山上使其子將騎擊陵陵軍步鬬樹木閒復殺數千人因發連弩射單于單于下走（以上陵以步兵五千與匈奴三萬騎戰屢勝）是日捕得虜言單于曰此漢精兵擊之不能下日夜引吾南近塞得毋有伏兵乎諸當戶君長皆言單于自將數萬騎擊漢數千人不能滅後無以復使邊臣令漢益輕匈奴復力戰山谷閒尚四五十里得平地不能破乃還是時陵軍益急匈奴騎多戰一日數十合復傷殺虜二千餘人虜不利欲去會陵軍候管敢爲校尉所辱亡降匈奴具言陵軍無後救射矢且盡獨將軍麾下及成安侯校各八百人爲前行以黃與白爲幟當使精騎射之卽破矣成安侯者穎川人父韓千秋故濟南相奮擊南越戰死武帝封子延年爲侯以校尉隨陵單于得敢大喜使騎並攻漢軍疾呼曰李陵韓延年趣降遂遮道急攻陵陵居谷中虜在山上四面射矢如雨下漢軍南行未至鞮汗山一日五十萬矢皆盡卽棄車去士尚三千餘人徒斬車輻而持之軍吏持尺

刀抵山入陿谷單于遮其後乘隅下壘石士卒多死不得行昏後陵便衣獨步出營止左右毋隨我丈夫一取單于耳良久陵還太息曰兵敗死矣軍吏或曰將軍威震匈奴天命不遂後求道徑還歸如浞野侯爲虜所得後亡還天子客遇之況於將軍乎陵曰公止吾不死非壯士也於是盡斬旌旗及珍寶埋地中陵歎曰復得數十矢足以脫矣今無兵復戰天明坐受縛矣各鳥獸散猶有得脫歸報天子者令軍士人持二升糒一半冰期至遮虜鄣者相待夜半時擊鼓起士鼓不鳴陵與韓延年俱上馬壯士從者十餘人虜騎數千追之韓延年戰死陵曰無面目報陛下遂降（以上陵軍敗降匈奴）軍人分散脫至塞者四百餘人陵敗處去塞百餘里邊塞以聞上欲陵死戰召陵母及婦使相者視之無死喪色後聞陵降上怒甚責問陳步樂步樂自殺羣臣皆罪陵上以問太史令司馬遷遷盛言陵事親孝與士信常奮不顧身以殉國家之急其素所蓄積也有國士之風今舉事一不幸全軀保妻子之臣隨而媒櫱其短誠可痛也且陵提步卒不滿五千深輮戎馬之地抑數萬之師虜救死扶傷不暇悉舉引弓之民共攻圍之

轉鬭千里矢盡道窮士張空拳冒白刃北首爭死敵得人之死力雖古名將不過也身雖陷敗然其所摧敗亦足暴於天下彼之不死宜欲得當以報漢也初上遣貳師大軍出財令陵爲助兵及陵與單于相值而貳師功少上以遷誣罔欲沮貳師爲陵游說下遷腐刑久之上悔陵無救曰陵當發出塞迺詔彊弩都尉令迎軍坐預詔之得令老將生姦詐迺遣使勞賜陵餘軍得脫者陵在匈奴歲餘上遣因杅將軍公孫敖將兵深入匈奴迎陵敖軍無功還曰捕得生口言李陵教單于爲兵以備漢軍故臣無所得上聞於是族陵家母弟妻子皆伏誅隴西士大夫以李氏爲愧其後漢遣使使匈奴陵謂使者曰吾爲漢將步卒五千人橫行匈奴以亡救而敗何負於漢而誅吾家使者曰漢聞李少卿教匈奴爲兵陵曰迺李緒非我也李緒本漢塞外都尉居奚侯城匈奴攻之緒降而單于客遇緒常坐陵上陵痛其家以李緒而誅使人刺殺緒大閼氏欲殺陵單于匿之北方大閼氏死乃還單于壯陵以女妻之立爲右校王衞律爲丁靈王皆貴用事衞律者父本長水胡人律生長漢善協律都尉李延年延年薦言律使

匈奴使還會延年家收律懼幷誅亡還降匈奴匈奴愛之常在單于左右陵居外有大事迺入議（以上漢誅陵家屬陵在匈奴貴用事）昭帝立大將軍霍光左將軍上官桀輔政素與陵善遣陵故人隴西任立政等三人俱至匈奴招陵立政等至單于置酒賜漢使者李陵衞律皆侍坐立政等見陵未得私語即目視陵而數數自循其刀環握其足陰諭之言可還歸漢也後陵律持牛酒勞漢使博飲兩人皆胡服椎結立政大言曰漢已大赦中國安樂主上富於春秋霍子孟上官少叔用事以此言微動之陵墨不應孰視而自循其髮答曰吾已胡服矣有頃律起更衣立政曰咄少卿良苦霍子孟上官少叔謝女陵曰霍與上官無恙乎立政曰請少卿來歸故鄉毋憂富貴陵字立政曰少公歸易耳恐再辱奈何語未卒衞律還頗聞餘語曰李少卿賢者不獨居一國范蠡徧游天下由余去戎入秦今何語之親也因罷去立政隨謂陵曰亦有意乎陵曰丈夫不能再辱陵在匈奴二十餘年元平元年病死（以上任立政招陵）

蘇建杜陵人也以校尉從大將軍青擊匈奴封平陵侯以將軍築朔方後以衞

尉爲游擊將軍從大將軍出朔方後一歲以右將軍再從大將軍出定襄亡翕侯失軍當斬贖爲庶人其後爲代郡太守卒官有三子嘉爲奉車都尉賢爲騎都尉中子武最知名

武字子卿少以父任兄弟並爲郎稍遷至移中廄監時漢連伐胡數通使相窺觀匈奴留漢使郭吉路充國等前後十餘輩匈奴使來漢亦留之以相當天漢元年且鞮侯單于初立恐漢襲之迺曰漢天子我丈人行也盡歸漢使路充國等武帝嘉其義迺遣武以中郎將使持節送匈奴使留在漢者因厚賂單于答其善意武與副中郎將張勝及假吏常惠等募士斥候百餘人俱既至匈奴置幣遺單于單于益驕非漢所望也以上武使匈奴方欲發使送武等會緱王與長水虞常等謀反匈奴中緱王者昆邪王姊子也與昆邪王俱降漢後隨浞野侯沒胡中及衞律所將降者陰相與謀劫單于母閼氏歸漢會武等至匈奴虞常在漢時素與副張勝相知私候勝曰聞漢天子甚怨衞律常能爲漢伏弩射殺之吾母與弟在漢幸蒙其賞賜張勝許之以貨物與常後月餘單于出獵獨閼氏子

弟在虜常等七十餘人欲發其一人夜亡告之單于子弟發兵與戰緱王等皆死虞常生得單于使衛律治其事張勝聞之恐前語發以狀語武武曰事如此此必及我見犯迺死重負國欲自殺勝惠共止之虞常果引張勝單于怒召諸貴人議欲殺漢使者左伊秩訾曰卽謀單于何以復加宜皆降之單于使衛律召武受辭武謂惠等屈節辱命雖生何面目以歸漢引佩刀自刺衛律驚自抱持武馳召毉鑿地爲坎置熅火覆武其上蹈其背以出血武氣絶半日復息惠等哭輿歸營單于壯其節朝夕遣人候問武而收繫張勝（以上緱王虞常之變）武益愈單于使使曉武會論虞常欲因此時降武劍斬虞常已律曰漢使張勝謀殺單于近臣當死單于募降者赦罪舉劍欲擊之勝請降律謂武曰副有罪當相坐武曰本無謀又非親屬何謂相坐復舉劍擬之武不動律曰蘇君律前負漢歸匈奴幸蒙大恩賜號稱王擁衆數萬馬畜彌山富貴如此蘇君今日降明日復然空以身膏草野誰復知之武不應律曰君因我降與君爲兄弟今不聽吾計後雖欲復見我尙可得乎武罵律曰女爲人臣子不顧恩義畔主背親爲降虜於

蠻夷何以女爲見且單于信女使決人死生不平心持正反欲鬬兩主觀禍敗南越殺漢使者屠爲九郡宛王殺漢使者頭懸北闕朝鮮殺漢使者卽時誅滅獨匈奴未耳若知我不降明欲令兩國相攻匈奴之禍從我始矣以上衞律勸武降律知武終不可脅白單于單于愈益欲降之迺幽武置大窖中絕不飲食天雨雪武臥齧雪與旃毛幷咽之數日不死匈奴以爲神乃徙武北海上無人處使牧羝羝乳乃得歸別其官屬常惠等各置他所武旣至海上廩食不至掘野鼠去屮實而食之杖漢節牧羊臥起操持節旄盡落積五六年單于弟於靬王弋射海上武能網紡繳檠弓弩於靬王愛之給其衣食三歲餘王病賜武馬畜服匿穹廬王死後人衆徙去其冬丁令盜武牛羊武復窮厄以上海上牧羊初武與李陵俱爲侍中武使匈奴明年陵降不敢求武久之單于使陵至海上爲武置酒設樂因謂武曰單于聞陵與子卿素厚故使陵來說足下虛心欲相待終不得歸漢空自苦亡人之地信義安所見乎前長君爲奉車從至雍棫陽宮扶輦下除觸柱折轅劾大不敬伏劍自刎賜錢二百萬以葬孺卿從祠河東后土宦騎與黃

門駙馬爭船推墮駙馬河中溺死宦騎亡詔使孺卿逐捕不得惶恐飲藥而死來時太夫人已不幸陵送葬至陽陵子卿婦年少聞已更嫁矣獨有女弟二人兩女一男今復十餘年存亡不可知人生如朝露何久自苦如此陵始降時忽忽如狂自痛負漢加以老母繫保宮子卿不欲降何以過陵且陛下春秋高法令亡常大臣亡罪夷滅者數十家安危不可知子卿尚復誰為乎願聽陵計勿復有云武曰武父子亡功德皆為陛下所成就位列將爵通侯兄弟親近常願肝腦塗地今得殺身自效雖蒙斧鉞湯鑊誠甘樂之臣事君猶子事父也子為父死無所恨願勿復再言陵與武飲數日復曰子卿壹聽陵言武曰自分已死久矣王必欲降武請畢今日之驩效死於前陵見其至誠喟然歎曰嗟乎義士陵與衛律之罪上通於天因泣下霑衿與武決去（以上李陵勸武降）陵惡自賜武使其妻賜武牛羊數十頭後陵復至北海上語武區脫捕得雲中生口言太守以下吏民皆白服曰上崩武聞之南鄉號哭歐血旦夕臨數月昭帝即位數年匈奴與漢和親漢求武等匈奴詭言武死後漢使復至匈奴常惠請其守者與俱得

夜見漢使具自陳道教使者謂單于言天子射上林中得雁足有係帛書言武等在某澤中使者大喜如惠語以讓單于單于視左右而驚謝漢使曰武等實在於是李陵置酒賀武曰今足下還歸揚名於匈奴功顯於漢室雖古竹帛所載丹青所畫何以過子卿陵雖駑怯令漢且貰陵罪全其老母使得奮大辱之積志庶幾乎曹柯之盟此陵宿昔之所不忘也收族陵家爲世大戮陵尚復何顧乎已矣令子卿知吾心耳異域之人壹別長絕陵起舞歌曰徑萬里兮度沙幕爲君將兮奮匈奴路窮絕兮矢刃摧士衆滅兮名已隤老母已死雖欲報恩將安歸陵泣下數行因與武決單于召會武官屬前以降及物故凡隨武還者九人（以上匈奴許歸武）

武以始元六年春至京師詔武奉一太牢謁武帝園廟拜爲典屬國秩中二千石賜錢二百萬公田二頃宅一區常惠徐聖趙終根皆拜爲中郎賜帛各二百匹其餘六人老歸家賜錢人十萬復終身常惠後至右將軍封列侯自有傳武留匈奴凡十九歲始以彊壯出及還須髮盡白（以上武還漢）

武來歸明年上官桀子安與桑弘羊及燕王蓋主謀反武子男元與安有謀坐死初桀

安與大將軍霍光爭權數疏光過失予燕王令上書告之又言蘇武使匈奴二十年不降還迺爲典屬國大將軍長史無功勞爲搜粟都尉光顓權自恣及燕王等反誅窮治黨與武素與桀弘羊有舊數爲燕王所訟子又在謀中廷尉奏請逮捕武霍光寢其奏免武官數年昭帝崩武以故二千石與計謀立宣帝賜爵關內侯食邑三百戶久之衛將軍張安世薦武明習故事奉使不辱命先帝以爲遺言宣帝即時召武待詔宦者署數進見復爲右曹典屬國以武著節老臣令朝朔望號稱祭酒甚優寵之武所得賞賜盡以施予昆弟故人家不餘財皇后父平恩侯帝舅平昌侯樂昌侯車騎將軍韓增丞相魏相御史大夫丙吉皆敬重武武年老子前坐事死上閔之問左右武在匈奴久豈有子乎武因平恩侯自白前發匈奴時胡婦適產一子通國有聲問來願因使者致金帛贖之上許焉後通國隨使者至上以爲郎又以武弟子爲右曹武年八十餘神爵二年病卒（以上武晚年事）甘露三年單于始入朝上思股肱之美迺圖畫其人於麒麟閣法其形貌署其官爵姓名唯霍光不名曰大司馬大將軍博陸侯姓霍氏次曰

衛將軍富平侯張安世次曰車騎將軍龍頟侯韓增次曰後將軍營平侯趙充國次曰丞相高平侯魏相次曰丞相博陽侯丙吉次曰御史大夫建平侯杜延年次曰宗正陽城侯劉德次曰少府梁邱賀次曰太子太傅蕭望之次曰典屬國蘇武皆有功德知名當世是以表而揚之明著中興輔佐列於方叔召虎仲山甫焉凡十一人皆有傳自丞相黃霸廷尉于定國大司農朱邑京兆尹張敞右扶風尹翁歸及儒者夏侯勝等皆以善終著名宣帝之世然不得列於名臣之圖以此知其選矣（以上麒麟閣圖象）

贊曰李將軍恂恂如鄙人口不能出辭及死之日天下知與不知皆爲流涕彼其中心誠信於士大夫也諺曰桃李不言下自成蹊此言雖小可以喻大然三代之將道家所忌自廣至陵遂亡其宗哀哉孔子稱志士仁人有殺身以成仁無求生以害仁使於四方不辱君命蘇武有之矣

漢書趙尹韓張兩王傳

趙廣漢字子都涿郡蠡吾人也故屬河閒少爲郡吏州從事以廉絜通敏下士

爲名舉茂材平準令察廉爲陽翟令以治行尤異遷京輔都尉守京兆尹會昭
帝崩而新豐杜建爲京兆掾護作平陵方上建素豪俠賓客爲奸利廣漢聞之
先風告建不改於是收案致法中貴人豪長者爲請無不至終無所聽宗族賓
客謀欲篡取廣漢盡知其計議主名起居使吏告曰若計如此且幷滅家令數
吏將建棄市莫敢近者京師稱之以上敘杜建是時昌邑王徵卽位行淫亂大將軍
霍光與羣臣共廢王尊立宣帝廣漢以與議定策賜爵關內侯遷潁川太守郡
大姓原褚宗族橫恣賓客犯爲盜賊前二千石莫能禽制廣漢既至數月誅原
褚首惡郡中震栗先是潁川豪桀大姓相與爲婚姻吏俗朋黨廣漢患之厲使
其中可用者受記出有案問既得罪名行法罰之廣漢故漏泄其語令相怨咎
又教吏爲缿筩及得投書削其主名而託以爲豪桀大姓子弟所言其後彊宗
大族家家結爲仇讎姦黨散落風俗大改吏民相告訐廣漢得以爲耳目盜賊
以故不發發又輒得壹切治理威名流聞及匈奴降者言匈奴中皆聞廣漢以上
爲潁川太守本始二年漢發五將軍擊匈奴徵廣漢以太守將兵屬蒲類將軍趙充

國從軍還復用守京兆尹滿歲為真（以上敘歷官）廣漢為二千石以和顏接士其尉薦待遇吏殷勤甚備事推功善歸之於下曰某掾卿所為非二千石所及行之發於至誠吏見者皆輸寫心腹無所隱匿咸願為用僵仆無所避廣漢聰明皆知其能之所宜盡力與否其或負者輒先聞知風諭不改迺收捕之無所逃按之辠立具即時伏辠廣漢為人彊力天性精於吏職見吏民或夜不寢至旦尤善為鉤距以得事情鉤距者設欲知馬賈則先問狗已問羊又問牛然後及馬參伍其賈以類相準則知馬之貴賤不失實矣唯廣漢至精能行之它人效者莫能及也郡中盜賊閭里輕俠其根株窟穴所在及吏受取請求銖兩之姦皆知之（以上敘廣漢之精能）長安少年數人會窮里空舍謀共劫人坐語未訖廣漢使吏捕治具服富人蘇回為郎二人劫之有頃廣漢將吏到家自立庭下使長安丞龔奢叩堂戶曉賊曰京兆尹趙君謝兩卿無得殺質此宿衛臣也釋質束手得善相遇幸逢赦令或時解脫二人驚愕又素聞廣漢名即開戶出下堂叩頭廣漢跪謝曰幸全活郎甚厚送獄敕吏謹遇給酒肉至冬當出死豫為調棺給斂葬

具。告語之。皆曰死無所恨。廣漢嘗記召湖都亭長。湖都亭長西至界上。界上亭長戲曰。至府。爲我多謝問趙君。亭長既至。廣漢與語。問事畢。謂曰。界上亭長寄聲謝我。何以不爲致問。亭長叩頭服實有之。廣漢因曰。還爲吾謝界上亭長。勉思職事。有以自效。京兆不忘卿厚意。其發姦擿伏如神。皆此類也。廣漢奏請。令長安游徼獄吏秩百石。其後百石吏皆差自重。不敢枉法妄繫留人。京兆政清。吏民稱之不容口。長老傳以爲自漢興以來。治京兆者莫能及。左馮翊右扶風皆治長安中。犯法者從迹喜過京兆界。廣漢歎曰。亂吾治者常二輔也。誠令廣漢得兼治之。直差易耳。以上治京兆實蹟

初。大將軍霍光秉政。廣漢事光。及光薨後。廣漢心知微指。發長安吏自將。與俱至光子博陸侯禹第。直突入其門。廋索私屠酤。推破盧罌。斧斬其門關而去。時光女爲皇后。聞之。對帝涕泣。帝心善之。乃以召問廣漢。廣漢由是侵犯貴戚大臣。所居好用世吏子孫新進年少者。專厲彊壯蠭氣。見事風生。無所回避。率多果敢之計。莫爲持難。廣漢終以此敗。以上敘侵犯霍氏因及其致敗之由

初。廣漢客私酤酒長安市。丞相史逐去客。客疑男子蘇賢言之。以語

廣漢廣漢使長安丞按賢尉史禹故劾賢爲騎士屯霸上不詣屯所乏軍興賢父上書訟罪告廣漢事下有司覆治禹坐要斬請逮捕廣漢有詔即訊辭服會赦貶秩一等廣漢疑其邑子榮畜教令後以它法論殺畜人上書言之事下丞相御史案驗甚急廣漢使所親信長安人爲丞相府門卒令微司丞相門內不法事地節三年七月中丞相傅婢有過自絞死廣漢聞之疑丞相夫人妒殺之府舍而丞相奉齋酎入廟祠廣漢得此使中郎趙奉壽風曉丞相欲以脅之毋令窮正己事丞相不聽案驗愈急廣漢欲告之先問太史知星氣者言今年當有戮死大臣廣漢即上書告丞相罪制曰下京兆尹治廣漢知事迫切遂自將吏卒突入丞相府召其夫人跪庭下受辭收奴婢十餘人去責以殺婢事丞相魏相上書自陳妻實不殺婢廣漢數犯罪法不伏辜以詐巧迫脅臣相幸臣相寬不奏願下明使者治廣漢所驗臣相家事事下廷尉治罪實丞相自以過譴笞傅婢出至外第迺死不如廣漢言司直蕭望之劾奏廣漢摧辱大臣欲以劫持奉公逆節傷化不道宣帝惡之下廣漢廷尉獄又坐賊殺不辜鞫獄故不以

實·擅斥除騎士乏軍興數罪·以上廣漢迫脅魏丞相獲罪天子可其奏·吏民守闕號泣者數萬人·或言臣生無益縣官·願代趙京兆死·使得牧養小民·廣漢竟坐要斬·廣漢雖坐法誅·為京兆尹廉明·威制豪彊·小民得職·百姓追思·歌之至今·

尹翁歸·字子兄·河東平陽人也·徙杜陵·翁歸少孤·與季父居·為獄小吏·曉習文法·喜擊劍·人莫能當·是時大將軍霍光秉政·諸霍在平陽·奴客持刀兵入市鬭變·吏不能禁·及翁歸為市吏·莫敢犯者·公廉不受餽·百賈畏之·以上為市吏後去吏居家·會田延年為河東大守·行縣至平陽·悉召故吏五六十人·延年親臨見·令有文者東·有武者西·閱數十人·次到翁歸·獨伏不肯起·對曰·翁歸文武兼備·唯所施設·功曹以為此吏倨敖不遜·延年曰·何傷·遂召上辭問·甚奇其對·除補卒史·便從歸府·案事發姦·窮竟事情·延年大重之·自以能不及·翁歸徙署督郵·河東二十八縣·分為兩部·閎孺部汾北·翁歸部汾南·所舉應法·得其罪辜·屬縣長吏雖中傷·莫有怨者·舉廉為緱氏尉·歷守郡中·所居治理·遷補都內令·舉廉為弘農都尉·以上受知於田延年歷官督郵尉令都尉徵拜東海太守·過辭廷尉于定國·定國家在東

海欲屬託邑子兩人令坐後堂待見定國與翁歸語終日不敢見其邑子既去定國乃謂邑子曰此賢將汝不任事也又不可干以私翁歸治東海明察郡中吏民賢不肖及姦邪罪名盡知之縣縣各有記籍自聽其政有急名則少緩之吏民小解輒披籍縣縣收取黠吏豪民案致其罪高至於死收取人必於秋冬課吏大會中及出行縣不以無事時其有所取也以一警百吏民皆服恐懼改行自新東海大豪郯許仲孫爲姦猾亂吏治郡中苦之二千石欲捕者輒以力埶變詐自解終莫能制翁歸至論棄仲孫市一郡怖栗莫敢犯禁東海大治（以上爲東海太守）以高等入守右扶風滿歲爲真選用廉平疾姦吏以爲右職接待以禮好惡與同之其負翁歸罰亦必行治如在東海故迹姦邪罪名亦縣縣有名籍盜賊發其比伍中翁歸輒召其縣長吏曉告以姦黠主名教使用類推迹盜賊所過抵類常如翁歸言無有遺脫緩於小弱急於豪彊豪彊有論罪輸掌畜官使斫莝責以員程不得取代不中程輒笞督極者至以鈇自剄而死京師畏其威嚴扶風大治盜賊課常爲三輔最（以上爲右扶風）翁歸爲政雖任刑其在公卿之間

清絜自守語不及私然温良謙退不以行能驕人甚得名譽於朝廷視事數歲元康四年病卒家無餘財天子賢之制詔御史朕夙與夜寐以求賢爲右不異親疏近遠務在安民而已扶風翁歸廉平鄉正治民異等早夭不遂不得終其功業朕甚憐之其賜翁歸子黄金百斤以奉祭祠翁歸三子皆爲郡守少子岑歷位九卿至後將軍而閎孺亦至廣陵相有治名由是世稱田延年爲知人

韓延壽字長公燕人也徙杜陵少爲郡文學父義爲燕郎中剌王之謀逆也義諫而死燕人閔之是時昭帝富於春秋大將軍霍光持政徵郡國賢良文學問以得失時魏相以文學對策以爲賞罰所以勸善禁惡政之本也日者燕王爲無道韓義出身彊諫爲王所殺義無比干之親而蹈比干之節宜顯賞其子以示天下明爲人臣之義光納其言因擢延壽爲諫大夫以上因父而得顯賞遷淮陽太守治甚有名徙潁川潁川多豪彊難治國家常爲選良二千石先是趙廣漢爲太守患其俗多朋黨故構會吏民令相告訐一切以爲聰明潁川由是以爲俗民多怨讎延壽欲改更之教以禮讓恐百姓不從乃歷召郡中長老爲鄉里所信

向者數十人設酒具食親與相對接以禮意人人問以謠俗民所病苦爲陳和睦親愛銷除怨咎之路長老皆以爲便可施行因與議定嫁娶喪祭儀品略依古禮不得過法延壽於是令文學校官諸生皮弁執俎豆爲吏民行喪嫁娶禮百姓遵用其教賣偶車馬下里僞物者棄之市道數年徙爲東郡太守黃霸代延壽居潁川霸因其迹而大治（以上爲潁川太守）延壽爲吏上禮義好古教化所至必聘其賢士以禮待用廣謀議納諫爭舉行喪讓財表孝弟有行修治學官春秋鄉射陳鐘鼓管弦盛升降揖讓及都試講武設斧鉞旌旗習射御之事治城郭收賦租先明布告其日以期會爲大事吏民敬畏趨鄉之又置正五長相率以孝弟不得舍姦人閭里阡陌有非常吏輒聞知姦人莫敢入界其始若煩後吏無追捕之苦民無箠楚之憂皆便安之接待下吏恩施甚厚而約誓明或欺負之者延壽痛自刻責豈其負之何以至此吏聞者自傷悔其縣尉至自刺死及門下掾自剄人救不殊因瘖不能言延壽聞之對掾史涕泣遣吏醫治視厚復其家（以上敘延壽爲吏以禮服人）延壽嘗出臨上車騎吏一人後至敕功曹議罰白還至府

門門卒當車願有所言延壽止車問之卒曰孝經曰資於事父以事君而敬同故母取其愛而君取其敬兼之者父也今旦明府早駕久駐未出騎吏父來至府門不敢入騎吏聞之趨走出謁適會明府登車以敬父而見罰得毋虧大化乎延壽舉手輿中曰微子太守不自知過歸舍召見門卒卒本諸生聞延壽賢無因自達故代卒延壽遂待用之其納善聽諫皆此類也在東郡三歲令行禁止斷獄大減爲天下最（以上爲東郡太守）入守左馮翊滿歲稱職爲真歲餘不肯出行縣丞掾數自宜循行郡中覽觀民俗考長吏治迹延壽曰縣皆有賢令長督郵分明善惡於外行縣恐無所益重爲煩擾丞掾皆以爲方春月可壹出勸耕桑延壽不得已行縣至高陵民有昆弟相與訟田自言延壽大傷之曰幸得備位爲郡表率不能宣明教化至令民有骨肉爭訟既傷風化重使賢長吏嗇夫三老孝弟受其恥咎在馮翊當先退是日移病不聽事因入臥傳舍閉閤思過一縣莫知所爲令丞嗇夫三老亦皆自繫待罪於是訟者宗族傳相責讓此兩昆弟深自悔皆自髡肉袒謝願以田相移終死不敢復爭延壽大喜開閤延見內

酒肉與相對飲食厲勉以意告鄉部有以表勸悔過從善之民延壽迺起聽事勞謝令丞以下引見尉薦郡中歙然莫不傳相敕厲不敢犯延壽恩信周徧二十四縣莫復以辭訟自言者推其至誠吏民不忍欺紿以上爲左馮翊延壽代蕭望之爲左馮翊而望之遷御史大夫侍謁者福爲望之道延壽在東郡時放散官錢千餘萬望之與丞相丙吉議吉以爲更大赦不須考會御史當問事東郡望之因令并問之延壽聞知卽部吏案校望之在馮翊時廩犧官錢放散百餘萬廩犧吏掠治急自引與望之爲姦延壽劾奏移殿門禁止望之望之自奏職在總領天下聞事不敢不問而爲延壽所拘持上由是不直延壽各令窮竟所考望之卒無事實而望之遣御史案東郡具得其事延壽在東郡時試騎士治飾兵車畫龍虎朱爵延壽衣黃紈方領駕四馬傅總建幢棨植羽葆鼓車歌車功曹引車皆駕四馬載棨戟五騎爲伍分左右部軍假司馬千人持幢旁轂歌者先居射室望見延壽車噭咷楚歌延壽坐射室騎吏持戟夾陛列立騎士從者帶弓鞬羅後令騎士兵車四面營陳被甲鞮鞪居馬上抱弩負籣又使騎士戲車

弄馬盜驂延壽又取官銅物候月蝕鑄作刀劍鉤鐔放效尚方事及取官錢帛私假繇使吏及治飾車甲三百萬以上於是望之劾奏延壽上僭不道又自陳前爲延壽所奏今復舉延壽罪衆庶皆以臣懷不正之心侵寃延壽願下丞相中二千石博士議其罪以上延壽與蕭望之互考獲罪事下公卿皆以延壽前既無狀後復誣愬典法大臣欲以解罪狡猾不道天子惡之延壽竟坐棄市吏民數千人送至渭城老小扶持車轂爭奏酒炙延壽不忍距逆人人爲飲計飲酒石餘使掾史分謝送者遠苦吏民延壽死無所恨百姓莫不流涕延壽三子皆爲郎吏且死屬其子勿爲吏以己爲戒子皆以父言去官不仕至孫威迺復爲吏至將軍威亦多恩信能拊衆得士死力威又坐奢僭誅延壽之風類也

張敞字子高本河東平陽人也祖父孺爲上谷太守徙茂陵敞父福事孝武帝官至光祿大夫敞後隨宣帝徙杜陵敞本以鄉有秩補太守卒史察廉爲甘泉倉長稍遷太僕丞杜延年甚奇之會昌邑王徵卽位動作不由法度敞上書諫曰孝昭皇帝蚤崩無嗣大臣憂懼選賢聖承宗廟東迎之日惟恐屬車之行遲

今天子以盛年初即位天下莫不拭目傾耳觀化聽風國輔大臣未褒而昌邑小輩先遷此過之大者也後十餘日王賀廢敞以切諫顯名擢為豫州刺史以數上事有忠言宣帝徵敞為太中大夫與于定國並平尚書事以正違忤大將軍霍光而使主兵車出軍省減用度復出為函谷關都尉宣帝初即位廢王賀在昌邑上心憚之徙敞為山陽太守（以上敞歷官至太守）久之大將軍霍光薨宣帝始親政事封光兄孫山雲皆為列侯以光子禹為大司馬頃之山雲以過歸第霍氏諸壻親屬頗出補吏敞聞之上封事曰臣聞公子季友有功於魯大夫趙衰有功於晉大夫田完有功於齊皆疇其官邑延及子孫終後田氏簒齊趙氏分晉季氏顓魯故仲尼作春秋迹盛衰譏世卿最甚迺者大將軍決大計安宗廟定天下功亦不細矣夫周公七年耳而大將軍二十歲海內之命斷於掌握方其隆時感動天地侵迫陰陽月朓日蝕晝冥宵光地大震裂火生地中天文失度祆祥變怪不可勝記皆陰類盛長臣下顓制之所生也朝臣宜有明言曰陛下襃寵故大將軍以報功德足矣閒者輔臣顓政貴戚大盛君臣之分不明請罷

霍氏三侯皆就第。及衞將軍張安世宜賜几杖歸休。時存問召見。以列侯爲天子師。明詔以恩。不聽。羣臣以義固爭而後許。天下必以陛下爲不忘功德而朝臣爲知禮。霍氏世世無所患苦。今朝廷不聞直聲。而令明詔自親其文。非策之得者也。今兩侯以出。人情不相遠。以臣心度之。大司馬及其枝屬。必有畏懼之心。夫近臣自危。非完計也。臣敞願於廣朝白發其端。直守遠郡。其路無由。夫心之精微。口不能言也。言之微眇。書不能文也。故伊尹五就桀。五就湯。蕭相國薦淮陰。累歲乃得通。況乎千里之外。因書文諭事指哉。唯陛下省察。上甚善其計。然不徵也。（以上諫霍氏事）久之。勃海膠東盜賊並起。敞上書自請治之。曰臣聞忠孝之道。退家則盡心於親。進宦則竭力於君。夫小國中君。猶有奮不顧身之臣。況於明天子乎。今陛下游意於太平。勞精於政事。亹亹不舍晝夜。羣臣有司宜各竭力致身。山陽郡戶九萬三千。口五十萬以上。訖計盜賊未得者。七十七人。它課諸事。亦略如此。臣敞愚駑。既無以佐思慮。久處閒郡。身逸樂而忘國事。非忠孝之節也。伏聞膠東勃海左右郡。歲數不登。盜賊並起。至攻官寺。篡囚徒。搜市朝。

劫列侯吏失綱紀姦軌不禁臣敞不敢愛身避死唯明詔之所處願盡力摧挫其暴虐存撫其孤弱事卽有業所至郡條奏其所由廢及所以興之狀（以上自請治郡）

國書奏天子徵敞拜膠東相賜黃金三十斤敞辭之官自請治劇郡非賞罰無以勸善懲惡吏追捕有功效者願得壹切比三輔尤異天子許之敞到膠東明設購賞開羣盜令相捕斬除罪吏追捕有功上名尙書調補縣令者數十人由是盜賊解散傳相捕斬吏民歙然國中遂平居頃之王太后數出游獵敞奏書諫曰臣聞秦王好淫聲葉陽后爲不聽鄭衛之樂楚嚴好田獵樊姬爲之不食鳥獸之肉口非惡旨甘耳非憎絲竹也所以抑心意絕耆欲者將以率二君而全宗祀也禮君母出門則乘輜軿下堂則從傅母進退則鳴玉佩內飾則結綢繆此言尊貴所以自斂制不從恣之義也今太后資質淑美慈愛寬仁諸侯莫不聞而少以田獵縱欲爲名於以上聞亦未宜也惟觀覽於往古全行乎來今令后姬得有所法則下臣有所稱誦臣敞幸甚書奏太后止不復出（以上爲膠東相）是時潁川太守黃霸以治行第一入守京兆尹霸視事數月不稱罷歸潁川於是

制詔御史。其以膠東相敞守京兆尹。自趙廣漢誅後。比更守尹。如霸等數人皆不稱職。京師寖廢。長安市偷盜尤多。百賈苦之。上以問敞。敞以為可禁。敞既視事。求問長安父老。偷盜酋長數人。居皆溫厚。出從童騎。閭里以為長者。敞皆召見責問。因貰其罪。把其宿負。令致諸偷以自贖。偷長曰。今一旦召詣府。恐諸偷驚駭。願一切受署。敞皆以為吏。遣歸休。置酒。小偷悉來賀。且飲醉。偷長以赭汙其衣裾。吏坐里閭閱出者。汙赭輒收縛之。一日捕得數百人。窮治所犯。或一人百餘發。盡行法罰。由是枹鼓稀鳴。市無偷盜。天子嘉之。敞為人敏疾。賞罰分明。見惡輒取。時時越法縱舍。有足大者。其治京兆。略循趙廣漢之迹。方略耳目。發伏禁姦。不如廣漢。然敞本治春秋。以經術自輔。其政頗雜儒雅。往往表賢顯善。不醇用誅罰。以此能自全。竟免於刑戮。京兆典京師。長安中浩穰。於三輔尤為劇。郡國二千石以高第入守。及為真。久者不過二三年。近者數月一歲。輒毀傷失名。以罪過罷。惟廣漢及敞為久任職。敞為京兆。朝廷每有大議。引古今。處便宜。公卿皆服。天子數從之。然敞無威儀。時罷朝會。過走馬章臺街。使御吏騶。自以便面拊馬又爲婦畫眉長安中傳張京兆眉憮有司以奏敞上問之對曰臣聞閨房之內夫婦之私有過於畫眉者上愛其能弗備責也（以上爲京兆尹）然終不得大位敞與蕭望之于定國相善始敞與定國俱以諫昌邑王超遷定國爲大夫平尚書事敞出爲刺史時望之爲大行丞後望之先至御史大夫定國後至丞相敞終不過郡守爲京兆九歲坐與光祿勳楊惲厚善後惲坐大逆誅公卿奏惲黨友不宜處位等比皆免而敞奏獨寢不下敞使賊捕掾絮舜有所案驗舜以敞劾奏當免不肯爲敞竟事私歸其家人或諫舜舜曰吾爲是公盡力多矣今五日京兆耳安能復案事敞聞舜語卽部吏收舜繫獄是時冬月未盡數日案事吏晝夜驗治舜竟致其死事舜當出死敞使主簿持教告舜曰五日京兆竟何如冬月已盡延命乎迺棄舜市會立春行寃獄使者出舜家載尸幷編敞教自言使者使者奏敞賊殺不辜天子薄其罪欲令敞得自便利卽先下敞前坐楊惲不宜處位奏免爲庶人敞免奏既下詣闕上印綬便從闕下亡命數月京師吏民解弛枹鼓數起而冀州部中有大賊天子思敞功效使使者卽家在

所召敞敞身被重劾及使者至妻子家室皆泣惶懼而敞獨笑曰吾身亡命爲民郡吏當就捕今使者來此天子欲用我也卽裝隨使者詣公車上書曰臣前幸得備位列卿待罪京兆坐殺賊捕掾絮舜舜本臣敞素所厚吏數蒙恩貸以臣有章劾當免受記考事便歸臥家謂臣五日京兆背恩忘義傷化薄俗臣竊以舜無狀枉法以誅之臣敞賊殺無辜鞫獄故不直雖伏明法死無所恨以上敞獲罪亡命復起用及天子引見敞拜爲冀州刺史敞起亡命復奉使典州既到部而廣川王國羣輩不道賊連發不得敞以耳目發起賊主名區處誅其渠帥廣川王姬昆弟及王同族宗室劉調等通行爲之囊橐吏逐捕窮窘蹤迹皆入王宮敞自將郡國吏車數百兩圍守王宮搜索調等果得之殿屋重轑中敞傳吏皆捕格斷頭縣其頭王宮門外因劾奏廣川王天子不忍致法削其戶敞居部歲餘冀州盜賊禁止守太原太守滿歲爲眞太原郡清頃之宣帝崩元帝初卽位待詔鄭朋薦敞先帝名臣宜傅輔皇太子上以問前將軍蕭望之望之以爲敞能吏任治煩亂材輕非師傅之器天子使使者徵敞欲以爲左馮翊會病卒以上爲冀州刺

卒史及敞所誅殺太原吏吏家怨敞隨至杜陵刺殺敞中子璜敞三子官皆至都尉初敞爲京兆尹而敞弟武拜爲梁相是時梁王驕貴民多豪彊號爲難治敞問武欲何以治梁武敬憚兄謙不肯言敞使吏送至關戒吏自問武武應曰馭黠馬者利其銜策梁國大都吏民凋敝且當以杜後惠文彈治之耳秦時獄法吏冠柱後惠文武意欲以刑法治梁吏還道之敞笑曰審如掾言武必辨治梁矣武既到官其治有迹亦能吏也敞孫竦王莽時至郡守封侯博學文雅過於敞然政事不及也竦死敞無後以上家屬

王尊字子贛涿郡高陽人也少孤歸諸父使牧羊澤中尊竊學問能史書年十三求爲獄小吏數歲給事太守府問詔書行事尊無不對太守奇之除補書佐署守屬監獄久之尊稱病去事師郡文學官治尙書論語略通大義復召署守屬治獄爲郡決曹史數歲以令舉幽州刺史從事而太守察尊廉補遼西鹽官長數上書言便宜事事下丞相御史初元中舉直言遷號令轉守槐里兼行美陽令事春正月美陽女子告假子不孝曰兒常以我爲妻妒笞我尊聞之遣吏

收捕驗問辭服尊曰律無妻母之法聖人所不忍書此經所謂造獄者也尊於是出坐廷上取不孝子縣磔著樹使騎吏五人張弓射殺之吏民驚駭（以上曆官至槐里美陽令）後上行幸雍過虢尊供張如法而辦以高第擢爲安定太守到官出教告屬縣曰令長丞尉奉法守城爲民父母抑彊扶弱宣恩廣澤甚勞苦矣太守以今日至府願諸君卿勉力正身以率下故行貪鄙能變更者與爲治明慎所職毋以身試法又出教敕掾功曹各自底厲助太守爲治其不中用趣自避退毋久妨賢夫羽翮不修則不可以致千里闑內不理無以整外府丞悉署吏行能分別白之賢爲上毋以富賈人百萬不足與計事昔孔子治魯七日誅少正卯今太守視事已一月矣五官掾張輔懷虎狼之心貪汙不軌一郡之錢盡入輔家然適足以葬矣今將輔送獄直符史詣閤下從太守受其事丞戒之戒之相隨入獄矣輔繫獄數日死盡得其狡猾不道百萬姦臧威震郡中盜賊分散入傍郡界豪彊多誅傷伏辜者（以上爲安定太守）坐殘賊免起家復爲護羌將軍轉校尉護送軍糧委輸而羌人反絕轉道兵數萬圍尊尊以千餘騎奔突羌賊功未列

上坐擅離部署會赦免歸家涿郡太守徐明薦尊不宜久在閭巷上以尊爲郿令遷益州刺史先是琅琊王陽爲益州刺史行部至邛郲九折阪歎曰奉先人遺體奈何數乘此險後以病去及尊爲刺史至其阪問吏曰此非王陽所畏道邪吏對曰是尊叱其馭曰驅之王陽爲孝子王尊爲忠臣尊居部二歲懷來徼外蠻夷歸附其威信以上兩免官復爲益州刺史博士鄭寬中使行風俗舉奏尊治狀遷爲東平相是時東平王以至親驕奢不奉法度傅相連坐及尊視事奉璽書至庭中王未及出受詔尊持璽書歸舍食已迺還致詔後謁見王太傅在前說相鼠之詩尊曰毋持布鼓過雷門王怒起入後宮尊亦直趨出就舍先是王數私出入驅馳國中與后姬家交通尊到官召敕廄長大王當從官屬鳴和鸞乃出自今有令駕小車叩頭爭之言相教不得後尊朝王王復延請登堂尊謂王曰尊來爲相人皆弔尊也以尊不容朝廷故見使相王耳天下皆言王勇顧但負貴安能勇如尊乃勇耳王變色視尊意欲格殺之卽好謂尊曰願觀相君佩刀尊舉掖顧謂傍侍郎前引佩刀視王王欲誣相拔刀向王邪王情得又雅聞尊高

名大爲尊屈酌酒具食相對極驩太后徵史奏尊爲相倨慢不臣王血氣未定不能忍愚誠恐母子俱死今妾不得使王復見尊陛下不留意妾願先自殺不忍見王之失義也尊竟坐免爲庶人（以上爲東平相）大將軍王鳳奏請尊補軍中司馬擢爲司隸校尉初中書謁者令石顯貴幸專權爲奸邪丞相匡衡御史大夫張譚皆阿附畏事顯不敢言久之元帝崩成帝初即位顯徙爲中太僕不復典權衡譚迺奏顯舊惡請免顯等尊於是劾奏丞相衡御史大夫譚位三公典五常九德以總方略壹統類廣教化美風俗爲職知中書謁者令顯等專權擅勢大作威福縱恣不制無所畏忌爲海內患害不以時白奏行罰而阿諛曲從附下罔上懷邪迷國無大臣輔政之義皆不道在赦令前赦後衡譚舉奏顯不自陳不忠之罪而反揚著先帝任用傾覆之徒妄言百官畏之甚於主上卑君尊臣非所宜稱失大臣體又正月行幸曲臺臨饗罷衛士衡與中二千石大鴻臚賞等會坐殿門下衡南鄉賞等西鄉衡更爲賞布東鄉席起立延賞坐私語如食頃衡知行臨百官共職萬衆會聚而設不正之席使下坐上相比爲小惠於公

門之下。動不中禮。亂朝廷爵秩之位。衡又使官大奴入殿中問行起居。還言漏上十四刻行臨到。衡安坐不變色改容。無怵惕肅敬之心。驕慢不謹。皆不敬。有詔勿治。於是衡慙懼。免冠謝罪。上丞相侯印綬。天子以新即位。重傷大臣。迺下御史丞問狀。劾奏尊妄詆欺非謗赦前事。猥歷奏大臣。無正法。飾成小過。以塗污宰相。摧辱公卿。輕薄國家。奉使不敬。有詔左遷尊爲高陵令。數月以病免。以上爲司隸校尉劾匡衡等會南山羣盜傰宗等數百人爲吏民害。拜故弘農太守傅剛爲校尉將迹射士千人逐捕。歲餘不能禽。或說大將軍鳳。賊數百人在轂下。發軍擊之不能得。難以視四夷。獨選賢京兆尹乃可。於是鳳薦尊。徵爲諫大夫守京輔都尉。行京兆尹事。旬月閒盜賊清。遷光祿大夫守京兆尹。後爲真。凡三歲。坐遇使者無禮。司隸遣假佐放奉詔書白尊發吏捕人。放謂尊。詔書所捕宜密。尊曰治所公正。京兆善漏泄人事。放曰。所捕宜今發吏。尊又曰。詔書無京兆文。不當發吏。及長安繫者三月閒千人以上。尊出行縣。男子郭賜自言尊。許仲家十餘人共殺賜兄賞。公歸舍。吏不敢捕。尊行縣還。上奏曰。彊不陵弱。各得其所。寬大之政行和平之氣通御史大夫忠奏尊暴虐不改外爲大言倨嫚姍上威信日廢不宜備位九卿尊坐免吏民多稱惜之（以上爲京兆功旋免）湖三老公乘興等上書訟尊治京兆功效日著往者南山盜賊阻山橫行剽刦良民殺奉法吏道路不通城門至以警戒步兵校尉使逐捕暴師露衆曠日煩費不能禽制二卿坐黜羣盜寖彊吏氣傷沮流聞四方爲國家憂當此之時有能捕斬不愛金爵重賞關內侯寬中使問所徵故司隸校尉王尊捕羣盜方略拜爲諫大夫守京輔都尉行京兆尹事尊盡節勞心夙夜思職卑體下士厲奔北之吏起沮傷之氣二旬之閒大黨震壞渠率效首賊亂蠲除民反農業拊循貧弱鉏耘豪彊長安宿豪大猾東市賈萬城西萬章翦張禁酒趙放杜陵楊章等皆通邪結黨挾養姦軌上干王法下亂吏治幷兼役使侵漁小民爲百姓豺狼更數二千石二十年莫能禽討尊以正法案誅皆伏其辜姦邪銷釋吏民說服尊撥劇整亂誅暴禁邪皆前所稀有名將所不及雖拜爲真未有殊絕褒賞加於尊身今御史大夫奏尊傷害陰陽爲國家憂無承用詔書之意靖言庸違象龔滔天原其所以出御

史丞楊輔故爲尊書佐素行陰賊惡口不信好以刀筆陷人於法輔常醉過尊大奴利家利家捽搏其頰兄子閎拔刀欲剄之輔以故深怨疾毒欲傷害尊疑輔內懷怨恨外依公事建畫爲此議傳致奏文浸潤加誣以復私怨昔白起爲秦將東破韓魏南拔郢都應侯譖之賜死杜郵吳起爲魏守西河而秦韓不敢犯讒人間焉斥逐奔楚秦聽浸潤以誅良將魏信讒言以逐賢守此皆偏聽不聽失人之患也臣等竊痛傷尊修身潔己砥節首公刺譏不憚將相誅惡不避豪彊誅不制之賊解國家之憂功著職修威信不廢誠國家爪牙之吏折衝之臣今一旦無辜制於仇人之手傷於詆欺之文上不得以功除罪下不得蒙棘木之聽獨掩怨讎之偏奏被共工之大惡無所陳怨愬罪尊以京師廢亂羣盜並興選賢徵用起家爲卿賊亂既除豪猾伏辜即以佞巧廢黜一尊之身三期之間乍賢乍佞豈不甚哉孔子曰愛之欲其生惡之欲其死是惑也浸潤之譖不行焉可謂明矣願下公卿大夫博士議郎定尊素行夫人臣而傷害陰陽死誅之罪也靖言庸違放殛之刑也審如御史章尊乃當伏觀闕之誅放於無人

之域。不得苟免。及任舉尊者。當獲選舉之辜。不可但已。即不如章飾文深詆以愬無罪。亦宜有誅。以懲讒賊之口。絕詐欺之俗。惟明主參詳。使白黑分別。（以上公乘興訟尊之冤）書奏。天子復以尊為徐州刺史。遷東郡太守。久之。河水盛溢。泛浸瓠子金隄。老弱奔走。恐水大決為害。尊躬率吏民。投沈白馬。祀水神河伯。尊親執圭璧。使巫策祝。請以身填金隄。因止宿。廬居隄上。吏民數千萬人爭叩頭救止尊。尊終不肯去。及水盛隄壞。吏民皆奔走。惟一主簿泣在尊旁。立不動。而水波稍卻迴還。吏民嘉壯尊之勇節。白馬三老朱英等奏其狀。下有司考。皆如言。於是制詔御史。東郡河水盛長。毀壞金隄。未決三尺。百姓惶恐奔走。太守身當水衝。履咫尺之難。不避危殆。以安衆心。吏民復還就作。水不為災。朕甚嘉之。秩尊中二千石。加賜黃金二十斤。（以上為東郡太守保河隄）數歲。卒官。吏民紀之。尊子伯亦為京兆尹。坐耎弱不勝任免。

王章字仲卿。泰山鉅平人也。少以文學為官。稍遷至諫大夫。在朝廷名敢直言。元帝初擢為左曹中郎將。與御史中丞陳咸相善。共毀中書令石顯。為顯所陷。

咸減死髡章免官成帝立徵章爲諫大夫遷司隸校尉大臣貴戚敬憚之以上毀石顯著節王尊免後代者不稱職章以選爲京兆尹時帝舅大將軍王鳳輔政章雖爲鳳所舉非鳳專權不親附鳳會日有蝕之章奏封事召見言鳳不可任用宜更選忠賢上初納受章言後不忍退鳳章由是見疑遂爲鳳所陷罪至大逆語在元后傳以上爲京兆尹獲罪初章爲諸生學長安獨與妻居章疾病無被臥牛衣中與妻決涕泣其妻呵怒之曰仲卿京師尊貴在朝廷人誰踰仲卿者今疾病困戹不自激卬乃反涕泣何鄙也後章仕宦歷位及爲京兆欲上封事妻又止之曰人當知足獨不念牛衣中涕泣時邪章曰非女子所知也書遂上果下廷尉獄妻子皆收繫章小女年可十二夜起號哭曰平生獄上呼囚數常至九今八而止我君素剛先死者必君明日問之章果死妻子皆徙合浦以上紀其妻子之語大將軍鳳薨後弟成都侯商復爲大將軍輔政白上還章妻子故郡其家屬皆完具采珠致產數百萬時蕭育爲泰山太守悉令贖還故田宅章爲京兆二歲死不以其罪衆庶寃紀之號曰三王王駿自有傳駿卽王陽子也

贊曰・自孝武置左馮翊・右扶風・京兆尹・而吏民爲之語曰・前有趙張後有三王・然劉向獨序趙廣漢・尹翁歸・韓延壽・馮商傳王尊・揚雄亦如之・廣漢聰明・下不能欺・延壽厲善・所居移風・然皆訐上不信・以失身墮功・翁歸抱公絜己・爲近世表・張敞衎衎・履忠進言・緣飾儒雅・刑罰必行・縱赦有度・條教可觀・然被輕嫮之名・王尊文武自將・所在必發・譎詭不經・好爲大言・王章剛直守節・不量輕重・以陷刑戮・妻子流遷・哀哉・

經史百家雜鈔卷十八

經史百家雜鈔卷十九目錄

傳誌之屬上編三

經史百家雜鈔卷十九

湘鄉曾國藩纂　　合肥李鴻章校刊

傳誌之屬上編三

漢書楊胡朱梅云傳

楊王孫者孝武時人也學黃老之術家業千金厚自奉養生亡所不致及病且終先令其子曰吾欲臝葬以返吾真必亡易吾意死則爲布囊盛尸入地七尺既下從足引脫其囊以身親土其子欲默而不從重廢父命欲從之心又不忍迺往見王孫友人祁侯祁侯與王孫書曰王孫苦疾僕迫從上祠雍未得詣前願存精神省思慮進醫藥厚自持竊聞王孫先令臝葬令死者亡知則已若其有知是戮尸地下將臝見先人竊爲王孫不取也且孝經曰爲之棺槨衣衾是亦聖人之遺制何必區區獨守所聞願王孫察焉以上祁侯書王孫報曰蓋聞古之聖王緣人情不忍其親故爲制禮今則越之吾是以臝葬將以矯世也夫厚葬誠亡益於死者而俗人競以相高靡財單幣腐之地下或迺今日入而明日發

此真與暴骸於中野何異且夫死者終生之化而物之歸者也歸者得至化者
得變是物各反其真也反真冥冥亡形亡聲迺合道情夫飾外以華衆厚葬以
鬲真使歸者不得至化者不得變是使物各失其所也且吾聞之精神者天之
有也形骸者地之有也精神離形各歸其真故謂之鬼鬼之爲言歸也其尸塊
然獨處豈有知哉裹以幣帛鬲以棺槨支體絡束口含玉石欲化不得鬱爲枯
腊千載之後棺槨朽腐迺得歸土就其真宅繇是言之焉用久客昔帝堯之葬
也窾木爲匵葛藟爲緘其穿下不亂泉上不泄殠故聖王生易尚死易葬也不
加功於亾用不損財於亾謂今費財厚葬留歸鬲至死者不知生者不得是謂
重惑於戲吾不爲也祁侯曰善遂贏葬以上王孫答書

胡建字子孟河東人也孝武天漢中守軍正丞貧亾車馬常步與走卒起居所
以尉薦走卒甚得其心時監軍御史爲姦穿北軍壘垣以爲賈區建欲誅之迺
約其走卒曰我欲與公有所誅吾言取之則取斬之則斬於是當選士馬日監
御史與護軍諸校列坐堂皇上建從走卒趨至堂皇下拜謁因上堂走卒皆上

建指監御史曰取彼走卒前曳下堂皇建曰斬之遂斬御史護軍諸校皆愕驚不知所以建亦已有成奏在其懷中遂上奏曰臣聞軍法立武以威衆誅惡以禁邪今監御史公穿軍垣以求賈利私買賣以與士市不立剛毅之心勇猛之節亡以帥先士大夫尤失理不公用文吏議不至重法黃帝李法曰壁壘已定穿窬不繇路是謂姦人姦人者殺臣謹按軍法曰正亡屬將軍將軍有罪以聞二千石以下行法焉丞於用法疑執事不諉上臣謹以斬昧死以聞制曰司馬法曰國容不入軍軍容不入國何文吏也三王或誓於軍中欲民先成其慮也或誓於軍門之外欲民先意以待事也或將交刃而誓致民志也建又何疑焉以上斬監軍御史

建繇是顯名後爲渭城令治甚有聲值昭帝幼皇后父上官將軍安與帝姊蓋主私夫丁外人相善外人驕恣怨故京兆尹樊福使客射殺之客臧公主廬吏不敢捕渭城令建將吏卒圍捕蓋主聞之與外人上官將軍多從奴客往犇射追吏吏散走主使僕射劾渭城令游徼傷主家奴建報亡它坐蓋主怒使人上書告建侵辱長公主射甲舍門知吏賊傷奴辟報故不窮審大將軍

霍光寢其奏後光病上官氏代聽事下吏捕建建自殺吏民稱寃至今渭城立其祠以上爲渭城令寃死

朱雲字游魯人也徙平陵少時通輕俠借客報仇長八尺餘容貌甚壯以勇力聞年四十迺變節從博士白子友受易又事前將軍蕭望之受論語皆能傳其業好倜儻大節當世以是高之元帝時瑯琊貢禹爲御史大夫而華陰守丞嘉上封事言治道在於得賢御史之官宰相之副九卿之右不可不選平陵朱雲兼資文武忠正有智略可使以六百石秩試守御史大夫以盡其能上迺下其事問公卿太子少傅匡衡對以爲大臣者國家之股肱萬姓所瞻仰明王所慎擇也傳曰下輕其上爵賤人圖柄臣則國家搖動而民不靜矣今嘉從守丞而圖大臣之位欲以匹夫徒走之人而超九卿之右非所以重國家而尊社稷也自堯之用舜文王於太公猶試然後爵之又況朱雲者乎雲素好勇數犯法亡命受易頗有師道其行義未有以異今御史大夫禹絜白廉正經術通明有伯夷史魚之風海內莫不聞知而嘉猥稱雲欲令爲御史大夫妄相稱舉疑有姦

心漸不可長宜下有司案驗以明好惡嘉竟坐之（以上嘉薦雲爲御史大夫）是時少府五鹿充宗貴幸爲梁邱易自宣帝時善梁邱氏說元帝好之欲考其異同令充宗與諸易家論充宗乘貴辯口諸儒莫能與抗皆稱疾不敢會有薦雲者召入攝齋登堂抗首而請音動左右既論難連拄五鹿君故諸儒爲之語曰五鹿嶽嶽朱雲折其角繇是爲博士（以上說經折五鹿）遷杜陵令坐故縱亡命會赦舉方正爲槐里令時中書令石顯用事與充宗爲黨百僚畏之唯御史中丞陳咸年少抗節不附顯等而與雲相結雲數上疏言丞相韋玄成容身保位亡能往來而咸數毀石顯久之有司考雲疑風吏殺人羣臣朝見上問丞相以雲治行丞相玄成言雲暴虐亡狀時陳咸在前聞之以語雲雲上書自訟咸爲定奏草求下御史中丞事下丞相丞相部吏考立其殺人罪雲亡入長安復與咸計議丞相具發其事奏咸宿衛執法之臣幸得進見漏泄所聞以私語雲爲定奏草欲令自下治後知雲亡命罪人而與交通雲以故不得上於是下咸雲獄減死爲城旦咸雲遂廢錮終元帝世（以上與陳咸俱廢）至成帝時故丞相安昌侯張禹以帝師位特進甚

尊重雲上書求見公卿在前雲曰今朝廷大臣上不能匡主下無以益民皆尸位素餐孔子所謂鄙夫不可與事君茍患失之亡所不至者也臣願賜尚方斬馬劍斷佞臣一人以厲其餘上問誰也對曰安昌侯張禹上大怒曰小臣居下訕上廷辱師傅罪死不赦御史將雲下雲攀殿檻檻折雲呼曰臣得下從龍逢比干游於地下足矣未知聖朝何如耳御史遂將雲去於是左將軍辛慶忌免冠解印綬叩頭殿下曰此臣素著狂直於世使其言是不可誅其言非固當容之臣敢以死爭慶忌叩頭流血上意解然後得已及後當治檻上曰勿易因而輯之以旌直臣以上廷辱張禹雲自是之後不復仕常居鄠田時出乘牛車從諸生所過皆敬事焉薛宣為丞相雲往見之宣備賓主禮因留雲宿從容謂雲曰在田野亡事且留我東閤可以觀四方奇士雲曰小生迺欲相吏邪宣不敢復言其教授擇諸生然後為弟子九江嚴望及望兄子元字仲能傳雲學皆為博士望至泰山太守雲年七十餘終於家病不呼醫飲藥遺言以身服斂棺周於身土周於槨為丈五墳葬平陵東郭外

梅福字子真九江壽春人也少學長安明尚書穀梁春秋爲郡文學補南昌尉後去官歸壽春數因縣道上言變事求假軺傳詣行在所條對急政輒報罷是時成帝委任大將軍王鳳鳳專埶擅朝而京兆尹王章素忠直譏刺鳳爲鳳所誅王氏浸盛災異數見羣下莫敢正言福復上書曰臣聞箕子佯狂於殷而爲周陳洪範叔孫通遁秦歸漢制作儀品夫叔孫先非不忠也箕子非疏其家而畔親也不可爲言也昔高祖納善若不及從諫若轉圜聽言不求其能舉功不考其素陳平起於亡命而爲謀主韓信拔於行陳而建上將故天下之士雲合歸漢爭進奇異知者竭其策愚者盡其慮勇士極其節怯夫勉其死合天下之知幷天下之威是以舉秦如鴻毛取楚若拾遺此高祖所以亡敵於天下也孝文皇帝起於代谷非有周召之師伊呂之佐也循高祖之法加以恭儉當此之時天下幾平繇是言之循高祖之法則治不循則亂何者秦爲亡道削仲尼之迹滅周公之軌壞井田除五等禮廢樂崩王道不通故欲行王道者莫能致其功也孝武皇帝好忠諫說至言出爵不待廉茂慶賜不須顯功是以天下布衣

各厲志竭精以赴闕廷自衒鬻者不可勝數漢家得賢於此爲甚使孝武皇帝聽用其計昇平可致於是積尸暴骨快心胡越故淮南王安緣間而起所以計慮不成而謀議泄者以衆賢聚於本朝故其大臣埶陵不敢和從也方今布衣迺窺國家之隙見間而起者蜀郡是也及山陽亡徒蘇令之羣蹈藉名都大郡求黨與索隨和而亡逃匿之意此皆輕量大臣亡所畏忌國家之權輕故匹夫欲與上爭衡也士者國之重器得士則重失士則輕詩云濟濟多士文王以甯廟堂之議非草茅所當言也臣誠恐身塗野草尸并卒伍故數上書求見輒報罷臣聞齊桓之時有以九九見者桓公不逆欲以致大也今臣所言非特九九也陛下距臣者三矣此天下士所以不至也昔秦武王好力任鄙叩關自鬻繆公行伯繇余歸德今欲致天下之士民有上書求見者輒使詣尚書問其所言言可採取者秩以升斗之祿賜以一束之帛若此則天下之士發憤懣吐忠言嘉謀日聞於上天下條貫國家表裏爛然可睹矣夫以四海之廣士民之數能言之類至衆多也然其儁桀指世陳政言成文章質之先聖而不謬施之當世

合時務。若此者。亦亡幾人。故爵祿束帛者。天下之底石。高祖所以厲世摩鈍也。孔子曰。工欲善其事。必先利其器。至秦則不然。張誹謗之罔。以為漢敺除。倒持泰阿。授楚其柄。故誠能勿失其柄。天下雖有不順。莫敢觸其鋒。此孝武皇帝所以辟地建功。為漢世宗也。今不循伯者之道。迺欲以三代選舉之法。取當世之士。猶察伯樂之圖。求騏驥於市。而不可得。亦已明矣。故高祖棄陳平之過而獲其謀。晉文召天王。齊桓用其讎。亡益於時。不顧逆順。此所謂伯道者也。一色成體謂之醇。百黑雜合謂之駮。欲以承平之法。治暴秦之緒。猶以鄉飲酒之禮理軍市也。今陛下既不納天下之言。又加戮焉。夫䲹鵲遭害。則仁鳥增逝。愚者蒙戮。則知士深退。閒者愚民上疏。多觸不急之法。或下廷尉而死者衆。自陽朔以來。天下以言為諱。朝廷尤甚。羣臣皆承順上指。莫有執正。何以明其然也。取民所上書。陛下之所善。試下之廷尉。廷尉必曰。非所宜言。大不敬。以此卜之。一矣。故京兆尹王章資質忠直。敢面引廷爭。孝元皇帝擢之。以厲具臣而矯曲朝。及至陛下。戮及妻子。且惡惡止其身。王章非有反畔之辜。而殃及家。折直士之節。

結諫臣之舌羣臣皆知其非然不敢爭天下以言爲戒最國家之大患也願陛下循高祖之軌杜亡秦之路數御十月之歌留意亡逸之戒除不急之法下亡諱之詔博覽兼聽謀及疏賤令深者不隱遠者不塞所謂辟四門明四目也且不急之法誹謗之微者也往者不可及來者猶可追方今君命犯而主威奪外戚之權日以益隆陛下不見其形願察其景建始以來日食地震以率言之三倍春秋水災亡與比數陰盛陽微金鐵爲飛此何景也漢興以來社稷三危呂霍上官皆母后之家也親親之道全之爲右當與之賢師良傅教以忠孝之道今迺尊寵其位授以魁柄使之驕逆至於夷滅此失親親之大者也自霍光之賢不能爲子孫慮故權臣易世則危書曰毋若火始庸庸埶陵於君權隆於主然後防之亦亡及已（以上疏請進賢求言譏切王氏）上遂不納成帝久亡繼嗣福以爲宜建三統封孔子之世以爲殷後復上書曰臣聞不在其位不謀其政政者職也位卑而言高者罪也越職觸罪危言世患雖伏質橫分臣之願也守職不言沒齒身全死之日尸未腐而名滅雖有景公之位伏歷千駟臣不貪也故願壹登文石

之陛涉赤墀之塗當戶牖之法坐盡平生之愚慮亡益於時有遺於世此臣寢所以不安食所以忘味也願陛下深省臣言臣聞存人所以自立也壅人所以自塞也善惡之報各如其事昔者秦滅二周夷六國隱士不顯佚民不舉絕三統滅天道是以身危子殺厥孫不嗣所謂壅人以自塞者也故武王克殷未下車存五帝之後封殷於宋紹夏於杞明著三統示不獨有也是以姬姓半天下遷廟之主流出於戶所謂存人以自立者也今成湯不祀殷人亡後陛下繼嗣久微殆爲此也春秋經曰宋殺其大夫穀梁傳曰其不稱名姓以其在祖位尊之也此言孔子故殷後也雖不正統封其子孫以爲殷後禮亦宜之何者諸侯奪宗聖庶奪適傳曰賢者子孫宜有土而況聖人又殷之後哉昔成王以諸侯禮葬周公而皇天動威雷風著災今仲尼之廟不出闕里孔氏子孫不免編戶以聖人而歆匹夫之祀非皇天之意也今陛下誠能據仲尼之素功以封其子孫則國家必獲其福又陛下之名與天亡極何者追聖人素功封其子孫未有法也後聖必以爲則不滅之名可不勉哉（以上疏請封仲尼子孫）福孤遠又譏切王氏故

終不見納武帝時始封周後姬嘉爲周子南君至元帝時尊周子南君爲周承休侯位次諸侯王使諸大夫博士求殷後分散爲十餘姓郡國往往得其大家推求子孫絶不能紀時匡衡議以爲王者存二王後所以尊其先王而通三統也其犯誅絶之罪者絶而更封他親爲始封君上承其王者之始祖春秋之義諸侯不能守其社稷者絶今宋國已不守其統而失國矣則宜更立殷後爲始封君而上承湯統非當繼宋之絶侯也宜明得殷後而已今之故宋推求其嫡久遠不可得雖得其嫡嫡之先已絶不當得立禮記孔子曰丘殷人也先師所共傳宜以孔子世爲湯後上以其語不經遂見寢至成帝時梅福復言宜封孔子後以奉湯祀綏和元年立二王後推迹古文以左氏穀梁世本禮記相明遂下詔封孔子世爲殷紹嘉公語在成紀（以上終敘漢封仲尼子孫爲殷後之事）是時福居家常以讀書養性爲事至元始中王莽顓政福一朝棄妻子去九江至今傳以爲仙其後人有見福於會稽者變名姓爲吳市門卒云

云敞字幼儒平陵人也師事同縣吳章章治尚書經爲博士平帝以中山王卽

帝位。年幼。莽秉政。自號安漢公。以平帝爲成帝後。不得顧私親。帝母及外家衞氏。皆留中山。不得至京師。莽長子宇。非莽鬲絶衞氏。恐帝長大後見怨。宇與吳章謀。夜以血塗莽門。若鬼神之戒。冀以懼莽。章欲因對其咎。事發覺。莽殺宇。誅滅衞氏。謀所聯及。死者百餘人。章坐要斬。磔尸東市門。初。章爲當世名儒。教授尤盛。弟子千餘人。莽以爲惡人黨。皆當禁錮。不得仕宦。門人盡更名他師。敞時爲大司徒掾。自劾吳章弟子。收抱章尸歸。棺斂葬之。京師稱焉。車騎將軍王舜高其志節。比之欒布。表奏以爲掾。薦爲中郎。諫大夫。莽篡位。王舜爲太師。復薦敞可輔職。以病免。唐林言敞可典郡。擢爲魯郡大尹。更始時。安車徵敞爲御史大夫。復病免去。卒於家。

贊曰。昔仲尼稱不得中行。則思狂狷。觀楊王孫之志。賢於秦始皇遠矣。世稱朱雲多過其實。蓋有不知而作之者。我亡是也。胡建臨敵敢斷。武昭於外。斬伐姦隙。軍旅不隊。梅福之辭。合於大雅。雖無老成。尚有典刑。殷監不遠。夏后所聞。遂從所好。全性市門。云敞之義。著於吳章。爲仁由己。再入大府。清則濯纓。何遠之

有·

漢書蕭望之傳

蕭望之·字長倩東海蘭陵人也·徙杜陵·家世以田爲業·至望之·好學·治齊詩·事同縣后倉且十年·以令詣太常受業·復事同學博士白奇·又從夏侯勝問論語禮服·京師諸儒稱述焉·是時大將軍霍光秉政·長史丙吉薦儒生王仲翁與望之等數人·皆召見·先是·左將軍上官桀與蓋主謀殺光·光既誅桀等·後出入自備·吏民當見者·露索去刀兵·兩吏挾持·望之獨不肯聽·自引出閤曰·不願見·吏牽持匈匈·光聞之·告吏勿持·望之既至前·說光曰·將軍以功德輔幼主·將以流大化·致於洽平·是以天下之士·延頸企踵·爭願自効·以輔高明·今士見者·皆先露索挾持·恐非周公相成王躬吐握之禮·致白屋之意·於是光獨不除用望之·而仲翁等皆補大將軍史·三歲閒·仲翁至光祿大夫給事中·望之以射策甲科爲郎·署小苑東門候·仲翁出入從倉頭盧兒·下車趨門·傳呼甚寵·顧謂望之曰·不肯錄錄·反抱關爲·望之曰·各從其志·後數年·坐弟犯法·不得宿衞·免歸爲郡

吏（以上微時事蹟）及御史大夫魏相除望之爲屬察廉爲大行治禮丞時大將軍光薨子禹復爲大司馬兄子山領尙書親屬皆宿衛內侍地節三年夏京師雨雹望之因是上疏願賜清閒之宴口陳災異之意宣帝自在民閒聞望之名曰此東海蕭生邪下少府宋畸問狀無有所諱望之對以爲春秋昭公三年大雨雹是時季氏專權卒逐昭公鄉使魯君察於天變宜亡此害今陛下以聖德居位思政求賢堯舜之用心也然而善祥未臻陰陽不和是大臣任政一姓擅埶之所致也附枝大者賊本心私家盛者公室危唯明主躬萬機選同姓舉賢才以爲腹心與參政謀令公卿大臣朝見奏事明陳其職以考功能如是則庶事理公道立姦邪塞私權廢矣對奏天子拜望之爲謁者時上初即位思進賢良多上書言便宜輒下望之問狀高者請丞相御史次者中二千石試事滿歲以狀聞下者報聞或罷歸田里所白處奏皆可累遷諫大夫丞相司直歲中三遷官至二千石其後霍氏竟謀反誅望之寖益任用（以上宣帝初累遷至二千石）是時選博士諫大夫通政事者補郡國守相以望之爲平原太守望之雅意在本朝遠爲郡守內

不自得乃上疏曰陛下哀愍百姓恐德化之不究悉出諫官以補郡吏所謂憂其末而忘其本者也朝無爭臣則不知過國無達士則不聞善願陛下選明經術温故知新通於幾微謀慮之士以爲內臣與參政事諸侯聞之則知國家納諫憂政亡有闕遺若此不怠成康之道其庶幾乎外郡不治豈足憂哉書聞徵入守少府宣帝察望之經明持重論議有餘材任宰相欲詳試其政事復以爲左馮翊望之從少府出爲左遷恐有不合意卽移病上聞之使侍中成都侯金安上諭意曰所用皆更治民以考功君前爲平原太守日淺故復試之於三輔非有所聞也望之卽視事以上爲郡守京兆尹是歲西羌反漢遣後將軍征之京兆尹張敞上書言國兵在外軍以夏發隴西以北安定以西吏民竝給轉輸田事頗廢素無餘積雖羌虜以破來春民食必乏窮辟之處買亡所得縣官穀度不足以振之願令諸有罪非盜受財殺人及犯法不得赦者皆得以差入穀此八郡贖罪務益致穀以豫備百姓之急事下有司望之與少府李彊議以爲民函陰陽之氣有仁義欲利之心在教化之所助堯在上不能去民欲利之心而能令其

欲利不勝其好義也。雖桀在上。不能去民好義之心。而能令其好義不勝其欲利也。故堯桀之分在於義利而已。道民不可不愼也。今欲令民量粟以贖罪。如此則富者得生。貧者獨死。是貧富異刑而法不壹也。人情貧窮。父兄囚執。聞出財得以生活。爲人子弟者。將不顧死亡之患。敗亂之行。以赴財利。求救親戚。一人得生。十人以喪。如此伯夷之行壞。公綽之名滅。政教壹傾。雖有周召之佐。恐不能復。古者臧於民。不足則取。有餘則予。詩曰。爰及矜人。哀此鰥寡。上惠下也。又曰。雨我公田。遂及我私。下急上也。今有西邊之役。民失作業。雖戶賦口斂。以贍其困乏。古之通義。百姓莫以爲非。以死救生。恐未可也。陛下布德施教。教化旣成。堯舜亡以加也。今議開利路。以傷旣成之化。臣竊痛之。於是天子復下其議兩府。丞相御史以難問張敞。敞曰。少府左馮翊所言。常人之所守耳。昔先帝征四夷。兵行三十餘年。百姓猶不加賦。而軍用給。今羌虜一隅小夷。跳梁於山谷閒。漢但令辠人出財減辠以誅之。其名賢於煩擾良民橫與賦斂也。又諸盜及殺人犯不道者。百姓所疾苦也。皆不得贖。首匿見知縱所不當得爲之屬。議者或頗言其法可蠲除今因此令贖其便明甚何化之所亂甫刑之罰小過赦薄罪贖有金選之品所從來久矣何賊之所生敞備皁衣二十餘年嘗聞罪人贖矣未聞盜賊起也竊憐涼州被寇方秋饒時民尚有飢乏病死於道路況至來春將大困乎不早慮所以振救之策而引常經以難恐後爲重責常人可與守經未可與權也敞幸得備列卿以輔兩府爲職不敢不盡愚望之彊復對曰先帝聖德賢良在位作憲垂法爲無窮之規永惟邊竟之不贍故金布令甲曰邊郡數被兵離飢寒夭絕天年父子相失令天下共給其費固爲軍旅卒暴之事也聞天漢四年常使死罪人入五十萬錢減死罪一等豪彊吏民請奪假貣至爲盜賊以贖罪其後姦邪橫暴羣盜並起至攻城邑殺郡守充滿山谷吏不能禁明詔遣繡衣使者以興兵擊之誅者過半然後衰止愚以爲此使死罪贖之敗也故曰不便時丞相魏相御史大夫丙吉亦以爲羌虜且破轉輸略足相給遂不施敞議（以上與張敞議贖罪事）望之爲左馮翊三年京師稱之遷大鴻臚先是烏孫昆彌翁歸靡因長羅侯常惠上書願以漢外孫元貴靡爲嗣得復尚少主結

婚內附畔去匈奴。詔下公卿議。望之以爲烏孫絕域。信其美言。萬里結婚。非長策也。天子不聽。神爵二年。遣長羅侯惠使送公主配元貴靡。未出塞。翁歸靡死。其兄子狂王背約自立。惠從塞下上書。願留少主敦煌郡。惠至烏孫。責以負約。因立元貴靡。還迎少主。詔下公卿議。望之復以爲不可。烏孫持兩端。亡堅約。其效可見。前少主在烏孫四十餘年。恩愛不親密。邊境未以安。此已事之驗也。今少主以元貴靡不得立而還。信無負於四夷。此中國之大福也。少主不止。繇役將興。其原起此。天子從其議。徵少主還。後烏孫雖分國兩立。以元貴靡爲大昆彌。漢遂不復與結婚。（以上論烏孫婚）三年。代丙吉爲御史大夫。五鳳中。匈奴大亂。議者多曰匈奴爲害日久。可因其壞亂。舉兵滅之。詔遣中朝大司馬車騎將軍韓增。諸吏富平侯張延壽。光祿勳楊惲。太僕戴長樂。問望之計策。望之對曰。春秋晉士匄帥師侵齊。聞齊侯卒。引師而還。君子大其不伐喪。以爲恩足以服孝子。誼足以動諸侯。前單于慕化向善。稱弟。遣使請求和親。海內欣然。夷狄莫不聞。未終奉約。不幸爲賊臣所殺。今而伐之。是乘亂而幸災也。彼必奔走遠遁。不以義動兵恐勞而無功宜遣使者弔問輔其微弱救其災患四夷聞之咸貴中國之仁義如遂蒙恩得復其位必稱臣服從此德之盛也上從其議後竟遣兵護輔呼韓邪單于定其國（以上議護輔匈奴）

是時大司農中丞耿壽昌奏設常平倉上善之望之非壽昌丞相丙吉年老上重焉望之又奏言百姓或乏困盜賊未止二千石多材下不任職三公非其人則三光爲之不明今首歲日月少光咎在臣等上以望之意輕丞相乃下侍中建章衛尉金安上光祿勳楊惲御史中丞王忠幷詰問望之望之免冠置對天子繇是不說後丞相司直緐延壽奏侍中謁者良使承制詔望之望之再拜已良與望之言望之不起因故下手而謂御史曰良禮不備故事丞相病明日御史大夫輒問病朝奏事會庭中差居丞相後丞相謝大夫少進揖今丞相數病望之不問病會庭中與丞相鈞禮時議事不合意望之曰侯年寧能父我邪知御史有令不得擅使望之多使守史自給車馬之杜陵護視家事少史冠法冠爲妻先引又使賣買私所附益凡十萬三千案望之大臣通經術居九卿之右本朝所仰至不奉法自修踞慢不遜攘受所

監臧二百五十以上請逮捕繫治上於是策望之曰有司奏君責使者禮遇丞相亡禮廉聲不聞敖慢不遜亡以扶政帥先百僚君不深思陷于茲穢朕不忍致君于理使光祿勳惲策詔左遷君爲太子太傅授印其上故印使者便道之官君其秉道明孝正直是與帥意亡諐靡有後言（以上因繁延壽之劾奏而左遷）望之既左遷而黃霸代爲御史大夫數月閒丙吉薨霸爲丞相霸薨于定國復代焉望之遂見廢不得相爲太傅以論語禮服授皇太子初匈奴呼韓邪單于來朝詔公卿議其儀丞相霸御史大夫定國議曰聖王之制施德行禮先京師而後諸夏先諸夏而後夷狄詩云率禮不越遂視既發相土烈烈海外有截陛下聖德充塞天地光被四表匈奴單于鄉風慕化奉珍朝賀自古未之有也其禮儀宜如諸侯王位次在下望之以爲單于非正朔所加故稱敵國宜待以不臣之禮位在諸侯王上外夷稽首稱藩中國讓而不臣此則羈縻之誼謙亨之福也書曰戎狄荒服言其來荒忽亡常如使匈奴後嗣卒有鳥竄鼠伏闕於朝享不爲畔臣信讓行乎蠻貉福祚流于亡窮萬世之長策也天子采之下詔曰蓋聞五帝三

王教化所不施不及以政今匈奴單于稱北藩朝正朔朕之不逮德不能弘覆其以客禮待之令單于位在諸侯王上贊謁稱臣而不名（以上論單于來朝禮儀）及宣帝寢疾選大臣可屬者引外屬侍中樂陵侯史高太子太傅望之少傅周堪至禁中拜高爲大司馬車騎將軍望之爲前將軍光祿勳堪爲光祿大夫皆受遺詔輔政領尚書事宣帝崩太子襲尊號是爲孝元帝望之堪本以師傅見尊重上即位數宴見言治亂陳王事望之選白宗室明經達學散騎諫大夫劉更生給事中與侍中金敞並拾遺左右四人同心謀議勸道上以古制多所欲匡正上甚鄉納之初宣帝不甚從儒術任用法律而中書宦官用事中書令弘恭石顯久典樞機明習文法亦與車騎將軍高爲表裏論議常獨持故事不從望之等恭顯又時傾仄見詘望之以爲中書政本宜以賢明之選自武帝游宴後庭故用宦者非國舊制又違古不近刑人之義白欲更置士人繇是大與高恭顯忤上初即位謙讓重改作議久不定出劉更生爲宗正（以上受遺輔元帝與高顯恭三人相忤）望之堪數薦名儒茂材以備諫官會稽鄭朋陰欲附望之上疏言車騎將軍高遣客

爲姦利郡國及言許史子弟罪過章視周堪堪白令朋待詔金馬門朋奏記望
之曰將軍體周召之德秉公綽之質有卞莊之威至乎耳順之年履折衝之位
號至將軍誠士之高致也窟穴黎庶莫不懽喜咸曰將軍其人也今將軍規橅
云若管晏而休遂行日仄至周召乃留乎若管晏而休則下走將歸延陵之皋
修農圃之疇畜雞種黍竢見二子沒齒而已矣如將軍昭然度行積思塞邪枉
之險蹊宣中庸之常政興周召之遺業親日仄之兼聽則下走其庶幾願竭區
區底厲鋒鍔奉萬分之一望之見納朋接待以意朋數稱述望之短車騎將軍
言許史過失後朋行傾邪望之絕不與通朋與大司農史李宮俱待詔堪獨白
宮爲黃門郎朋楚士怨恨更求入許史推所言許史事曰皆周堪劉更生教我
我關東人何以知此於是侍中許章白見朋朋出揚言曰我見言前將軍小過
五大罪一中書令在旁知我言狀望之聞之以問弘恭石顯顯恭恐望之自訟
下於宅吏即挾朋及待詔華龍龍者宣帝時與張子蟜等待詔以行汙濊不進
欲入堪等堪等不納故與朋相結恭顯令二人告望之等謀欲罷車騎將軍疏

退許史狀候望之出休日令朋龍上之事下弘恭問狀望之對曰外戚在位多奢淫欲以匡正國家非爲邪也恭顯奏望之堪更生朋黨相稱舉數譖訴大臣毀離親戚欲以專擅權埶爲臣不忠誣上不道請謁者召致廷尉時上初即位不省謁者召致廷尉爲下獄也可其奏後上召堪更生曰繫獄上大驚曰非但廷尉問邪以責恭顯皆叩頭謝上曰令出視事恭顯因使高言上新即位未以德化聞於天下而先驗師傅既下九卿大夫獄宜因決免於是制詔丞相御史前將軍望之傅朕八年亡它罪過今事久遠識忘難明其赦望之罪收前將軍光祿勳印綬及堪更生皆免爲庶人而朋爲黃門郎（以上因鄭朋華龍誣告下獄免官）後數月制詔御史國之將興尊師而重傅故前將軍望之傅朕八年道以經術厥功茂焉其賜望之爵關內侯食邑六百戶給事中朝朔望坐次將軍天子方倚欲以爲丞相會望之子散騎中郎伋上書訟望之前事事下有司復奏望之前所坐明白無譖訴者而教子上書稱引亡辜之詩失大臣體不敬請逮捕弘恭石顯等知望之素高節不詘辱建白望之前爲將軍輔政欲排退許史專權擅朝幸

得不坐復賜爵邑與聞政事不悔過服罪深懷怨望教子上書歸非於上自以託師傅懷終不坐非頗詘望之於牢獄塞其怏怏心則聖朝亡以施恩厚上曰蕭太傅素剛安肯就吏顯等曰人命至重望之所坐語言薄罪必亡所憂上乃可其奏顯等封以付謁者敕令召望之手付因令太常急發執金吾車騎馳圍其第使者至召望之望之欲自殺其夫人止之以爲非天子意望之以問門下生朱雲雲者好節士勸望之自裁於是望之卬天歎曰吾嘗備位將相年踰六十矣老入牢獄苟求生活不亦鄙乎字謂雲曰游趣和藥來無久留我死竟飲鴆自殺天子聞之驚拊手曰曩固疑其不就牢獄果然殺吾賢傅是時太官方上晝食上乃卻食爲之涕泣哀慟左右（以上因子伋訟前事下獄自裁）於是召顯等責問以議不詳皆免冠謝良久然後已望之有罪死有司請絕其爵邑有詔加恩長子伋嗣爲關內侯天子追念望之不忘每歲時遣使者祠祭望之冢終元帝世望之八子至大官者育咸由

育字次君少以父任爲太子庶子元帝卽位爲郎病免後爲御史大將軍王鳳

以育名父子著材能除爲功曹遷謁者使匈奴副校尉後爲茂陵令會課育第六而漆令郭舜殿見責問育爲之請扶風怒曰君課第六裁自脫何暇欲爲左右言及罷出傳召茂陵令詣後曹當以職事對育徑出曹書佐隨牽育育案佩刀曰蕭育杜陵男子何詣曹也遂趨出欲去官明旦詔召入拜爲司隸校尉育過扶風府門官屬掾史數百人拜謁車下後坐失大將軍指免官復爲中郎將使匈奴歷冀州青州兩部刺史長水校尉泰山太守入守大鴻臚以鄠名賊梁子政阻山爲害久不伏辜育爲右扶風數月盡誅子政等坐與定陵侯淳于長厚善免官哀帝時南郡江中多盜賊拜育爲南郡太守上以育耆舊名臣乃以三公使車載育入殿中受策曰南郡盜賊羣輩爲害朕甚憂之以太守威信素著故委南郡太守之官其於爲民除害安元元而已亡拘於小文加賜黃金二十斤育至南郡盜賊靜病去官起家復爲光祿大夫執金吾以壽終於官育爲人嚴猛尚威居官數免稀遷少與陳咸朱博爲友著聞當世往者有王陽貢公故長安語曰蕭朱結綬王貢彈冠言其相薦達也始育與陳咸俱以公卿子顯

名咸最先進年十八爲左曹二十餘御史中丞時朱博尙爲杜陵亭長爲咸育所攀援入王氏後遂並歷刺史郡守相及爲九卿而博先至將軍上卿歷位多於咸育遂至丞相育與博後有隙不能終故世以交爲難

咸字仲爲丞相史舉茂才好時令遷淮陽泗水內史張掖弘農河東太守所居有迹數增秩賜金後免官復爲越騎校尉護軍都尉中郎將使匈奴至大司農終官

由字子驕爲丞相西曹衞將軍掾遷謁者使匈奴副校尉後舉賢良爲定陶令遷太原都尉安定太守治郡有聲多稱薦者初哀帝爲定陶王時由爲定陶令失王指頃之制書免由爲庶人哀帝崩爲復土校尉京輔左輔都尉遷江夏太守平江賊成重等有功增秩爲陳留太守元始中作明堂辟雍大朝諸侯徵由爲大鴻臚會病不及賓贊還歸故官病免復爲中散大夫終官家至吏二千石者六七人

贊曰蕭望之歷位將相籍師傅之恩可謂親昵亡閒及至謀泄隙開讒邪搆之

卒爲便嬖宦豎所圖哀哉望之堂堂折而不橈身爲儒宗有輔佐之能近古社稷臣也

後漢書班超傳

班超字仲升扶風平陵人徐令彪之少子也爲人有志不修細節然內孝謹居家常執勤苦不恥勞辱有口辯而涉獵書傳永平五年兄固被召詣校書郎超與母隨至洛陽家貧常爲官傭書以供養久勞苦嘗輟業投筆歎曰大丈夫無他志略猶當效傅介子張騫立功異域以取封侯安能久事筆研閒乎左右皆笑之超曰小子安知壯士志哉其後行詣相者曰祭酒布衣諸生耳而當封侯萬里之外超問其狀相者指曰生燕頷虎頸飛而食肉此萬里侯相也久之顯宗問固卿弟安在固對爲官寫書受直以養老母帝乃除超爲蘭臺令史後坐事免官十六年奉車都尉竇固出擊匈奴以超爲假司馬將兵別擊伊吾戰於蒲類海多斬首虜而還固以爲能遣與從事郭恂俱使西域超到鄯善鄯善王廣奉超禮敬甚備後忽更疏懈超謂其官屬曰甯覺廣禮意薄乎此必有北虜

使來狐疑未知所從故也明者睹未萌況已著邪乃召侍胡詐之曰匈奴使來數日今安在乎侍胡惶恐具服其狀超乃閉侍胡悉會其吏士三十六人與共飲酒酣因激怒之曰卿曹與我俱在絶域欲立大功以求富貴今虜使到裁數日而王廣禮敬卽廢如令鄯善收吾屬送匈奴骸骨長爲豺狼食矣爲之奈何官屬皆曰今在危亡之地死生從司馬超曰不入虎穴不得虎子當今之計獨有因夜以火攻虜使彼不知我多少必大震怖可殄盡也滅此虜則鄯善破膽功成事立矣衆曰當與從事議之超怒曰吉凶決於今日從事文俗吏聞此必恐而謀泄死無所名非壯士也衆曰善初夜遂將吏士往奔虜營會天大風超令十人持鼓藏虜舍後約曰見火然皆當鳴鼓大呼餘人悉持兵弩夾門而伏超乃順風縱火前後鼓噪虜衆驚亂超手格殺三人吏兵斬其使及從士三十餘級餘衆百許人悉燒死明日乃還告郭恂恂大驚既而色動超知其意舉手曰掾雖不行班超何心獨擅之乎恂乃悅超於是召鄯善王廣以虜使首示之一國震怖超曉告撫慰遂納子爲質以上破虜使於鄯善還奏於竇固固大喜具上超功

效斧求更選使使西域帝壯超節詔固曰吏如班超何故不遣而更選乎今以超為軍司馬令遂前功超復受使固欲益其兵超曰願將本所從三十餘人足矣如有不虞多益為累是時于寘王廣德新攻破莎車遂雄張南道而匈奴遣使監護其國超既西先至于寘廣德禮意甚疏且其俗信巫巫言神怒何故欲向漢漢使有騧馬急求取以祠我廣德乃遣使就超請馬超密知其狀報許之而令巫自來取馬有頃巫至超即斬其首以送廣德因辭讓之廣德素聞超在鄯善誅滅虜使大惶恐即攻殺匈奴使者而降超超重賜其王以下因鎮撫焉以上降撫于寘王時龜茲王建為匈奴所立倚恃虜威據有北道攻破疏勒殺其王而立龜茲人兜題為疏勒王明年春超從閒道至疏勒去兜題所居槃橐城九十里逆遣吏田慮先往降之敕慮曰兜題本非疏勒種國人必不用命若不即降便可執之慮既到兜題見慮輕弱殊無降意慮因其無備遂前劫縛兜題左右出其不意皆驚懼奔走慮馳報超超即赴之悉召疏勒將吏說以龜茲無道之狀因立其故王兄子忠為王國人大悅忠及官屬皆請殺兜題超不聽欲示以

威信。釋而遣之。疏勒由是與龜茲結怨。以上執疏勒王兜題十八年。帝崩。焉耆以中國大喪。遂攻沒都護陳睦。超孤立無援。而龜茲姑墨數發兵攻疏勒。超守槃橐城。與忠爲首尾。士吏單少。拒守歲餘。肅宗初卽位。以陳睦新沒。恐超單危不能自立。下詔徵超。超發還。疏勒舉國憂恐。其都尉黎弇曰。漢使棄我。我必復爲龜茲所滅耳。誠不忍見漢使去。因以刀自刭。超還至于寘。王侯以下皆號泣曰。依漢使如父母。誠不可去。互抱超馬脚。不得行。超恐于寘終不聽其東。又欲遂本志。乃更還疏勒。疏勒兩城自超去後。復降龜茲。而與尉頭連兵。超捕斬反者。擊破尉頭。殺六百餘人。疏勒復安。建初三年。超率疏勒康居于寘拘彌兵一萬人攻姑墨石城。破之。斬首七百級。以上徵還不果復留疏勒超欲因此叵平諸國。乃上疏請兵曰。臣竊見先帝欲開西域。故北擊匈奴。西使外國。鄯善于寘卽時向化。今拘彌莎車疏勒月氏烏孫康居復願歸附。欲共并力破滅龜茲。平通漢道。若得龜茲。則西域未服者百分之一耳。臣伏自惟念。卒伍小吏。實願從谷吉效命絕域。庶幾張騫棄身曠野。昔魏絳列國大夫。尙能和輯諸戎。況臣奉大漢之威。而無鉛刀一割之用乎前世議者皆曰取三十六國號爲斷匈奴右臂今西域諸國自日之所入莫不向化大小欣欣貢奉不絕惟焉耆龜茲獨未服從臣前與官屬三十六人奉使絕域備遭艱戹自孤守疏勒於今五載胡夷情數臣頗識之問其城郭小大皆言倚漢與依天等以是效之則葱嶺可通葱嶺通則龜茲可伐今宜拜龜茲侍子白霸爲其國王以步騎數百送之與諸國連兵歲月之閒龜茲可禽以夷狄攻夷狄計之善者也臣見莎車疏勒田地肥廣草木饒衍不比敦煌鄯善閒也兵可不費中國而糧食自足且姑墨溫宿二王特爲龜茲所置既非其種更相厭苦其埶必有降反若二國來降則龜茲自破願下臣章參考行事誠有萬分死復何恨臣超區區特蒙神靈竊冀未便僵仆目見西域平定陛下舉萬年之觴薦勳祖廟布大喜於天下以上具疏請兵平西域書奏帝知其功可成議欲給兵平陵人徐幹素與超同志上疏願奮身佐超五年遂以幹爲假司馬將弛刑及義從千人就超先是莎車以爲漢兵不出遂降於龜茲而疏勒都尉番辰亦復反叛會徐幹適至超遂與幹擊番辰大破之斬首千餘級多獲生口超既

破番辰欲進攻龜茲以烏孫兵彊宜因其力乃上言烏孫大國控弦十萬故武帝妻以公主至孝宣皇帝卒得其用今可遣使招慰與共合力帝納之八年拜超爲將兵長史假鼓吹幢麾以徐幹爲軍司馬別遣衞候李邑護送烏孫使者賜大小昆彌以下錦帛李邑始到于寘而值龜茲攻疏勒恐懼不敢前因上書陳西域之功不可成又盛毀超擁愛妻抱愛子安樂外國無內顧心超聞之歎曰身非曾參而有三至之讒恐見疑於當時矣遂去其妻帝知超忠乃切責邑曰縱超擁愛妻抱愛子思歸之士千餘人何能盡與超同心乎令邑詣超受節度詔超若邑任在外者便留與從事超卽遣邑將烏孫侍子還京師徐幹謂超曰邑前親毀君欲敗西域今何不緣詔書留之更遣他吏送侍子乎超曰是何言之陋也以邑毀超故今遣之內省不疚何卹人言快意留之非忠臣也（以上招慰烏孫）

明年復遣假司馬和恭等四人將兵八百詣超超因發疏勒于寘兵擊莎車莎車陰通使疏勒王忠啖以重利忠遂反從之西保烏卽城超乃更立其府丞成大爲疏勒王悉發其不反者以攻忠積半歲而康居遣精兵救之超不能下

是時月氏新與康居婚相親超乃使使多齎錦帛遺月氏王令曉示康居王康
居王乃罷兵執忠以歸其國烏卽城遂降於超後三年忠說康居王借兵還據
損中密與龜茲謀遣使詐降於超超內知其姦而外僞許之忠大喜卽從輕騎
詣超超密勒兵待之爲供張設樂酒行乃叱吏縛忠斬之因擊破其衆殺七百
餘人南道於是遂通（以上殺疏勒王忠） 明年超發于窴諸國兵二萬五千人復擊莎車
而龜茲王遣左將軍發温宿姑墨尉頭合五萬人救之超召將校及于窴王議
曰今兵少不敵其計莫若各散去于窴從是而東長史亦於此西歸可須夜鼓
聲而發陰緩所得生口龜茲王聞之大喜自以萬騎於西界遮超温宿王將八
千騎於東界徼于窴超知二虜已出密召諸部勒兵雞鳴馳赴莎車營胡大驚
亂奔走追斬五千餘級大獲其馬畜財物莎車遂降龜茲等因各退散自是威
震西域（以上破龜茲等降莎車王） 初月氏嘗助漢擊車師有功是歲貢奉珍寶符拔師子因
求漢公主超拒還其使由是怨恨永元二年月氏遣其副王謝將兵七萬攻超
超衆少皆大恐超譬軍士曰月氏兵雖多然數千里踰葱領來非有運輸何足

憂邪。但當收穀堅守。彼飢窮自降。不過數十日決矣。謝遂前攻超不下。又鈔掠無所得。超度其糧將盡。必從龜茲求救。乃遣兵數百於東界要之。謝果遣騎齎金銀珠玉以賂龜茲。超伏兵遮擊盡殺之。持其使首以示謝。謝大驚。即遣使請罪。願得生歸。超縱遣之。月氏由是大震。歲奉貢獻。（以上堅守拒退月氏兵）明年。龜茲姑墨温宿皆降。乃以超為都護。徐幹為長史。拜白霸為龜茲王。遣司馬姚光送之。超與光共脅龜茲。廢其王尤利多而立白霸。使光將尤利多還詣京師。超居龜茲宅乾城。徐幹屯疏勒。西域惟焉耆危須尉犂以前沒都護。懷二心。其餘悉定。（以上略結束一）六年秋。超遂發龜茲鄯善等八國兵合七萬人。及吏士賈客千四百人討焉耆兵到尉犂界。而遣曉說焉耆尉犂危須曰。都護來者。欲鎮撫三國。即欲改過向善。宜遣大人來迎。當賞賜王侯已下。事畢即還。今賜王綵五百匹。焉耆王廣遣其左將北鞬支奉牛酒迎超。超詰鞬支曰。汝雖匈奴侍子。而今秉國之權。都護自來。王不以時迎。皆汝罪也。或謂超可便殺之。超曰。非汝所及。此人權重於王。今未入其國而殺之。遂令自疑。設備守險。豈得到其城下哉。於是賜而遣之廣乃與大人迎超於尉犁奉獻珍物焉耆國有葦橋之險廣乃絶橋不欲令漢軍入國超更從它道厲度七月晦到焉耆去城二十里止營大澤中廣出不意大恐乃欲悉驅其人共入山保焉耆左候元孟先嘗質京師密遣使以事告超超即斬之示不信用乃期大會諸國王因揚聲當重加賞賜於是焉耆王廣尉犁王汎及北鞬支等三十人相率詣超其國相腹久等十七人懼誅皆亡入海而危須王亦不至坐定超怒詰廣曰危須王何故不到腹久等何緣逃亡遂叱吏士收廣汎等於陳睦故城斬之傳首京師因縱兵鈔掠斬首五千餘級獲生口萬五千人馬畜牛羊三十餘萬頭更立元孟爲焉耆王超留焉耆半歲慰撫之於是西域五十餘國悉皆納質內屬焉以上大畧 明年下詔曰往者匈奴獨擅西域寇盜河西永平之末城門晝閉先帝深愍邊垠嬰罹寇害乃命將帥擊右地破白山臨蒲類取車師城郭諸國震慴響應遂開西域置都護而焉耆王舜舜子忠獨謀悖逆恃其險隘覆没都護幷及吏士先帝重元元之命憚兵役之興故使軍司馬班超安集于寘以西超遂踰葱領迄縣度出入二十二年莫

不賓從改立其王而綏其人不動中國不煩戎士得遠夷之和同異俗之心而致天誅蠲宿恥以報將士之讎司馬法曰賞不踰月欲人速覩爲善之利也其封超爲定遠侯邑千戶（以上論功封侯）超自以久在絕域年老思土十二年上疏曰臣聞太公封齊五世葬周狐死首邱代馬依風夫周齊同在中土千里之閒況於遠處絕域小臣能無依風首邱之思哉蠻夷之俗畏壯侮老臣超犬馬齒殲常恐年衰奄忽僵仆孤魂棄捐昔蘇武留匈奴中尚十九年今臣幸得奉節帶金銀護西域如自以壽終屯部誠無所恨然恐後世或名臣爲沒西域臣不敢望到酒泉郡但願生入玉門關臣老病衰困冒死瞽言謹遣子勇隨獻物入塞及臣生在令勇目見中土而超妹同郡曹壽妻昭亦上書請超曰妾同產兄西域都護定遠侯超幸得以微功特蒙重賞爵列通侯位二千石天恩殊絕誠非小臣所當被蒙超之始出志捐軀命冀立微功以自陳效會陳睦之變道路隔絕超以一身轉側絕域曉譬諸國因其兵衆每有攻戰輒爲先登身被金夷不避死亡賴蒙陛下神靈且得延命沙漠至今積三十年骨肉生離不復相識所與

相隨時人士衆皆已物故超年最長今且七十衰老被病頭髮無黑兩手不仁耳目不聰明扶杖乃能行雖欲竭盡其力以報塞天恩迫於歲暮犬馬齒索蠻夷之性悖逆侮老而超旦暮入地久不見代恐開姦宄之源生逆亂之心而卿大夫咸懷一切莫肯遠慮如有卒暴超之氣力不能從心便爲上損國家累世之功下棄忠臣竭力之用誠可痛也故超萬里歸誠自陳苦急延頸踰望三年於今未蒙省錄妾竊聞古者十五受兵六十還之亦有休息不任職也緣陛下以至孝理天下得萬國之歡心不遺小國之臣況超得備侯伯之位故敢觸死爲超求哀匄超餘年一得生還復見闕庭使國永無勞遠之慮西域無倉卒之憂超得長蒙文王葬骨之恩子方哀老之惠詩云民亦勞止汔可小康惠此中國以綏四方超有書與妾生訣恐不復相見妾誠傷超以壯年竭忠孝於沙漠疲老則便捐死於曠野誠可哀憐如不蒙救護超後有一旦之變冀幸超家得蒙趙母衛姬先請之貸妾愚戇不知大義觸犯忌諱書奏帝感其言乃徵超還超在西域三十一年十四年八月至洛陽拜爲射聲校尉（以上請還朝疏）超素有胸脇

疾既至病遂加帝遣中黃門問疾賜醫藥其九月卒年七十一朝廷愍惜焉使者弔祭贈賵甚厚子雄嗣初超被徵以戊己校尉任尚爲都護與超交代尚謂超曰君侯在外國三十餘年而小人猥承君後任重慮淺宜有以誨之超曰年老失智任君數當大位豈班超所能及哉必不得已願進愚言塞外吏士本非孝子順孫皆以罪過徙補邊屯而蠻夷懷鳥獸之心難養易敗今君性嚴急水清無大魚察政不得下和宜蕩佚簡易寬小過總大綱而已超去後尚私謂所親曰我以班君當有奇策今所言平平耳尚至數年而西域反亂以罪被徵如超所戒有三子長子雄累遷屯騎校尉會叛羌寇三輔詔雄將五營兵屯長安就拜京兆尹雄卒子始嗣尚清河孝王女陰城公主主順帝之姑貴驕淫亂與嬖人居帷中而召始入使伏牀下始積怒永建五年遂拔刃殺主帝大怒腰斬始同產皆棄市超少子勇以上追敘交代事並及子孫

後漢書臧洪傳

三國志洪傳載洪答陳琳書詞稍繁冗後漢書刪節甚當故錄之

臧洪字子源廣陵射陽人也父旻有幹事才熹平元年會稽妖賊許昭起兵句章自稱大將軍立其父生爲越王攻破城邑衆以萬數拜旻揚州刺史旻率丹陽太守陳夤擊昭破之昭遂復更屯結大爲民患旻等進兵連戰三年破平之獲昭父子斬首數千級遷旻爲使匈奴中郎將（以上父臧旻）洪年十五以父功拜童子郎知名太學洪體貌魁梧有異姿舉孝廉補卽邱長中平末棄官還家太守張超請爲功曹時董卓弑帝圖危社稷洪說超曰明府歷世受恩兄弟並據大郡今王室將危賊臣虎視此誠烈士效命之秋也今郡境尚全吏人殷富若動桴鼓可得二萬人以此誅除國賊爲天下唱義不亦宜乎超然其言與洪西至陳留見兄邈計事邈先謂超曰聞弟爲郡委政臧洪洪者何如人超曰臧洪海內奇士才略智數不比於超矣邈卽引洪與語大異之乃使詣兗州刺史劉岱豫州刺史孔伷遂皆相善邈旣先有謀約會超至定議乃與諸牧守大會酸棗設壇場將盟旣而更相辭讓莫敢先登咸共推洪洪乃攝衣升壇操血而盟曰漢室不幸皇綱失統賊臣董卓乘釁縱害禍加至尊毒流百姓大懼淪喪社稷

翦覆四海兗州刺史岱豫州刺史伷陳留太守邈東郡太守瑁廣陵太守超等糾合義兵並赴國難凡我同盟齊心一力以致臣節隕首喪元必無二志有渝此盟俾墜其命無克遺育皇天后土祖宗明靈實皆鑒之洪辭氣慷慨聞其言者無不激揚（以上盟五太守共誅董卓）自是之後諸軍各懷遲疑莫適先進遂使糧儲單竭兵衆乖散時討虜校尉公孫瓚與大司馬劉虞有隙超乃遣洪詣虞共謀其難行至河閒而值幽冀交兵行塗阻絶因寓於袁紹紹見洪甚奇之與結友好以洪領青州刺史前刺史焦和好立虛譽能清談時黃巾羣盜處處飈起而青部殷實軍革尚衆和欲與諸同盟西赴京師未及得行而賊已屠城邑和不理戎警但坐列巫史禜禱羣神又恐賊乘凍而過命多作陷冰丸以投于河衆遂潰散和亦病卒洪收撫離叛百姓復安（以上爲青州刺史）任事二年袁紹憚其能徙爲東郡太守都東武陽時曹操圍張超於雍丘甚危急超謂軍吏曰今日之事唯有臧洪必來救我或曰袁曹方穆而洪爲紹所用恐不能敗好遠來違福取禍超曰子源天下義士終非背本者也或見制強力不相及耳洪始聞超圍乃徒跣

號泣拜勒所領將赴其難自以衆弱從紹請兵而紹竟不聽之超城遂陷張氏族滅洪由是怨紹絕不與通以上未救張超與袁紹絕紹與兵圍之歷年不下使洪邑人陳琳以書譬洪示其禍福責以恩義洪答曰隔闊相思發於寤寐相去步武而趨舍異規其爲愴恨胡可勝言前日不遺比辱雅況述敘禍福公私切至以子之才窮該典籍豈將闇於大道不達余趣哉是以捐棄翰墨一無所酬亦冀遙忖褊心麤識鄙性重獲來命援引紛紜雖欲無對而義篤其言僕小人也本乏志用中因行役特蒙傾蓋恩深分厚遂竊大州寧樂今日自還接刃乎每登城臨兵觀主人之旗鼓瞻望帳幄感故友之周旋撫弦搦矢不覺涕流之覆面也何者自以輔佐主人無以爲悔主人相接過絕等倫受任之初志同大事埽清寇逆共尊王室豈悟本州被侵郡將遘厄請師見拒辭行被拘使洪故君遂至淪滅區區微節無所獲申豈得復全交友之道重虧忠孝之名乎所以忍悲揮戈收淚告絕若使主人少垂古人忠恕之情來者側席去者克己則僕抗季札之志不爲今日之戰矣昔張景明登壇喢血奉辭奔走卒使韓牧讓印主人得地

後但以拜章朝主賜爵獲傳之故不蒙觀過之貸而受夷滅之禍呂奉先討卓來奔請兵不獲告去何罪復見斫刺劉子璜奉使踰時辭不獲命畏君懷親以詐求歸可謂有志忠孝無損霸道亦復僵尸麾下不蒙虧除慕進者蒙榮違意者被戮此乃主人之利非游士之願也是以鑒戒前人守死窮城亦以君子之違不適敵國故也足下當見久圍不解救兵未至感婚姻之義推平生之好以爲屈節而苟生勝守義而傾覆也昔晏嬰不降志於白刃南史不曲筆以求存故身傳圖象名垂後世況僕據金城之固驅士人之力散三年之畜以爲一年之資匡困補乏以悅天下何圖築室反耕哉但懼秋風揚塵伯珪馬首南向張揚飛燕旅力作難北鄙將告倒懸之急股肱奏乞歸之記耳主人當鑒戒曹輩反旌退師何宜久辱盛怒暴威於吾城之下哉足下譏吾恃黑山以爲救獨不念黃巾之合從邪昔高祖取彭越於鉅野光武創基兆於綠林卒能龍飛受命中興帝業苟可輔主興化夫何嫌哉況僕親奉璽書與之從事行矣孔璋足下徼利於境外臧洪投命於君親吾子託身於盟主臧洪策名於長安子謂余身

死而名滅。僕亦笑子生死而無聞焉。本同末離。努力努力。夫復何言。以上答陳琳書紹見洪書。知無降意。增兵急攻。城中糧盡。外無援救。洪自度不免。呼吏士謂曰。袁紹無道。所圖不軌。且不救洪郡將。洪於大義。不得不死。念諸軍無事空與此禍。可先城未破。將妻子出。將吏皆垂泣曰。明府之於袁氏。本無怨隙。今爲郡將之故。自致危困。吏人何忍當捨明府去也。初尚掘鼠煮筋角。後無所復食。主簿啓內廚米三斗。請稍爲饘粥。洪曰。何能獨甘此邪。使爲薄糜。徧班士眾。又殺其愛妾以食兵將。兵將咸流涕。無能仰視。男女七八十人相枕而死。莫有離叛。城陷。生執洪。紹盛帷幔。大會諸將見洪。謂曰。臧洪何相負若是。今日服未。洪據地瞋目曰。諸袁事漢。四世五公。可謂受恩。今王室衰弱。無扶翼之意。而欲因際會。觖望非冀。多殺忠良以立姦威。洪親見將軍呼張陳留爲兄。則洪府君亦宜爲弟。而不能同心戮力。爲國除害。坐擁兵眾。觀人屠滅。惜洪力劣。不能推刃爲天下報仇。何謂服乎。紹本愛洪。意欲屈服赦之。見其辭切。知終不爲用。乃命殺焉。以上袁紹殺洪洪邑人陳容少爲諸生。親慕於洪。隨爲東郡丞。先城未敗。洪使歸紹。時容在坐見洪當死起謂紹曰將軍舉大事欲爲天下除暴而專先誅忠義豈合天意臧洪發舉爲郡將奈何殺之紹慙使人牽出謂曰汝非臧洪疇空復爾爲容顧曰夫仁義豈有常所蹈之則爲君子背之則爲小人今日甯與臧洪同日死不與將軍同日生也遂復見殺在紹坐者無不歎息竊相謂曰如何一日戮二烈士先是洪遣司馬二人出求救於呂布比還城已陷皆赴敵死以上陳容之見殺

論曰雍邱之圍臧洪之感憤壯矣想其行跣且號束甲請舉誠足憐也夫豪雄之所趨舍其與守義之心異乎若乃締謀連衡懷詐算以相尚者蓋惟勢利所在而已況偏城既危曹袁方穆洪徒指外敵之衡以紓倒縣之會忿悁之師兵家所忌可謂懷哭秦之節存荊則未聞也

三國志王粲傳

王粲字仲宣山陽高平人也曾祖父龔祖父暢皆爲漢三公父謙爲大將軍何進長史進以謙名公之胄欲與爲婚見其二子使擇焉謙弗許以疾免卒於家獻帝西遷粲徙長安左中郎將蔡邕見而奇之時邕才學顯著貴重朝廷常車

騎填巷賓客盈坐聞粲在門倒屣迎之粲至年既幼弱容狀短小一坐盡驚邕曰此王公孫也有異才吾不如也吾家書籍文章盡當與之年十七司徒辟詔除黃門侍郎以西京擾亂皆不就（以上名公之後少而知名）乃之荊州依劉表表以粲貌寢而體弱通侻不甚重也表卒粲勸表子琮令歸太祖太祖辟爲丞相掾賜爵關內侯太祖置酒漢濱粲奉觴賀曰方今袁紹起河北仗大衆志兼天下然好賢而不能用故奇士去之劉表雍容荊楚坐觀時變自以爲西伯可規士之避亂荊州者皆海內之儁傑也表不知所任故國危而無輔明公定冀州之日下車即繕其甲卒收其豪傑而用之以橫行天下及平江漢引其賢儁而置之列位使海內回心望風而願治文武並用英雄畢力此三王之舉也後遷軍謀祭酒（以上由劉表歸曹公）魏國既建拜侍中博物多識問無不對時舊儀廢弛興造制度粲恆典之初粲與人共行讀道邊碑人問曰卿能闇誦乎曰能因使背而誦之不失一字觀人圍棋局壞粲爲覆之棋者不信以帊蓋局使更以他局爲之用相比校不誤一道其強記默識如此性善算作算術略盡其理善屬文舉筆便成無

所改定時人常以爲宿構然正復精意覃思亦不能加也著詩賦論議垂六十篇（以上以典章文學見任）建安二十一年從征吳二十二年春道病卒時年四十一粲二子爲魏諷所引誅後絕始文帝爲五官將及平原侯植皆好文學粲與北海徐幹字偉長廣陵陳琳字孔璋陳留阮瑀字元瑜汝南應瑒字德璉東平劉楨字公幹並見友善幹爲司空軍謀祭酒掾屬五官將文學琳前爲何進主簿進欲誅諸宦官太后不聽進乃召四方猛將並使引兵向京城欲以劫恐太后琳諫進曰易稱卽鹿無虞諺有掩目捕雀夫微物尚不可欺以得志況國之大事其可以詐立乎今將軍總皇威握兵要龍驤虎步高下在心以此行事無異於鼓洪爐以燎毛髮但當速發雷霆行權立斷違經合道天人順之而反釋其利器更徵於他大兵合聚彊者爲雄所謂倒持干戈授人以柄必不成功祇爲亂階進不納其言竟以取禍琳避難冀州袁紹使典文章袁氏敗琳歸太祖太祖謂曰卿昔爲本初移書但可罪狀孤而已惡惡止其身何乃上及父祖邪琳謝罪太祖愛其才而不咎瑀少受學於蔡邕建安中都護曹洪欲使掌書記瑀終不

為屈太祖並以琳瑀為司空軍謀祭酒管記室軍國書檄多琳瑀所作也琳徙門下督瑀為倉曹掾屬瑒楨各被太祖辟為丞相掾屬瑒轉為平原侯庶子後為五官將文學楨以不敬被刑刑竟署吏咸著文賦數十篇瑀以十七年卒幹琳瑒楨二十二年卒（以上因粲而兼敘徐陳阮應劉略仿孟子荀卿列傳之例）文帝書與元城令吳質曰昔年疾疫親故多離其災徐陳應劉一時俱逝觀古今文人類不護細行鮮能以名節自立而偉長獨懷文抱質恬淡寡欲有箕山之志可謂彬彬君子矣著中論二十餘篇辭義典雅足傳於後德璉常斐然有述作意其才學足以著書美志不遂良可痛惜孔璋章表殊健微為繁富公幹有逸氣但未遒耳元瑜書記翩翩致足樂也仲宣獨自善於辭賦惜其體弱不起其文至於所善古人無以遠過也昔伯牙絕弦於鍾期仲尼覆醢於子路痛知音之難遇傷門人之莫逮也諸子但為未及古人自一時之儁也（以上錄文帝傷悼六子之書）自頴川邯鄲淳繁欽陳留路粹沛國丁儀丁廙宏農楊修河內荀緯等亦有文采而不在此七人之例（合曹植乃為七人此疑當作六人例當作列謂邯鄲淳至荀緯七人不得與王徐陳阮應劉六人並列也）瑒弟璩璩子貞咸以文學

顥璩官至侍中貞咸熙中參相國軍事瑀子籍才藻豔逸而倜儻放蕩行己寡欲以莊周爲模則官至步兵校尉時又有譙郡嵇康文辭壯麗好言老莊而尚奇任俠至景元中坐事誅景初中下邳桓威出自孤微年十八而著渾輿經依道以見意從齊國門下書佐司徒署吏後爲安成令吳質濟陰人以文才爲文帝所善官至振威將軍假節都督河北諸軍事封列侯以上又因六子而兼敘邯鄲淳至吳質十三人

三國志諸葛亮傳

諸葛亮字孔明琅琊陽都人也漢司隸校尉諸葛豐後也父珪字君貢漢末爲太山郡丞亮少孤從父元爲袁術所署豫章太守元將亮及亮弟均之官會漢朝更選朱皓代元元素與荊州牧劉表有舊往依之元卒亮躬耕隴畝好爲梁父吟身長八尺每自比於管仲樂毅時人莫之許也惟博陵崔州平潁川徐庶元直與亮友善謂爲信然以上亮微時事時先主屯新野徐庶見先主先主器之謂先主曰諸葛孔明者臥龍也將軍豈願見之乎先主曰君與俱來庶曰此人可就見不可屈致也將軍宜枉駕顧之由是先主遂詣亮凡三往乃見因屏人曰漢

室傾頹姦臣竊命主上蒙塵孤不度德量力欲信大義於天下而智術淺短遂用猖獗至于今日然志猶未已君謂計將安出亮答曰自董卓已來豪傑並起跨州連郡者不可勝數曹操比於袁紹則名微而衆寡然操遂能克紹以弱爲強者非惟天時抑亦人謀也今操已擁百萬之衆挾天子以令諸侯此誠不可與爭鋒孫權據有江東已歷三世國險而民附賢能爲之用此可與爲援而不可圖也荆州北據漢沔利盡南海東連吳會西通巴蜀此用武之國而其主不能守此殆天所以資將軍將軍豈有意乎益州險塞沃野千里天府之土高祖因之以成帝業劉璋闇弱張魯在北民殷國富而不知存恤智能之士思得明君將軍既帝室之冑信義著於四海總攬英雄思賢如渴若跨有荆益保其巖阻西和諸戎南撫夷越外結好孫權內修政理天下有變則命一上將將荆州之軍以向宛洛將軍身率益州之衆以出秦川百姓孰敢不簞食壺漿以迎將軍者乎誠如是則霸業可成漢室可興矣先主曰善於是與亮情好日密關羽張飛等不悅先主解之曰孤之有孔明猶魚之有水也願諸君勿復言羽飛乃

止。（以上隆中答先主之問）劉表長子琦。亦深器亮。表受後妻之言。愛少子琮。不悅於琦。琦每欲與亮謀自安之術。亮輒拒塞。未與處畫。琦乃將亮游觀後園。共上高樓。飲宴之閒。令人去梯。因謂亮曰。今日上不至天。下不至地。言出子口。入於吾耳。可以言未。亮答曰。君不見申生在內而危。重耳在外而安乎。琦意感悟。陰規出計。會黃祖死。得出。遂爲江夏太守。俄而表卒。琮聞曹公來征。遣使請降。先主在樊聞之。率其衆南行。亮與徐庶並從。爲曹公所追破。獲庶母。庶辭先主而指其心曰。本欲與將軍共圖王霸之業者。以此方寸之地也。今已失老母。方寸亂矣。無益於事。請從此別。遂詣曹公。先主至於夏口。亮曰。事急矣。請奉命求救於孫將軍。（以上荊州破後先主奔夏口）時權擁軍在柴桑。觀望成敗。亮說權曰。海內大亂。將軍起兵據有江東。劉豫州亦收衆漢南。與曹操並爭天下。今操芟夷大難。略已平矣。遂破荊州。威震四海。英雄無所用武。故豫州遁逃至此。將軍量力而處之。若能以吳越之衆與中國抗衡。不如早與之絕。若不能當。何不案兵束甲。北面而事之。今將軍外託服從之名。而內懷猶豫之計。事急而不斷。禍至無日矣。權曰。苟如君言劉豫州何不遂事之乎亮曰田橫齊之壯士耳猶守義不辱況劉豫州王室之胄英才蓋世衆士慕仰若水之歸海若事之不濟此乃天也安能復爲之下乎權勃然曰吾不能舉全吳之地十萬之衆受制於人吾計決矣非劉豫州莫可以當曹操者然豫州新敗之後安能抗此難乎亮曰豫州軍雖敗於長阪今戰士還者及關羽水軍精甲萬人劉琦合江夏戰士亦不下萬人曹操之衆遠來疲敝聞追豫州輕騎一日一夜行三百餘里此所謂強弩之末勢不能穿魯縞者也故兵法忌之曰必蹶上將軍且北方之人不習水戰又荊州之民附操者偪兵勢耳非心服也今將軍誠能命猛將統兵數萬與豫州協規同力破操軍必矣操軍破必北還如此則荊吳之勢強鼎足之形成矣成敗之機在於今日權大悅卽遣周瑜程普魯肅等水軍三萬隨亮詣先主幷力拒曹公以上說孫權幷力拒曹曹公敗于赤壁引軍歸鄴先主遂收江南以亮爲軍師中郎將使督零陵桂陽長沙三郡調其賦稅以充軍實建安十六年益州牧劉璋遣法正迎先主使擊張魯亮與關羽鎭荊州先主自葭萌還攻璋亮與張飛趙雲等率衆泝

江分定郡縣與先主共圍成都成都平以亮爲軍師將軍署左將軍府事先主外出亮常鎭守成都足食足兵（以上鎭荆州平成都）二十六年臣下勸先主稱尊號先主未許亮說曰昔吳漢耿弇等初勸世祖卽帝位世祖辭讓前後數四耿純進言曰天下英雄喁喁冀有所望如不從議者士大夫各歸求主無爲從公也世祖感純言深至遂然諾之今曹氏篡漢天下無主大王劉氏苗族紹世而起今卽帝位乃其宜也士大夫隨大王久勤苦者亦欲望尺寸之功如純言耳先主於是卽帝位策亮爲丞相曰朕遭家不造奉承大統兢兢業業不敢康寧思靖百姓懼未能綏於戲丞相亮其悉朕意無怠輔朕之闕助宣重光以照明天下君其勗哉亮以丞相錄尙書事假節張飛卒後領司隸校尉（以上先主卽位亮爲丞相）章武三年春先主於永安宮病篤召亮於成都屬以後事謂亮曰君才十倍曹丕必能安國終定大事若嗣子可輔輔之如其不才君可自取亮涕泣曰臣敢竭股肱之力效忠貞之節繼之以死先主又爲詔敕後主曰汝與丞相從事事之如父建興元年封亮武鄉侯開府治事頃之又領益州牧政事無巨細咸決於亮（以上

受遺輔幼主南中諸郡並皆叛亂亮以新遭大喪故未便加兵且遣使聘吳因結和親遂爲與國三年春亮率衆南征其秋悉平軍資所出國以富饒乃治戎講武以俟大舉以上和吳平南五年率諸軍北駐漢中臨發上疏曰先帝創業未半而中道崩殂今天下三分益州疲敝此誠危急存亡之秋也然侍衛之臣不懈於內忠志之士忘身於外者蓋追先帝之殊遇欲報之於陛下也誠宜開張聖聽以光先帝遺德恢宏志士之氣不宜妄自菲薄引喻失義以塞忠諫之路也宮中府中俱爲一體陟罰臧否不宜異同若有作奸犯科及爲忠善者宜付有司論其刑賞以昭陛下平明之理不宜偏私使內外異法也侍中侍郎郭攸之費禕董允等此皆良實志慮忠純是以先帝簡拔以遺陛下愚以爲宮中之事事無大小悉以咨之然後施行必能裨補闕漏有所廣益將軍向寵性行淑均曉暢軍事試用於昔日先帝稱之曰能是以衆議舉寵爲督愚以爲營中之事悉以咨之必能使行陣和睦優劣得所親賢臣遠小人此先漢所以興隆也親小人遠賢臣此後漢所以傾頹也先帝在時每與臣論此事未嘗不歎息痛恨於桓靈

也侍中尙書長史參軍此悉貞良死節之臣願陛下親之信之則漢室之隆可計日而待也臣本布衣躬耕於南陽苟全性命於亂世不求聞達於諸侯先帝不以臣卑鄙猥自枉屈三顧臣於草廬之中諮臣以當世之事由是感激遂許先帝以驅馳後值傾覆受任於敗軍之際奉命於危難之間爾來二十有一年矣先帝知臣謹愼故臨崩寄臣以大事也受命以來夙夜憂歎恐託付不效以傷先帝之明故五月渡瀘深入不毛今南方已定兵甲已足當獎率三軍北定中原庶竭駑鈍攘除奸凶興復漢室還于舊都此臣所以報先帝而忠陛下之職分也至於斟酌損益進盡忠言則攸之禕允之任也願陛下託臣以討賊興復之效不效則治臣之罪以告先帝之靈此處有闕文責攸之禕允等之慢以彰其咎陛下亦宜自謀以諮諏善道察納雅言深追先帝遺詔臣不勝受恩感激今當遠離臨表涕零不知所言以上北伐上出師表遂行屯于沔陽六年春揚聲由斜谷道取郿使趙雲鄧芝爲疑軍據箕谷魏大將軍曹真舉衆拒之亮身率諸軍攻祁山戎陣整齊賞罰肅而號令明南安天水安定三郡叛魏應亮關中響震魏明

帝西鎮長安。命張郃拒亮。亮使馬謖督諸軍在前。與郃戰于街亭。謖違亮節度。舉動失宜。大爲郃所破。亮拔西縣千餘家。還于漢中。戮謖以謝衆。上疏曰。臣以弱才。叨竊非據。親秉旄鉞以厲三軍。不能訓章明法。臨事而懼。至有街亭違命之闕。箕谷不戒之失。咎皆在臣授任無方。臣明不知人。恤事多闇。春秋責帥。臣職是當。請自貶三等。以督厥咎。於是以亮爲右將軍。行丞相事。所總統如前。以上街亭之敗冬。亮復出散關。圍陳倉。曹真拒之。亮糧盡而還。魏將王雙率騎追亮。亮與戰。破之。斬雙。七年。亮遣陳式攻武都陰平。魏雍州刺史郭淮率衆欲攻式。亮自出至建威。淮退還。遂平二郡。詔策亮曰。街亭之役。咎由馬謖。而君引愆。深自貶抑。重違君意。聽順所守。前年燿師。馘斬王雙。今歲爰征。郭淮遁走。降集氐羌。興復二郡。威震凶暴。功勳顯然。方今天下騷擾。元惡未梟。君受大任。幹國之重。而久自挹損。非所以光揚洪烈矣。今復君丞相。君其勿辭。九年。亮復出祁山。以木牛運糧。盡退軍。與魏將張郃交戰。射殺郃。以上三出師破王雙郭淮張郃十二年春。亮悉大衆由斜谷出。以流馬運。據武功五丈原。與司馬宣王對於渭南。亮每患糧不繼。使己志不伸。是以分兵屯田。爲久住之基。耕者雜於渭濱居民之閒。而百姓安堵。軍無私焉。相持百餘日。其年八月。亮疾病。卒于軍。時年五十四。及軍退。宣王案行其營壘處所。曰。天下奇才也。亮遺命葬漢中定軍山。因山爲墳。冢足容棺。斂以時服。不須器物。詔策曰。惟君體資文武。明叡篤誠。受遺託孤。匡輔朕躬。繼絕興微。志存靖亂。爰整六師。無歲不征。神武赫然。威震八荒。將建殊功於季漢。參伊周之巨勳。如何不弔。事臨垂克。遘疾隕喪。朕用傷悼。肝心若裂。夫崇德序功。紀行命謚。所以光昭將來。刊載不朽。今使使持節左中郎將杜瓊。贈君丞相武鄉侯印綬。謚君爲忠武侯。魂而有靈。嘉茲寵榮。嗚呼哀哉。嗚呼哀哉。初亮自表後主曰。成都有桑八百株。薄田十五頃。子弟衣食。自有餘饒。至於臣在外任。無別調度。隨身衣食。悉仰於官。不別治生。以長尺寸。若臣死之日。不使內有餘帛。外有贏財。以負陛下。及卒。如其所言。以上卒軍中 亮性長於巧思。損益連弩。木牛流馬。皆出其意。推演兵法。作八陣圖。咸得其要云。亮言教書奏多可觀。別爲一集。景耀六年春。詔爲亮立廟於沔陽。秋。魏鎮西將軍鍾會征蜀。至漢川。祭亮之廟。

命軍士不得於亮墓所左右芻牧樵採亮弟均官至長水校尉亮子瞻嗣爵

諸葛氏集目錄

右二十四篇凡十萬四千一百一十二字

臣壽等言臣前在著作郎侍中領中書監濟北侯臣荀勗中書令關內侯臣和嶠奏使臣定故蜀丞相諸葛亮故事亮毗佐微國負阻不賓然猶存錄其言恥善有遺誡是大晉光明至德澤被無疆自古以來未之有倫也輒刪除複重隨類相從凡爲二十四篇篇名如右亮少有逸羣之才英霸之器身長八尺容貌

甚偉時人異焉遭漢末擾亂隨叔父元避難荊州躬耕于野不求聞達時左將軍劉備以亮有殊量乃三顧亮於草廬之中亮深謂備雄姿傑出遂解帶寫誠厚相結納及魏武帝南征荊州劉琮舉州委質而備失勢衆寡無立錐之地亮時年二十七乃建奇策身使孫權援求吳會權既宿服仰備又覩亮奇雅甚敬重之卽遣兵三萬人以助備備得用與武帝交戰大破其軍乘勝克捷江南悉平後備又西取益州益州既定以亮爲軍師將軍備稱尊號拜亮爲丞相錄尚書事及備殂沒嗣子幼弱事無巨細亮皆專之於是外連東吳內平南越立法施度整理戎旅工械技巧物究其極科教嚴明賞罰必信無惡不懲無善不顯至於吏不容奸人懷自厲道不拾遺強不侵弱風化肅然也當此之時亮之素志進欲龍驤虎視苞括四海退欲跨陵邊疆震蕩宇內又自以爲無身之日則未有能蹈涉中原抗衡上國者是以用兵不戢屢耀其武然亮才於治戎爲長奇謀爲短理民之幹優於將略而所與對敵或值人傑加衆寡不侔攻守異體故雖連年動衆未能有克昔蕭何薦韓信管仲舉王子城父皆忖己之長未能

兼有故也亮之器能政理抑亦管蕭之亞匹也而時之名將無城父韓信故使功業陵遲大義不及邪蓋天命有歸不可以智力爭也青龍二年春亮帥衆出武功分兵屯田爲久駐之基其秋病卒黎庶追思以爲口實至今梁益之民咨述亮者言猶在耳雖甘棠之詠召公鄭人之歌子產無以遠譬也孟軻有云以逸道使民雖勞不怨以生道殺人雖死不忿信矣論者或怪亮文彩不豔而過於丁甯周至臣愚以爲咎繇大賢也周公聖人也考之尚書咎繇之謨略而雅周公之誥煩而悉何則咎繇與舜禹共談周公與羣下矢誓故也亮所與言盡衆人凡士故其文指不及得遠也然其聲教遺言皆經事綜物公誠之心形于文墨足以知其人之意理而有補於當世伏惟陛下邁蹤古聖蕩然無忌故雖敵國誹謗之言咸肆其辭而無所革諱所以明大通之道也謹錄寫上詣著作臣壽誠惶誠恐頓首頓首死罪死罪泰始十年二月一日癸巳平陽侯相臣陳壽上（以上陳壽上亮集表）

喬字伯松亮兄瑾之第二子也本字仲慎與兄元遜俱有名於時論者以爲喬

才不及兄而性業過之初亮未有子求喬爲嗣瑾啓孫權遣喬來西亮以喬爲己適子故易其字焉拜爲駙馬都尉隨亮至漢中年二十五建興元年卒子攀官至行護軍翊武將軍亦早卒諸葛恪見誅於吳子孫皆盡而亮自有胄裔故攀還復爲瑾後

瞻字思遠建興十二年亮出武功與兄瑾書曰瞻今已八歲聰慧可愛嫌其早成恐不爲重器耳年十七尚公主拜騎都尉其明年爲羽林中郎將屢遷射聲校尉侍中尚書僕射加軍師將軍瞻工書畫強識念蜀人追思亮咸愛其才敏每朝廷有一善政佳事雖非瞻所建倡百姓皆傳相告曰葛侯之所爲也是以美聲溢譽有過其實景耀四年爲行都護衛將軍與輔國大將軍南鄉侯董厥並平尚書事六年冬魏征西將軍鄧艾伐蜀自陰平由景谷道旁入瞻督諸軍至涪亭住前鋒破退還住緜竹艾遺書誘瞻曰若降者必表爲瑯琊王瞻怒斬艾使遂戰大敗臨陣死時年三十七衆皆離散艾長驅至成都瞻長子尚與瞻俱沒次子京及攀子顯等咸熙元年內移河東以上敘亮子孫著一家忠節

董厥者丞相亮時爲府令史亮稱之曰董令史良士也吾每與之言思慎宜適徙爲主簿亮卒後稍遷至尚書僕射代陳祗爲尚書令遷大將軍平臺事而義陽樊建代焉延熙二十四年以校尉使吳值孫權病篤不自見建權問諸葛恪曰樊建何如宗預也恪對曰才識不及預而雅性過之後爲侍中守尚書令自瞻厥建統事姜維常征伐在外宦人黃皓竊弄機柄咸共將護無能匡矯然建特不與皓和好往來蜀破之明年春厥建俱詣京都同爲相國參軍其秋並兼散騎常侍使蜀慰勞以上因瞻竝及董樊

評曰諸葛亮之爲相國也撫百姓示儀軌約官職從權制開誠心布公道盡忠益時者雖讎必賞犯法怠慢者雖親必罰服罪輸情者雖重必釋游辭巧飾者雖輕必戮善無微而不賞惡無纖而不貶庶事精練物理其本循名責實虛僞不齒終於邦域之內咸畏而愛之刑政雖峻而無怨者以其用心平而勸戒明也可謂識治之良材管蕭之亞匹矣然連年動衆未能成功蓋應變將略非其所長歟

經史百家雜鈔卷十九

珍倣宋版印

西元二〇二二年一月一日重製一版

經史百家雜鈔　冊三（清曾國藩輯）

平裝四冊基本定價貳仟陸佰元正
（郵運匯費另加）

發行人　張　敏　君
發行處　中　華　書　局
臺北市內湖區舊宗路二段一八一巷八號五樓（5FL., No. 8, Lane 181, JIOU-TZUNG Rd., Sec 2, NEI HU, TAIPEI, 11494, TAIWAN）
客服電話：886-8797-8396
公司傳真：886-8797-8909
匯款帳戶：華南商業銀行西湖分行
179100026931
印　刷：維中科技有限公司
海瑞印刷品有限公司

No. N3103-3

國家圖書館出版品預行編目(CIP)資料

經史百家雜鈔/(清)曾國藩輯. -- 重製一版. -- 臺北市 :
中華書局, 2022.01
冊 ; 公分
ISBN 978-986-5512-70-5(全套 : 平裝)

830　　110021464